目次

＊本文中の〔 〕は著者の補足。

故郷の空　イタリアの風

本を愛する若い人びとへ
そして昭和を生きた同時代人たちへ

第一部　我が幼少年期

（二〇〇三年十一月記）

1 幼少年期

我が故郷、我が幼年時代――何を書いたらよいのか、どう書くべきか、ほとんど途方に暮れる。それほど我が故郷は単調《モノトナス》であり、我が幼少時代は平凡なのである。中野重治のような才能をもってすれば、『梨の花』のような作品を仕立てることも可能であろうに。

それに、幼少時代を回想しようとして気づくのは、我が記憶力の貧しさである。小学校入学以前のことはほとんど記憶になく、唯一の記憶といえば、近隣の家を母に連れられて訪れ、当時村では珍しかったはずの蓄音器を聴かせてもらい、その時の童謡の一つがたまたま「テルテル坊主、テル坊主…」であったために、テルオと呼ばれていた私が泣いて怒った、おぼろで、幽《かす》かなものだけである。二歳ぐらいの頃のことだったと思う。その他のことは忘却の彼方にある。もう一つ強いて記せば、私の家は酒の小売を主とした商店であったが、農家出の母がわずかの田畑を手がけていた。秋の収穫期だったと思う。穀物が何であったかは知る由もないが、母は風の来るところで箕を振るって実と殻をより分ける作業をすることになったが、我が家は木立に囲まれていて風が来ない。そこで、よい風の来る、部落の南面に位置する家の庭先を借りてその作業をしたのだが、その時の穀物の殻の風に舞うさまと、その家の庭一面に広げられた穀物の黄金色の輝きが私の瞼の裏に焼きついている。あれは当然籾であったに違いない。これらのことの詳細は後になって理解したか、母から聞かされたものに違いなく、私の記憶として残っているのは、穀物の殻の風に舞うさまと、庭一面の黄金色の輝きだけである。

我が故郷は関東平野の真んまん中、東に五里の地点に筑波山を望み、遥かな北方に日光連山を遠望し、鬼怒《きぬ》川に沿って位置する村であった。あとは一面の田圃であり、その中に村落が点在していた。長塚節の『土』のあの地方からそれほど遠くない。あの作品が書かれていた当時からは何十年か過ぎていたが、村の生活の実態はあまり変わっていなかったと思う。

こうした環境の中で、私は昭和二年に生まれ、後に四人の男の子ばかりが次々と生まれ、私は五人兄弟の長男として育った。当時我が家はボンボンで育った若い父が先物に手を出して失敗し、家計はずいぶんと苦しかった。借金もどのくらいの額か、あったことは後で知った。しかし子供が多いから当然かもしれないが、家には子守り女もいたし、丁稚風の若い男がいたことも微《かす》かに憶えている。しかし、父が呑気な性分であったせいか、私は家事を手伝わされるといってもそれほどきつい仕事をさせられるということはあまりなかった。せいぜい、末弟の子守りをさせられたくらいである。

当時の数え方で、七歳になって小学校に入学したわけだが、困ったことにその時の記憶がこれまたほとんどないのである。部落から一キロばかりのところにある小学校の校庭の桜の数本の巨木が満開の花で校舎を覆い隠さんばかりであったことが、ぼんやりとしたイメージで残っているだけである。入学式のことなどは一切記憶にない。私の小学校は一学年が松組と竹組に分かれていて、私は竹組に入れられ、川村先生という、眼鏡をかけた若い男の先生が担任だった。この時のことで一番鮮明に覚えているのは、入学していく日くらいの時だったか、一人の男の子が何かのはずみに小刀を振りかざして暴れたことがある。学校というのは怖いところだと思ったのが入学時の一番強い印象である。ただ、入学早々に、四キロばかり離れた町の本屋さんが教室に入ってきて、一人ひとりに新しい教科書をドッサリ配ってくれたのは嬉しかった。それまで私は本らしい本を手にしたことがなかった。カタカナの文字も知らなかったから、童話など読んだこともなかった。わずか数冊の教科書だったが、幼い手にはどっしりとした重みに感じられたし、紙とインクの匂いにも心が弾んだ。教科書といえば、国語の教科書がそれまでの、灰色の表紙で「ハナ、ハト、マメ、マス」で始まったのに代わって、この年から表紙は桜色で「サイタ、サイタ、サクラガサイタ」で始まるものになった。それを私たちは土地の訛りとアクセントで読んだのである。とくに勉強した憶えはないが、教科書を読むのに苦労したという記憶はないから、文字はすぐに覚えたのだと思う。

入学してからの授業のことはあまり思い出せないが、もう一つ鮮明に記憶しているのは、一年生の学年末近くに行われた学芸会のことである。毎年恒例の行事で、私たちのクラスは、イソップ物語に由来する例の「兎と亀」をやることになった。一年生に相応しい、最も単純な、劇ともいえない劇である。私は主役の亀の役を当てられた。さて、当日、一年生だから第一番に舞台に出たのだと思う。「もしもし亀よ亀さんよ、世界のうちでお前ほど、歩みののろい者はない…」というあの歌が合唱で流される中を、兎と亀が舞台の右端に現れる。両方とも厚紙製の兎と亀の仮面を被っている。そして、兎が亀に向かって、「お前は世界一のろい」と言ってあざけり、亀の私が怒って、「そんなら向こうのお山のふもとまでかけっこしよう」と挑む。兎はぴょんぴょんと舞台の左端にひとっとびするが、亀があまりに遅いので、その場へ手枕で寝てしまう。そこへ四つん這いになった亀の私が近づいて、「おや、兎さん寝ているな、ようし、その間に…」と言って、そのまま競争に勝ってしまう。たったそれだけの台詞だが、方言の強い土地に生まれ育った七歳の子供で、標準語など一度も耳にしたことも口にしたことのない私が、形だけは明らかに標準語のこの「台詞」をどんな抑揚とアクセントで語ったのかと思うと、今でもおかしくて笑いがこみあげる。なお、この時の相手役の少年は吉村金蔵といったが、それから三十年後かに、道路の端に車を停め、後ろに回って荷物の整理か何かをしているところへ、後から疾走してきたトラックに激突されてせんべいのように潰されるという無残な死を遂げたと聞いた。

部落から学校までは一キロほどの野良道で、一面麦畑であった。四、五月といえば麦が大きく伸びる季節で、畑は道よりも少し高かったから、幼い私たちは文字通り麦畑の中に埋まるようにして通学したものである。「道をはさんで畑一面に、麦は穂が出る、菜は花ざかり…」という唱歌を何年生の時に習ったかは憶えていないが、まさにこのとおりの野良道を通って学校へ行き帰りしたわけである。麦が熟する頃になると、畑のあちこちからひばりが舞い上がり、今では聞くことのできなくなったあの明るい声で空いっぱいに囀《さえず》った。時には畑から青大将が這い出ることがあった。別にこちらに危害を加えるわけでもないのに、私たち子供は残酷だった。近くに落ちている棒切れを手に持って蛇を散々に打ち据え、挙句に皮を剝いでしまったりするのであった。畑の大根を引き抜いてきて齧る子もいた。まだ養蚕《ようさん》が行われていた時代だったから所どころに桑畑があった。夏が近づくとその桑の木に桑の実がなる。どの木にも実がつくというわけではなかったが、子供たちはどの畑に桑の実がついているかを知っていて、学校の帰りに鞄を路傍に投げ出し、桑畑に分け入って実を探し、紫色に実った桑の実をむしりとって貪るのだった。桑の実を古くは〝どどめ〟と言ったらしいが、私たちの子供の頃にはその言葉はなくなっていて、どどめ色という形容詞だけが残っていた。あの甘酸っぱい桑の実を唇がどどめ色になるまで食べられた時には村の子として本当に幸せで満足だった。

一年生から二年生、三年生になっても、家に帰って自習をしたという憶えはない。そもそも勉強部屋などというものはなかったし、まともな勉強机もなかったから、昔の寺子屋で使ったような机を裏の縁側に持ち出して、宿題があればそれをやり、夏休みになればランニングとパンツだけで床にあぐらをかき、夏休み帖をすました。これは易しいもので、少しも苦にならなかった。読む本は相変わらずなかった。そもそも家に書物なるものがないのである。母は勿論だが、父が本を読んでいるのを見たことがない。ただ、私は四年生頃からは、不定期ではあったが、「少年倶楽部」という雑誌を買い求めるようになり、山中峯太郎とか海野十三とかいう作家の名を覚え、その冒険譚に興奮し、胸を躍らせた。「知識の宝庫」という、掌大のいわば豆百科全書をどこでどうして手に入れたか憶えがないが、これによって幼い知的好奇心を満たされたことは記憶している。唯一、家に届く印刷物は新聞だった。父も新聞だけは読んでいて、時の内閣のことなどを口にしたのを聞いたことがある。いつか私も新聞の一部を読むようになり、早く全紙面が読めるようになりたいと焦りに似た思いを抱いたことはうっすらと憶えている。中野重治の『梨の花』には、主人公の良平が小学三年生の終わり頃に新聞を読み始めたと書かれている。

本といえば、息子の本好きをそれとなく察知していたらしい母が、東京に住む妹一家を訪ねるべく珍しく上京した折に、神田の三省堂で数冊の本を私宛に買ってきてくれたことがある。だが悲しいかな、本の知識のない母は息子の年齢に適した本の選別の術を知らなかった。数冊の本の中には、三木清の『学問と人生』や河合栄次郎の学生に関する著書（『学生と生活』『学生と読書』）などが入っていて、当時六年生だった私には到底歯の立たないものだった。それでも私は読もうとしたらしく、今もぼろぼろになりながらも生家の納屋に残っているそれらの本を開いてみると、見当違いのとんでもないところに傍線が引かれていたりする。

新聞から連想するのはラジオである。当時近所周辺でラジオがあるのは私の家だけだったので、夕食後、冬ならばどてらを着込んだ近所の親父さんたちが数人やって来て、棚の上に置かれた、みかん箱様のラジオの前に火鉢を囲んで座り込み、どてらの袖に両腕を差し込み、広沢虎造とか寿々木《すずき》米若とかの浪花節に目をつむって聞き入っていた姿も忘れられない。

　ところで、昭和十一年二月には私は小学校二年生だったが、この二月二十六日に二・二六事件が起きている。しかし私には、学校でも家でもこのことが語られたという記憶が全くない。私たちが幼かったので学校でも話されなかったのか、家でもそれほど話題にならなかったのか、この事件のことを知ったのはずっと後年である。とに角私はこういう環境の中で育った。

　冬には関東平野特有の空っ風が吹いた。私たちの地方では北風を日光下ろしと呼んでいたが、この風が吹くと耳がちぎれそうになるほど痛くなり、頬は凍りつかんばかりだった。誰も外套などは着ていなかった。下着も十分ではなかったろう。そんな日、冬はすっかり水が涸れている掘割の中を、まるで塹壕の中を行く兵士のように身をかがめて風を避けながら行けるところまで行くのだった。教室の暖房も十分ではなく、小さなだるまストーブが一つ置かれているきりだった。昼になると、そのストーブの蓋の上に、冷たく冷えたアルミの弁当箱を我れ先にと載せるのだった。飯はたいていの子が麦割飯で、おかずは卵焼きはいい方で、多くは梅干の日の丸弁当であったり、たくあんやきんぴらであったり、茶封筒に入れた干し納豆であったりした。干し納豆は数粒を指先でつまんで口に入れ、それから冷たい飯をかき込むのであった。

　しかし、この寒い冬にも楽しい遊びはあった。学校から帰ると、白菜や大根を漬けた樽の中から独楽を取り出すのである。独楽は直径四センチほどの木製で、厚さ一センチから二センチくらいの鉄の環の中に嵌め込まれていて、心棒は鉛筆ほどの太さの鉄である。これを漬け物樽の塩水の中に入れておくと、身がしまって、鉄の環から容易に抜けなくなる。紐は麻とぼろ切れを綯《な》い合わせた一メートル半ほどのもので、自分で作る。これを持って、お決まりの遊び場へ出かけて行くと、すでに五、六人の子供が集まっている。独楽の大きさはさまざまで、一般に大きい子ほど大きいものを持っている。五、六年生になった頃の私は部落の鍛冶屋に頼んで作ってもらった、仲間の中では一番大きい独楽を持っていた。こうしてジャンケンをして、負けた者から先に回し、後の者がそれを狙い打ちする。巧く当たって相手の独楽をはじき飛ばせば、当てた者の勝ちであり、最も巧くいって相手の独楽の軸に当てれば、当てられた独楽は中身が鉄の環から飛び出してしまう。これをドバといって、最高の勝利である。そうされないために、独楽を漬け物樽に毎晩漬けておくのである。この遊びを夕方まで続けるから、子供たちの腕の力はずいぶん鍛えられたと思う。それにしても、独楽の遊び場の地面は蜂の巣のように穴だらけになってしまう。遊び場は、倉治さんという老人の屋敷の門口であった。この老人は体が大きく怖い顔立ちの人だったが、一度も小言を言ったことがなく、子供たちを自由に遊ばせてくれた。当時はありがたいともなんとも思わなかったが、今にして思えばずいぶんと寛大な老人だったのだと思わないではいられない。そういえばこの人は明治三十七〜八年の日露戦争に従軍したとのことで、そう聞く時、子供の私たちは偉い勇士を仰ぎ見るような気持ちになったものである。日露戦争といえば、子供たちには遠い昔のことのように思えたが、今数えてみれば、明治三十八年から四十五年までが七年間、大正時代が十五年、私たちが遊び呆けたのが昭和十三年から十四年、合計して三十数年昔のことでしかなかったのである。それに比べれば、敗戦の昭和二十年から現在まで約六十年の歳月が流れている。それなのにこの六十年が遠い昔のことなどとは思えず、ついこの間のことのように思えるのはどう解釈すればよいのであろうか。人生は短いという賢人たちの言葉も、こういう実感からきたものであろうか。

倉治さんという人についてはもう一つ記しておきたいことがある。私たちの幼い頃には秋になると瞽女《ごぜ》がやって来た。越後から来るのだと聞かされていた。各地を経巡って長い旅をしてくるので、着物は垢と埃にまみれて、薄汚かった。たいてい三、四人連れで、皆盲目で杖をついていた。古くは宗教に関わっていたが、当時はすでに宗教から離れて遊芸人に変わっていたらしい。この「ごぜ」を村人の多くはあまり好意的には見ていなかったと思う。容姿からして不気味だったのである。そういう大人たちの思いが伝染してか、部落の悪童たちは「ごぜ」に対して邪険だった。今こうして書くのも辛い気持ちだが、とぼとぼと野道を行く「ごぜ」に対して石を投げたり、聞くに耐えないような悪罵を放ったりした。この「ごぜ」にはほぼ各部落ごとに決まった宿のようなものがあった。志のある人が宿を提供し、食事を与え、夜、近隣の者を集めて、祝儀歌、越後追分、都々逸などを歌わせ、あるいは哀切な物語を語らせるのである。娯楽の乏しい当時の農村では、「ごぜ」の来訪を心待ちにしていた人たちもいたのだと思われる。私の部落では、倉治さんの家が定宿だった。毎年晩秋になると「ごぜ」がこの人の家にやって来たのを私は見ている。一度、たぶん母に連れられてだと思うが、倉治さんの家の「ごぜ」の集いに行った記憶がある。当時の農家のことだから、薄暗い裸電灯の下に大きい囲炉裏が切ってあり、その周りに村人数人ばかりが座って、「ごぜ」の歌や語りを聴いたのである。歌は越後追分だったように記憶しているが、語りについては憶えていない。私たちの土地の言葉とはまた違った言葉で哀切な話を語るのを聞いてひどく物悲しい気分になったことだけを憶えている。ともあれ、倉治さんという老人は、この「ごぜ」に定宿を提供していたのである。私たち子供への態度といい、このことといい、倉治さんは、何か志を持った篤志家だったのではないかと今にして思う。

部落への〝異邦人〟ということでもう一人書いておきたい人がいる。いつもリヤカーを引っ張ってゆっくりと部落内を通って行く四十歳ぐらいの男の人がいた。荷台には古道具や古自転車等が積まれていた。屑鉄屋であることは子供の目にも分かった。やがて、その人が朝鮮半島の人で、張という名前であることも子供たちはいつしか知った。普通の日本人よりは背が高く、顔立ちもなるほどそれらしかった。私たちと出会うとうっすらとやや寂しげな笑顔を見せた。私たちはその人に悪さをしたこともないし、悪意を示したこともない。ただ、朝鮮の人であるということになんとはなしの興味は持っていた。しかし、それだけだった。朝鮮半島が日本の領土になっていることは知っていたが、朝鮮の人がなぜ関東のあんな田舎にやって来るのかについて疑問を抱くことはなかった。だから、今残念に思う。私がもっと賢い少年であったら、あるいはもっと大人であったら、彼がなぜ日本に来たのか、なぜこんな田舎を回っているのか、生まれは朝鮮のどこなのか、親兄弟は…等々のことを尋ねただろうと思う。彼がどんな応答をしてくれたかは想像しにくいが、とに角もしそういう対話をしていたら、今の日本と朝鮮半島の間の問題を考える上での具体的な理解の一助になっていただろうに。丈の高い身体を前のめりにリヤカーを引っ張っていたあの張さんの表情は、なぜか私の瞼の裏にくっきりと焼きついている。

話を元に戻すとして、独楽に飽きれば凧を上げ、さらにはその頃流行り出したグライダー作りに熱中した。グライダーは翼に何十本かのリヴを嵌め込む結構精巧なもので、満足のゆくように作り上げるには相当の時間と努力を必要とした。夜、いったん寝たのを起き出して、翼の反り具合を直すための重りを変えたりもした。それが空っ風にのって広い田園の中空を何百メートルも滑空した時には言い知れぬ快感を覚えたものである。私はガキ大将のようなものだったから、遠くに落ちたグライダーは部下の子供たちが一目散に走って拾いに行くのだった。

春は楽しかった。秋から春まですっかり乾いた田圃には蓮華草が一面に紫色の花を咲かせ、それに混じって菜の花畑が点在した。私たちは菜の花畑は避けて、蓮華草の中を子犬のように走り回り転げまわった。蓮華草は田圃の肥料用に栽培されているので、いくら踏み荒らしても叱られることはなかった。遊び疲れて気がつくと、部落の木立がこんもりと小暗くなり、東の方の筑波山の右肩の辺りに淡い夕月が浮かんでいたりした。そんな時、少年ながら故知れぬ甘い哀愁のようなものを感じることもあった。大人であったら、それを春愁と表現したことであったろう。何本かの掘割には、鬼怒川の上流から汲み上げられた、田圃耕作用の水が水草をなびかせながら豊かに流れ、部落のはずれの、小川の水が淀んで小さな淵のようになっているところでは、釣り糸を垂れると小鮒《こぶな》が釣れた。浮きがすいと沈み、急いで竿を上げると、ぐいと手応えがあり、竿の先がしなって、釣り糸の先に銀色に光る鮒を釣り上げた時の感触は生涯忘れられないものである。魚《さかな》とり（私たちはそう呼んだ）といえば、これまた忘れられないことがある。田植えもすんでしばらくすると、田圃にはそれほどの水は必要でなくなる。掘割の水もずっと少なくなり、流れが淀むところもある。春も長けて夏も近いある日、私は同年齢の従兄弟季夫と魚とりをする相談をした。

五年生の初夏だったと思う。そこは人があまり目をつけないところだったが、水が深く淀み、水草が茂っていてなんとなく魚が潜んでいるように思われた。私と従兄弟は「けえごし」をやることに決めた。「けえごし」とは土地の方言で、他の地方では「かいぼり」と呼んだらしいが、数メートルの距離を置いて二ヶ所せき止め、その中の水をバケツで汲み出し、魚を生け捕りにする方法で、専ら子供たちのする漁法だった。今から思うとあれだけの水を汲み出すのは大変な労働だったろう。しかし当時は少しも苦にならなかった。だんだんに水量が減って黒々とした魚の姿が現れるのをひたすら待つのだった。水かさが十センチほどにもなった時、思いがけない大きな魚の背が見え始めたのである。それも十数匹！　私たちはバケツを抛《ほう》り出し、魚の群れを捕まえにかかった。しかし魚は尾びれを激しく振ってもがき、容易には捕まらなかった。顔まで泥水をかぶりながら、それでもやっと獲えてみると、それは鮒ではなくて、十五センチほどの鯉の群れだった。口にはちゃんとひげがあった。泥水の中を這い回って全部捕まえると、この若い鯉の群れは十五匹もいた。どこから迷い込んできたのか、こんな泥田の中で鯉が獲れるなど思いもよらなかった。私と従兄弟は天にも昇る心地で、重いバケツを下げて家に跳んで帰ったものである。だがこの従兄弟季夫は後に早稲田に入ったが二十歳を過ぎていくらも経たないうちに学業も終えずに結核で死んだ。

当時結核といえば死病とされ、従兄弟もその一人であった私の家の本家の従兄姉は五人のうち四人もが結核で命を奪われたのである。彼らの母は、奇しくもおしんという名前だったが、子供たちに死なれた後、半ば狂人のようになって部落の通りをとぼとぼと歩く姿を私は何度も目にして、子供心にも人生の悲惨を思わされた。

子供たちが魚を捕らえる方法の一つに、「エコ探し」というのがあった。エコというのは川、小川の水面すれすれの岸に直径五～十センチぐらいの横穴が掘られ、その中にナマズやウナギが潜んでいるところである。流れの中を泳ぎながら、そして浅いところは歩きながら、そういう穴を探して腕を差し込み、中の魚をつかみ出す。こういうことは不得手だったはずだが、なぜかある夏の日、私はたった一人で、家から一キロほどの山川にそのエコ探しに出かけた。折から流れは浅く、膝までくらいのところを目を凝らしながら進むうちに、これはと思う穴を見つけたのである。すでに空家になった穴か、住人のいる新しい穴かは穴の削られ方でおおよそ分かる。穴はわりに大きく、六、七センチほどもあったろうか。中に大きなナマズでもいるものと考えて、私はやや無造作に手を差し込んだ。ところが、私の手の、親指と人差し指が何か鋭い刃物のようなものでいきなりガッと挟まれたのである。流れの音しか聞こえない静けさの中で、私はその痛さに思わず悲鳴をあげた。蟹だ、それも大きい蟹だ。痛みに耐えながらも私の胸は躍った。じっと耐えるうちに、蟹はやっと螯《はさみ》を放した。私は急いで穴から手を抜き、辺りを見回して手ごろな石ころを見つけ、それで穴の口を厳重にふさいだ。このままでは蟹は取り出せない。穴を崩して大きくし、上から押さえるようにしなければならない。ランニングとパンツだけの姿の私は、一目散に家に駆けて帰り、胸を躍らせながら耕作用のシャベルを担いでふたたび現場に戻った。この間、村人には誰にも会わなかった。誰かに会えば、折角の発見を横取りされはしないかと少年の私は恐れた。シャベルで穴の周囲から崩しにかかったが、砂岩質でシャベルでは容易に崩れない。悪戦苦闘すること三十分、ようやく穴は大きく口を開けた。この時現れたのは、穴の奥に身を潜め、大きな螯を振りかざしている巨大な蟹だった。辺りは相変わらず静かで、人の気配はなく、水音だけがさらさらと聞こえていた。私は何か秘密の大事業をしている気分だった。蟹は淡水のものとしては見たことのないほど大きかった。これを押さえて引っ張り出すのは子供の手では容易ではなかった。木の棒切れで大きい方の螯を押さえつけ、片方の手で甲羅をつかんでとに角この怪物を引っ張り出すのに成功した時は、全身は汗まみれだった。甲羅の直径が十センチあまり、脚を伸ばすと三十センチを超える大物で、螯と足には茶色の繊毛がびっしりと生えていた。これをバケツに押し込むようにして入れ、シャベルを担いで、家に帰り、早速盥《たらい》に水を張り、中に入れたが、大蟹はあまり動かず、屈辱には甘んじないとでもいうかのように夕方までに死んでしまった。私の少年時代の魚（?）とり遊びの今も忘れない最大の冒険譚である。

夏も楽しかった。七月に入ると、学校から帰宅するや否や、鞄を投げ出し、部落のはずれを流れる幅十メートルの山川用水へ泳ぎに行くのだった。ランニングに白のキャラコのパンツ、そして裸足である。さらに麦藁帽子を被り、手拭いを一本持ってゆく。泳ぎ場の近くの、低い丘の上に神社の杜があり、蟬が鳴きしきっている。神社の高い床の下には、蟻地獄が無数の孔を作っている。だが、そんなものには頓着せずに水浴場に駆け下りる。地上に剝き出しになった無数の松の根の上にシャツを脱ぎ捨て、パンツのままで、幼い子は真っ裸で水中に飛び込んだ。当時、農薬などはなかったから、川の水は綺麗だった。七月末から一ヶ月あまり続く夏休みは大人になってからの一年のように長かった。子供たちにはまさに天国だった。夏休み帖というものがあったが、こんなものはなんの苦にもならなかった。青い海と小船が一艘描かれていて、「ちゃんよおいらもいきてえな、大きな海の真ん中でおいらもかつおがつりてえな…」といったページがあったのを今も憶えている。夏休み帖の日課を朝のうちにさっさとすませ、昼飯をかき込むようにしてすますと泳ぎ場に駆けつけるのだった。一キロほど上流に向かって土手を走り、そこの土橋から次々に水中に飛び込むのである。初めはそれが怖かった。水面に落ちるまでの一瞬間、胃の腑が浮き上がるようなあの感じは形容しがたい不安なものだった。下りの一キロといっても子供には長い距離だった。疲れて岸に打ち込まれている杭につかまると、ぬるりとした水ごけが気味悪かった。水流をよくするために上流で刈られた水草が大きな塊となって流れてくることがあった。その上に体を預けて流れ下るのはこの上なく愉快なことだった。夕方近くになると流石《さすが》に体が冷えてきて、唇がどどめ色になった。そうなってはじめて水から上がるのである。パンツは手拭いで上からゴシゴシこすってそのまま乾かしてしまう。

そんな時刻を待っていたかのように現れる釣り師がいた。子供たちから名人といわれていた隣り部落の人で、二本の竿を操って次々とヤマベを釣り上げるのである。私たちには容易に釣れないヤマベがこの人の手にかかると魔法のように休みなく釣り上げられる。私たちは畏敬の目でそれに見入るのだった。その人の名は千衛右門さんといった。その名前すら、私たちには偉い人の名のように聞こえた。ビク一杯に釣ると、その人は子供たちには言葉もかけずに立ち去るのだった。瓦屋の主人だが、その方の仕事はせずに、釣りばかりしている人という噂も聞いた。夕暮れ近く家に帰ると、幼い弟たちを抱え、店と炊事にてんてこ舞いしている母にひどく叱られた。しかし、手伝うといっても何ができるわけでもなく、せいぜい竈の火の番をするくらいであった。そんな時、私は妙な〝科学少年〟になり、釜と蓋の間に布巾をはさんだり、蓋の上に重い石を載せたりして釜の中の蒸気の圧力を高めようとした。少しでもうまい飯を炊こうとしたのである。

学校では私は良い生徒であったか悪い生徒であったか、自分でも分からない。乱暴ではなかったが、負けん気の強い子供ではあった。こんなことがあった。この時私は六年生だったと思う。校長先生の息子で、五年生だが、私などより背が高く、父親が校長であることを笠にきて尊大で横柄な少年がいた。私は日頃それを苦々しく思っていた。そんな私の気持ちがなんとはなしに伝わったのか、ある日の休み時間に、校庭にいた私の頭を後ろからごつんと殴ってそのまま走り去った少年がいたが、無論そんなことをするのは校長の息子であった。私は憤然として彼を追いかけたが、相手は背が高くて足が速い。容易に追いつけぬまま校庭を一回りするようにして追いついて相手の背に手をかけたのが、なんと校長室の窓先であった。そうと気づいて一瞬私はひるんだが、その時はもう体が相手と取っ組み合っていた。いっときの格闘の後、私は相手を仰向けに組み伏せて馬乗りになり、顔といわず頭といわず殴りつけた。しかし場所が場所である。私もしつこくはできなかった。私が攻撃を止めると、相手はすごすごと立ち上がり、逃げるようにその場から去った。校長はこの光景を見ていたに違いないのだが、その場でも後になっても流石にお咎めはなかった。校長なりの分別があったのだろう。以来、高慢だったその少年は私の前では羊のように温和《おとな》しくなった。少年時代の私の数少ない、いささか誇らしい武勇伝である。

夜、部落西端の低い丘の上にある神社の杜に立つと、遥か西南方の空が薄赤く映えているのが見えた。あの赤い空の下が東京だと私たちは教えられた。その赤い空の下に村の子供たちは憧れた。せめて一度行ってみたかった。詩人萩原朔太郎は、「フランスへ行きたしと思へどもフランスは余りに遠し」と詠ったが、村の子供たちにとって東京は朔太郎のパリよりも遠かった。ところが、小学校四年生の時だったと思うが、この私に東京へ行ける機会が訪れたのである。先にも触れた同年齢の従兄弟季夫には兄たちがいて、うち二人（次男と三男）が東京へ出て働いており、一つ屋根の下に住み、一人は結婚していた。そこへ季夫と二人で遊びに行くことになったのである。初めての東京見物である。着ていくもの、履いていくものに苦労したが、そのことは省きたい。部落から一キロほど歩くと県道に出る。そこをバスが走っていて、四キロほど行くと町の駅に着く。その駅からたった二輛の私鉄ローカル線に一時間あまり揺られて、さらに常磐線の電車に乗り換えて一時間、日暮里のホームに私たち二人は降り立った。「ひぐれさと」と私は声に出して駅名を読んだ。「にっぽりと読むんだよ」と季夫は辺りを憚かるような声で訂正した。「ひぐれさと」と美しく読めるのに、「にっぽり」とはと、私はその読み方に強い違和感を覚えた。

この駅を出て程遠からぬところに従兄たちは住んでいた。因みに上野駅に到るまでの常磐線、東北線に沿った一帯には北関東、東北、信越地方出身の人びとが多く住みついていたのである。貧しく、十分な教育も受けないで育った彼らには、例外を除いては、上野から先の東京らしい東京に進出することは困難なことだったのである。大正から昭和にかけての時期に、「茨城巡査に千葉女中」という言葉があった。東京に最も近い地域からの出身者にそういう職業に就く者が多かったことの謂である。そういう人たちの多くは上野、浅草、千住辺りに住みついた。

好奇と不安の念に駆られながらも、私たちが辿り着いたのは、狭い路地にじかに面した、黒ずんだ小さな家だった。だが、それは現在からする感想でその時はそんなことは思わなかった。家に入って、私はぴょこんと頭を下げた。従兄の一人の妻なる人は栃木の出だといい、私たちの田舎の言葉とあまり違わない訛りで話すので、言葉のことで緊張していた私はいくぶんほっとしたのを憶えている。ところが、街を少し見物しようと二人で外へ出た時に、季夫が、「昭男《テルオ》、うちの兄《あん》ちゃんが昭男は礼儀を知らない奴だと言っていたぞ」と言ったのである。子供ながら私ははっとした。戸口を入った時に私は少し頭を下げ、「こんちは」とだけ言った。従兄を兄に近いものと思い、田舎で顔を合わせても改めて挨拶をするような仲ではなかったからである。だが世話をし、されるとなるとその心理関係が変わったのだ。お世話になります、とでも言うべきだった。私は急に心が冷えた。表通りへ出て、そこを走る珍しいはずの市電にも興味が移らなかった。華やかな商店街へ出ても心はうつろだった。

非が私にあったのかどうか、今でも私には分からない。だが、従兄もそこで育って（しかも小学校時代、私の家に預けられて育ったという)、よく識っているあの土地の十歳の子供がどんな挨拶をするものか、従兄が知らなかったはずはない。季夫から伝えられた言葉は私の胸を激しく突いた。私は裏切られた思いがした。人間なんてこんなものか。親類、従兄弟といってもこんな程度のものなのか。その後二、三日滞在したと思うが、楽しかった記憶はあまりない。悲しいかな、十歳になるかならないかの田舎の少年は人間不信というものを知らされ、胸にはトラウマという消えることのないトゲを宿してしまったのである。

だが、今にして思うと、従兄がとったあの態度の背景には、単に少年の私の礼儀知らずというようなことではない、もっと複雑な事情があったことに気づく。私の家はかつては鶏卵の問屋をしていて、いわゆる卵商人たちが地方の農家を回って集めてきた卵を買い取り、鉄道のなかった当時、川舟を使って鬼怒川を下り、関宿から江戸川に入り、江戸(東京)に入るというルートで卵を運ぶという商売を営んでいたのである。私の祖父の若い時代までそれは続いていた。私の祖父母には女の子供ばかり三人続いて生まれ、後は子供がなく、長女が二十歳になったので婿をとり、これを後継ぎにしようとしたのだそうである。ところが皮肉なことに、婿をとって程なくして祖父母に男の子が生まれてしまったのである。当時の法律では男子が家督を継ぐと定められていた。結果として、祖父はそれまで住んでいた家屋は長女夫婦に譲り、屋敷を二分して新たに家を建てて、遅く生まれた長男、すなわち私の父をそこで育て、後継者に仕立てることにしたのである。祖父の長女夫婦、すなわち私の父の姉夫婦にしてみれば、目算がはずれたことになる。彼らは程々の田畑を与えられ、純農家に転換しなければならなかった。伯母夫婦（私にとっての）がそのことを恨めしく思ったことには容易に察しがつく。孫ほどにも年の離れた末っ子の父を祖父母は溺愛したらしい。二十歳頃の父が、生成《きな》りの麻のスーツを着込み、当時流行のカンカン帽を被り、立派そうな靴を履き、ステッキを手にしている写真を見た記憶がある。ヴァイオリンをいじっていたと聞いたこともある。後に聞いた私にもそれは少々滑稽に思えた。それは伯母たちにとっては腹立たしくうとましく映ったに違いない。

ともあれ、伯母夫婦には次々に三男二女が生まれた末に、昭和二年に末子季夫が生まれた。同じ年に私も、父の長男として生まれた。伯母夫婦の恨みは以心伝心的にその子供たちに引き継がれたように思われる。とくに伯母の恨みは、生まれるべきでなかった弟、すなわち私の父に向けられたらしい。次第に物心がつくにしたがい、私もそのことに気づくようになった。伯母と父との関係が異常なのである。姉弟であるのに二人は全く言葉を交わすことがない。屋敷が隣接しているのだから二人が顔を合わすことはしばしばある。それでも二人は互いに相手の存在に気づかないような態度をとるのである。私に対しても伯母の態度は冷たかった。伯母から笑顔を見せられた記憶がほとんどない。成人してからの私が目にした伯母は、年老いてやせた長身に決して上等とはいえない着物をまとい、草履を履いて、そのくせすたすたと私の家の前や裏を通り過ぎた。それが家督相続の葛藤の結果のように思えて、私は重苦しい気分を覚えた。私が幼かったせいでもあるだろうが、従兄姉たちは私に対してとくに異常な態度を示すことはなかった。同年の季夫との仲はまともだった。ただ、従兄姉たちの中の次男で、後に警官になり、先に述べた、小学生の私が訪ねた富雄だけはなんとはなしにシニックな表情を見せることがあった。それには、私が彼らの思いもかけなかった学校へ入ったことへの戸惑いも混じっていたかもしれない。彼らの中の三男は私にはむしろ優しかったが、私の父に対しては違っていた。彼は酒乱の傾向が強く、酔って私の家へやって来て、父に向かい、喚いたり泣いたりすることがしばしばあって、幼い私たちは茫然としてそれを凝視したものである。ずっと後年、家を継いだ私の弟の結婚式の席で彼が突然狂ったように暴れ出し、私の父を罵り始めたので、已むなく新郎の弟が従兄を座敷から台所へ蹴り投げるという、なんともうとましい、やりきれない事件さえ起きたのである。

このような本家と分家、あるいは兄弟間の家督相続争いや、土地、田畑をめぐる葛藤は当時の日本の農村には数多くあったのではないだろうか。東京の従兄宅を訪れた時の一件もそういう事情に由来したのである。

小学校時代を通して私にとって最も深刻な事件が一つあった。私が五年生、十一歳の時だったと思うが、末弟は二歳で、ちょこちょこ歩きする頃であった。同じ部落の同じ学年の男の子がいて、この彼の妹も二歳だった。たぶん母に言いつけられてだと思うが、私は末弟を連れ、その友人も幼い妹を連れて、部落の神社へ遊びに行った。その下は例の山川である。春だったと思う。折から川の水量は豊かで、流れも急だった。夏には村の少年たちが水遊びをする辺りの少し下手に十メートルほどの橋があった。鉄筋の橋で四十センチほどの高さの手すりがついていた。私と友人は弟妹から手を放して橋を渡った。後からついて来るものと思って、幼い弟妹のことは気にしていなかった。ところが橋を渡って振り向くと、私の弟は後ろをついてきていたが、友人の妹の姿がないのである。慌てて周囲を見回しても影も形も見えない。神社の木立の中へ駆け込んで探したがやはりいない。大慌てに慌てて私たちは家にかけ戻り、それぞれにそのことを報告した。早速部落の消防団に連絡され、消防団員や大人たち総出で捜索にかかった。川に落ちたのだろうという推測で、茂った草木が水面まで覆いかぶさっているところなどを中心に探したが、結局その日は友人の妹は見つからなかった。私は自分にも責任があるような思いで捜索について回ったが、夜になって家に帰っても気持ちが落ちつかなかった。もしかしたら自分の弟もああなっていたかも、と思うとぞっとした。そして自分たちの思慮の足りなさを子供ながら悔いた。結局友人の妹は翌日午前、事故の起きた地点から約二キロ下流の、水際に茂った草やぶのところに溺死体として引っかかっている状態で発見された。その場に私も行っていた。引き上げられた幼女の死体は、無残にも顔は草の葉のように蒼ざめ、腹は蛙のように膨れていた。

同じ頃、これは冬のことだが、部落内でまた一つ事件が起きた。これには私は何も関わっていないが、やはり記しておきたい。月も日も憶えていないが、大雪の降った日の翌日、部落のまだ若い男が自分の子供を抱くか背負ってか外へ出た。その前に記しておきたいが、彼は職業が大工で、顔が奇妙に歪み、人びとからは半ば薄のろのように扱われていて、それでも辛うじて嫁をもらって子供をもうけたのだった。その彼が自宅の裏の、雪の降り積もっている畑へ出た。そして、以下は人びとの推測と話によったもので、私の直接の体験ではないが、彼は表通りへ出ようとして、どうせ雪が積もっているのなら近道をと考えて畑を横切ろうとした。彼が畑の中ほどまで歩いたことは、雪の中に残った足跡で明らかだった。ところが、思わぬものが彼を待ち受けていた。今はない屋敷後の古井戸が畑の真ん中辺りにあった。その古井戸には竹を編んだ網のようなものが被せられていてそうと分かったのだが、それが深い雪に覆われてすっかり隠れてしまっていた。運悪く彼はそこへ足を踏み入れた。そして…。彼と子供の所在が分からなくなって騒ぎになった。しかし、雪の中の足跡から事の次第は程なく明らかになった。彼とその子供は古井戸の底で溺死体となって発見されたのだが、梯子を下ろして死体を引き上げた村人の話すところでは、井戸の底の壁面には無数の爪跡が刻まれ、しかも彼は子供だけは助けたいという一念から、子供の体を頭上に捧げ持つようにして溺れ死んでいたという。これら二件の非業の死は、小学生の私にも、人間の死というものを初めて深く考えさせた。

折しも、昭和十二年七月、中国の大陸を舞台に日支事変（盧溝橋事件）が勃発した。やがて太平洋戦争へと拡大するこの事変が、前年の二・二六事件を契機に権力の実権を掌握して増長した日本軍部が引き起こしたものであることは後で知る。当時私は田舎の無邪気な小学五年生だった。戦争の実態など知る由もなかったし、それへの関心もあまりなかった。十二年十二月には当時の中国主都南京が陥落して、国民の大半は戦捷《せんしょう》に酔い、東京では提灯行列が行われたと伝え聞いたが、関東の田舎では何ごとも起こらなかった。少なくとも小学生の私の目には戦争の影はほとんど感じられなかった。たまに応召して兵士として出てゆく人がいて、ああ戦争をしているのだなと思う程度であった。学校で校長や教師からどんな訓示、話があったかは憶えていない。

ただ、軍歌が流行し始めたことは事実である。学校でも文部省選定の小学唱歌に混じって軍歌が歌われるようになったと思う。ラジオでも軍歌を流されることが多くなった。しかし大人の目からはとも角、十一歳の少年の目からは、農村は相変わらず閑《のど》かで貧しかった。部落では、子供たちが神社の境内に土俵を作り、相撲に興じた。私の体格は普通だったが、相撲は強く、同年輩の相手に片脚を予め取らせても負けないという風であった。

その間にも、大陸での戦争は長期化し、泥沼化していったのだが、そんなことはほとんど知ることなく、五年生、六年生を了えて、私の幼少年期は過ぎ去った。

（二〇〇四年八月十九日記）

2 村の友人たち

私の生まれた村は貧しい上に、平凡で個性に乏しく、山もなく、川といえるほどの川もない。森や林もない。伝説的な人物もいない。あるのは広漠たる関東平野の一隅を占める田畑と五里ほど離れた筑波山と村の端をかすめて流れる鬼怒川だけである。昔の子供にとって、五里も離れた筑波山は、毎日遠くに眺める対象ではあっても、そこへ出かけて行って遊ぶことなど考えられなかった。鬼怒川も、昔風にいえば下総《しもうさ》と常陸《ひたち》の国を分けて流れていて、下総の国に属し、西岸に位置する私の村の岸を洗っていたが、私の部落からは二、三キロも離れていて、これは昭和初期の子供にとっては毎日の遊び場とするには遠すぎた。それに同じ村といっても、それぞれの部落は一つのテリトリーであり、そこへ他部落の子供が出かけて行くのは一種の領域侵犯であって、私たちはそうすることを考えもしなかった。各戸に自転車はあったが、これは大人たちの大切な交通手段であって、子供がいつでも勝手に乗り回すことはできなかった。結果として、子供たちの遊び場は部落の中と周囲の田園に限られた。私の村の半分は古代からの鬼怒川の流れによって作り上げられた沖積土壌地帯に属していて、そこを土浦、下妻、古河、結城といった小都市を結ぶ県道が伸びていた。したがってそれに沿ったところにある部落はいくぶん町場風の体裁をなしていて、村役場があり、小学校があり、組合（後の農協、今のJA）があり、商店が並んでいて、上記の小都市を結ぶバスが砂利道の県道を走っていた。しかし私の部落はその県道から離れ、田畑を抜けて一キロほど先に位置していた。そして、町場風の村落とは違って、洪積土壌地帯の端に位置し、小高い丘陵状の地帯にあった。家々には古い木立があって、県道の方から見れば、こんもりとした森のような草深い様相を呈していた。私の末弟が下妻の町娘と結婚すると決まった時、その娘の兄が、「あの草深い部落の人か！」と嘆きとも驚きともつかない声を洩らしたそうである。

しかし、そういう位置、地形の部落であったから、遠い戦国時代には山城もあって、部落（大字）には峰台、城内、中城という小字の名が残っており、神社も城跡に設けられたらしく、境内も広く、周囲に空濠《からぼり》の跡が残っている。村では一番風趣のあったところらしく、小学校一年生の春の遠足は必ずこの神社と決まっていた。部落の子供たちはそれを密かに誇りに思っていた。春には境内入り口に並んだ桜の樹が一斉に花を咲かせて、部落の風流人たちがその下にむしろを敷きつめて、句会などを催した。もっとも、それは戦後になってから、すなわち人びとにいくらか暮らしのゆとりができてからのことであったと思う。

部落内を村道が貫通していて、主としてこの村道を軸のようにしておよそ百戸ばかりの農家が並んでいた。その中で、土地を五、六町歩（約五、六ヘクタール）ほど持つ小地主が二軒、半分ほどが自作農、残りの半分は小作農または自作農兼小作農であったと思う。他の部落にはいた殿様のような大地主はいなかった。それでも二軒の小地主の主《あるじ》はやはり旦那然として、部落内にはあまり姿を見せず、姿を見せる時には着流しに下駄を履いて歩いて行った。関西が農耕に牛を使ったのに反して、関東では主に馬を使った。馬を持っているのは自作以上の農家だった。だから、ある者は馬の手綱を引いて、ある者は馬車を駆《か》って、馬を持たない小作農は紺のももひきというういでたちで、鋤《すき》や鍬《くわ》を肩にかついで、農婦は大きな籠を背負って、部落の外にある田畑への道を往来した。夏の暑い日、頭に手拭いを姉さまかぶりにし、汗と土に汚れた顔で、重そうな草刈り籠を背中に歩いて行った村の女たちの姿は、幼い少年の目にも心にも深い印象を刻んだ。そんな百戸ばかりの農家からなる村落で、私の家だけが一軒、商家だった。商家といっても、酒、醤油、味噌、塩、タバコ等を主とする、いわゆるよろず屋であった。暮らしの程度は普通の農家と違わなかった。そんな商店の子供であることに何か負い目のようなものを私が感じ続けていたのはなぜだろう？　小学校卒業と同時に私がさっさと都会へ出てしまったこともそれに関係ありそうな気がする。

部落は東西に長く伸びていたから、子供たちは東組、中組、西組と、なんとはなしに分かれていて、遊ぶのも別だった。学校は勿論一緒で、クラス内でも分け隔てはなかったが、部落に帰ると別々になるのだった。思うに、部落が一キロ余にわたって長く伸びていたので、余程の親友か親類でもない限り、わざわざ他の〈組〉まで出かけて行くことはしなかったのである。古い昔の小字意識が残っていたのかもしれない。古くは、下総国豊田郡太田村字峯台とか中城とか城内とか呼称されていたのだから。しかし、夏の水浴びは一緒だった。鬼怒川は歩いて行くには遠すぎたし、川沿いにはいくつもの部落があって、よそ者がそこへ泳ぎに行くのは憚られた。当時の鬼怒川は水が清冽で、川沿いの部落では飲料に用いていたし、さざ浪を立てて流れる河水の底にはきれいな玉砂利がすけて見えたし、子供たちが転がり遊ぶにはうってつけの広い砂河原があった。母の実家が川沿いの部落にあったから、時々そこへ行った折には、すぐ近くの高い土手を登って降りて、流作《りゅうさく》（河川敷）と呼ばれる、土手の内側の畑地を抜けて川べりに出るのだが、そこで毎日泳いでいるここの部落の子供たちが羨ましかった。

その代わりに、私の部落では、神社の杜の下を山川用水という巾十メートルほどの、川とも呼べない川が流れていた。用を終えた田圃の水が流入するので、水は清冽とはいえなかったが、子供たちが泳いで遊ぶにはむしろ鬼怒川よりも安全だった。子供たちが遊べるように人手を加えられて安全な場所は神社の杜の下しかなかったから、同じ部落の東部の子供も西部の子供も一緒に遊び、泳いだ。この小さな川の対岸には広い田圃地帯があり、その先は隣り村だった。当然学校も違ったから、隣り村の子供たちの顔も名前もよく知らない。当時の子供たちにとって、対岸の村は正に敵地だった。私の村（部落ではない）が米作を主とする農村で、当時としては比較的に豊かで（あるいは貧しさの度合いが低く）、人びとの気性も割に温和であったのに、対岸の村は関東ローム層そのままの土質で、田が少なく畑が多く、森や林が奥深く広がっていた。人びとの気性も粗野で荒かった。山川用水の対岸の広い田圃の中を小川が流れていて、そこが村境、いわば国境であった。その隣り村の子供たちが、夏、どこで泳いでいたのか、私は知らない。私たちの山川へやって来ることは決してなかった。

山川の先の小川をはさんで私たちと隣村の子供たちは時々「戦争」をした。石を投げ合い、罵声を浴びせ合った。こちらが優勢の時には小川を飛び越えて敵地に侵入することもあったが、あまり深入りした時など、林の中から不意に屈強な若者が現れて棒切れを手にして追いかけてきた。私たちは一目散に逃げ帰ったが、逃げ遅れて小川を飛び越し損ねた者は、若者に棒切れでしたたか叩かれたり、小川の泥水の中へ突き落とされたりした。しかし、今にして思えばこれは「大義なき戦争」であり、一種のスポーツだったのである。こんな時は、〈東組〉も〈中組〉も〈西組〉もなく、文字通り同じ部落の子供であり、仲間だった。山川用水のこちら側、つまり私の部落側には西瓜畑が広がっていた。経験のある者は分かるだろうが、水中で泳ぐと、ひどくのどが渇く。そんな時、大人の目を盗んで大きな西瓜を失敬し、木陰に隠れてそれを拳で叩き割り、種の黒い、真っ赤な果肉を皆でよってたかってほおばるのである。疚《やま》しい思いを抱きながらも種を遠くへ吐き出して貪り喰ったあの味は、子供時代を思い出す時に必ず浮かび出るものの一つである。

困ったことの一つは、私の部落には精米所がなかったことである。農家では籾のまま倉や室《むろ》に保存し、必要に応じて一俵ずつ取り出して精米する。多くの家は精米機を備えていなかったから、それを精米所へ運んで精米してもらうのだが、その場合男の子が小学校の五、六年生にもなれば、俵をリヤカーに積んで子供に精米所まで運ばせた。リヤカーという和製英語名のこの荷車は、ゴムのタイヤのついた車輪を備えていて、当時の砂利道でも、引いて行くのにそれほど苦にはならなかった。困ったことと言ったのは、精米所が隣り村、つまり「敵国」にあったからである。一人で敵国に入って行くのは怖かった。精米所はリヤカーを引いて二、三十分ほどのところにあった。道路が村境を越えると、いつ「敵兵」たる少年たちが現れはしないかとびくびくしながら必死の思いで精米所に辿り着き、時にもよるが一、二時間で精米が終わると、牢獄を脱走する囚人のような思いで、ふたたびリヤカーを引いて駆け戻った。

話は少し逸れるが、精米所の向かい側に、小造りながら洒落た数寄屋風の家屋敷があった。そこが私の家と何か関わりのある家だということをなんとはなしに私は知っていたが、同時に、そこへ立ち寄ったり言葉を交わしてはならないのだということも、なぜかうすうす理解していた。そして、その家の誰かが私の家を訪れたということも、私の知る限りではなかったと思う。後になって知ったのだが、その家は私の祖父の妾宅だったのである。祖父はすでに他界していたから、その家との関係は当然ながら絶えていた。しかし、その家の庭先などにちらりと見たのは私にとって又従兄弟かに当たる子供たちだったのである。当時、はっきりとは知らないままに、そういう事実を私はどうしてか感じとっていたように思う。その後、その家の人びとは東京へ去り、何かの商売を営んで成功しているということを、これも風の便りで知ったが、私たちとはついに一切関わることはなくて終わった。

私の部落の〈東組〉には、同学年の子が男で五人、女で四人いた。藤乃という女の子は小学校を了えないうちに結核で死んだ。五人の男の子の中には小地主の息子もいたが、特殊な存在では決してなく、他の子供たちと同じように遊び、同じように悪さをしたりした。もう一人、私と同姓で、林一という少年がいた。少し知恵遅れで、辛うじて小学校へ通っているような存在で、学校が退《ひ》けて部落に帰ると、すぐに私の家にやって来て、縁側に両肘をついてじっとしている子だった。私はこの林一を「家来」にした。どこへ行くにも、何をするにも彼を連れ歩いた。林一は諾々として私に従った。それはさながら、ドン・キホーテとサンチョ・パンザであった。母が見かねてか、彼に夕食を食べさせることもあった。そんな時、彼は黙って食べ、黙って帰って行った。彼の母親がまた少し異常な人で、いつでもどこでも他愛のないことをしゃべりまくるので、ラジオとあだ名されていた。彼の家は、部落のはずれの、三角の狭い土地に建っていて、田畑は全くなく、父親は土地の言葉で日用取りの仕事をしていた。他家へ働きに行って、日銭をもらってくるのである。私の家へもしばしば来た。しかし息子の林一に仕事を手伝わせようとはしない不思議な人だった。マルクス主義でいう農村プロレタリアであった。私と林一の間に会話らしい会話はほとんどなかった。つまり意思の疎通はなくて、彼は黙々として私に従い、後ろについて来るのである。こんなつきあい（?）が二、三年も続いたであろうか。やがて私たちは小学校を卒業し、私は郷里の村を去って横浜へ出た。以来六十年余、一度も林一に会っていない。たまに帰郷しても林一に会う機会はなかったし、十年に一度くらい開かれた小学校のクラス会にも彼は一度として顔を見せたことはなかったからである。ただ、帰郷の機に郷里の友人たちから聞いた話を綜合すると、彼はともかく嫁をもらい（よくも、まあ）、男の子二人をもうけて大工に仕立て、この二人の息子がまたしっかりした働き者で、よく働いて家運を立て直し、やがて部落のはずれから一、二キロも離れた畑の真ん中の土地に立派な家を建てたらしい。その土地は家屋建設禁止地域で、町役場（この頃、村は町村合併で町に昇格していた）の職員が何度も訪ねて説得を試みたが、林一は頑として耳を貸さず、結局は職員の方が根負けして、林一の家は今も堂々と畑の真ん中に建っているという。年を重ねて頑迷固陋《ころう》（意思強固）になった林一の姿は、私には到底思い浮かべることができない。

私の家から一軒おいて、大きい竹薮の先に松男の家があった。元は隣りの部落へ行くまで他人の土地は踏まないと誇ったほどの大地主であったらしいが、当時はすでに落ちぶれて、小さい家の中の長火鉢を前にしてどてらを着込んだ彼の父親がキセルをくわえて終日座っている姿をほとんど毎日のように私は目にしていた。この人は昔の旦那の誇りを失うまいとしてか、決して田畑へ出て働こうとはしなかったし、外へもほとんど出なかった。この人の三男が松男で、私と同年である。勉強はからきし駄目だったが、口は達者で機転もほどほどにきいて、村で暮らしてゆくには何の支障もない、むしろより適していると思われた少年だった。戦争中に小学校を了え、立川の飛行機工場の少年整備工として働いていたらしいが、敗戦と共に郷里に帰り、その後どんな生活をしていたのか知らないが、ほどなく実家の傍らに小さな家を建て、自転車屋を始めたとのことである。松男はまた、ひじょうに気のよい男、好人物だったが、いわゆる遊び人で、五キロほど離れた下妻の町へ毎夜のように出かけては小料理屋などに入り浸って遊んでいたという。やがて彼はいわゆる呑み屋の女中を連れて帰り、嫁にした。そして、二人の子供が生まれたらしいが、それから何年も経たないうちに、彼の妻は他所に男をつくり、夫、子供を残したまま遂電《ちくでん》してしまったとのことである。しかし松男は妻を探して連れ戻そうとするでもなく、廃業同然の自転車屋の家で子供二人と呑気に暮らしていた。その間の生活の糧をどうやって手に入れていたのか、私は知らない。とに角、彼は少しも屈托なく、悪びれもせずに、村人とも普通につきあい、どんな集いにも催しにもこまめに顔を出していたとは、私の家の家督を継いだ弟の証言である。たまに郷里へ帰ると松男とは顔を合わせることもあったし、クラス会にも彼は屈托のない朗らかな顔を見せた。流石に年をとり、小肥りの顔には皺が刻まれ、頬の肉は垂れてはいたが、陽気で多弁なことは相変わらずだった。ただ、困ったことに、彼の息子には盗癖があるとのことだった。十年ほど前に、私の生家で法事があり、私も帰省し親類の人びとも集まってから、家を留守にして墓地へ出かけていた隙に、客人の新しい自転車がなくなっていた。戸惑う人びとを前にして弟は平然として、「なあに、あれだよ」といい、そのまま松男の家に行った。果たして自転車は彼の家の陰にあって、彼の息子がペンキで車体の色を塗り替えている最中だった。私の弟の姿を見るや、松男の息子は家の中へ隠れてしまい、何度呼んでも出て来なかった。勿論自転車はその場で回収されたが、松男が後で詫びに来たという話を聞かない。

もう一人書いておきたい人物がいる。彼も私の家から遠くない家の子供だった。彼の家は部落でも指おりの自作農で、家の造りも大きく立派だった。彼だけは私にあまり親しまず、一緒に遊んだり悪さをした記憶もほとんどない。私にとって彼一人はいわば〝まつろわぬえみし〟であった。五年生の春の頃だったと記憶するが、学校からの帰り道、何がきっかけだったか、私と彼がけんかになった。二人は取っ組み合い、殴り合った。体力も腕力も私の方がいくぶん勝っていて、やがて私は彼を野良道の真ん中に組み伏せて、顔といわず頭といわず滅茶苦茶に殴りつけた。ついに彼は悲鳴をあげ、大声で泣き出した。この日以来彼は〝負け犬〟となり、私に逆らうことはなくなったが、親しくなることもなかった。彼は昭三郎という名で、学校での成績は中以下だったが、家が大きい自作農（あるいは富農）であったことから、どこをどうしたのか、小学校を了えてから農学校に入り、そこを三年間で卒業した後、これまたどういう工作をしたのか、東京のなんとかいう大学に入ったらしい。一度、山手線の水道橋辺りの電車の中で偶然顔を合わせたことがあったが、東京という大都会の中での奇遇であったにもかかわらず、特別に話し合うこともなくそのまま別れた。これはずっと後になって知ったことだが、彼はその大学を卒業して中等学校教員の資格を取り、北海道、倶知安の高校の教員になったらしい。新制高校がいくらポピュラーな存在であるとはいえ、そこで教師として教壇に立つ彼の姿を想像するのは私には困難だった。その当時、小学校のクラス会があって、彼が教師をしていると知ると、昔の級友たちは、「へえ…広瀬がねえ」と信じかねるという態度を露わにした。因みに、彼の姓は広瀬といった。それから何年かして、彼は北海道を引き払って、郷里に近い小都市古河に居を構えていたが、いつかの年賀状（それでも私と彼は年賀状のやりとりはしていた）に、脳卒中で倒れ、幸いに一命はとりとめて目下リハビリに励んでいる、とあった。私は丁重な見舞いの葉書を書き送った。

全体で部落には十人ほどの同年者がいたが、彼らの人生にはドラマがない。つまり無事平穏だったということだが、そういう人生は書く気になれないし、そもそも書きようがない。彼らは生まれた部落から生涯出ることなく暮らし、農夫として働き、農夫として老いて、孫子に囲まれて日々を平穏に送っているのだろうか。

ただし、季夫のことを書かないわけにはゆかない。彼は私と同年の従兄弟である。彼のことは前の章で詳しく書いているので、そういう部分は省いて、部落の同級生としての面を書いておきたい。季夫とは兄弟同様に育ったのだが、その割には感銘深い記憶は薄い。ただ一つ、幼児の記憶として消えないことがある。季夫の家と私の家は本家と分家という関係で、家屋敷のはっきりした境もなかったのだが、ちょうど境い目の辺りに大きな栗の木が二本あり、九月頃になると、いがが口を開いて径三センチもあるような見事な栗の実が地面に落ちた。昼間であれば見つけた者が拾ったが、最もたくさん落ちているのはもちろん早朝だった。私も季夫も十歳ぐらいの頃だった。朝、目が覚めると、すぐに起きて栗の木の下へ駆けつけるのである。下草の間に、朝露に濡れてつやつやと光る大きい栗の実を見た時の感動は、その後の人生の中でも味わったことのない、深く大きいものだった。季夫にとっても事は同じだったろう。しかし、その感動、喜びを得るためには、自分が先に起きて栗の木の下へ行くのでなければならない。こうして、私と季夫は早起きを競うことになった。少しでも早ければ十個も二十個も拾うことができたが、逆にほんの数分でも遅ければ全部拾われてしまう。私は子供の時から朝が強かったから、多くの場合私が機先を制したと思う。ずっしりと重い栗の実でふところをいっぱいに膨らませて私が引き上げかけたところへ、着物のすそを翻しながら走ってくる季夫の口惜しそうな顔もまた忘れられないものである。季夫にしてやられることもあった。その時の切ないような悲しいような残念の思いも今なお胸に刻まれている。しかし、二人が全く同時に駆けつけて鉢合わせをしたこともあった。それはなんとも気まずい、ばつの悪い瞬間だった。互いに、何か悪事の現場を見られたような思いがした。そんな時は、二人ともむっと押し黙ったまま、それぞれ栗を拾って別れたのである。幼時とはいえ、はたから見たらずいぶんと奇妙な情景であったろう。

今思って我れながら奇異に感じるのは、季夫とは小学校を了える時にその後の進路について話し合ったりした記憶がまるでないことである。幼かったから、人生の進路について話し合うといった分別も知恵もなかったのだろうか。血縁からくる近しさはあっても、友情と呼べるような親しさはなかったのだろうか。とに角季夫は、岩手県の宮古市にある海員養成所というところへ入り、私は横浜へ出た。この時期、二人の間で手紙のやりとりをした回数は数えるほどしかない。その手紙の文面も全く憶えていない。二年間の海員養成所を了えて、季夫は船に乗ったはずだが、その後のことも私は全く知らなかった。手紙のやりとりも途絶えていたのだと思う。弁解をすれば、私は私で自分の人生を切り開くのに懸命で、他者のことに関心を向ける心のゆとりがなかったということだろう。こうして、戦争が終わって、敗北した日本に季夫は帰って来たのだが、私はすでに高等学校の学生になっていた。

日本へ帰って来て東京、尾久の二兄の家へ身を寄せた季夫に久しぶりに会った。そして、季夫が軍用貨物船に船員として乗っていて、敗戦間近の時期に台湾沖で船がアメリカの潜水艦の魚雷にやられて沈没し、季夫は海上を漂っているうちに、どのようにしてか救助されて九死に一生を得たことなどを聞かされ、彼がそのような劇的な生活を送っていたことを今更のように知って、私は内心忸怩たるものがあった。その後彼は、私の行き方に刺激を受けてのことか、新制高校に入った。しかしまた、その後も二人の交渉は希薄だった。新制上野高校での学習のことや生活についてなど、私はほとんど聞いていない。私は私で左翼運動や学生運動に多忙で、そういうことに無知、無関心と見えた季夫を疎んじていたのかもしれない。やがて彼は新制高校を卒業して、新制の早稲田に入った。当時私もまた大学生で、季夫の見つけた胡散臭いアルバイトを一緒にしたこともあった。しかし、これが私の学生時代を通じての、季夫とのほとんど唯一の接点であった。私が足を向けないでいるうちに、季夫は肺を病み、学業を了えずに死んだ。病床にあった時に、彼は、「昭男《テルオ》は頭がいいから俺とあまりつきあわないんだな」と洩らしたことを彼の死後、彼の世話をした義姉から聞かされた時、私は愕然とし、返す言葉を知らなかった。このこともまたトラウマとして私の脳裏に刻み込まれ、今も思い出すたびに、切ない思いに駆られずにいられない。

そう、もう一つ書き添えておきたいことがある。七、八年前にもまた小学校のクラス会があって、それが終わった後に同じ部落の男女十人ばかりで二次会をもった。この折に、私の家から五分ほどのところにかつて住んでいたまさ子という女性から聞かされた話は私にとっていささか衝撃的だった。無論戦後のことで、季夫が大学生になった時のことに違いない。季夫が密かにまさ子に思いを寄せていて、それらしい素振りをたびたび示し、ついにはラブレターをくれた、と彼女は言ったのである。季夫の短かった生涯を思い合わせると、まさ子への思いは季夫の人生唯一度の恋だったのではあるまいか。

部落の外にも、記しておきたい友人がいる。その一人は、隣り（といっても県道沿い）の部落の中山正隆である。彼の部落はいわば村のセンターであり、学校もすぐ近くにあったから、下校の途中にどうこうという関わりはなかった。クラスも四年生までは別であったから、本当の幼少時代を共にしたことはない。学校外の時間に、田舎の悪ガキとして一緒に遊び回ったこともない。この点は、後々に記す阿部も高橋も同様である。中山との交友はいわゆる物心ついてからのものである。同じ部落の友人たちは、小学校に入学する前からの、田舎の全くの野生児であった頃からのものであり、血縁に近い、半ば本能的な交渉であったのに対して、中山らとの関わりは、いささか物を考えるようになり、新聞はもちろん、多少は本を読んだり、政治や文化のことなどを意識するようになってからのものである。両者を較べてどちらが貴重ということはできない。異質のものである。

昭和二十二、三年、私たちは二十歳前後だった。誰が発議したのか今では定かではないが、読書会が生まれ、その機関誌のようなものまで作られた。当時の日本の、都会といわず、地方といわず、各地で見られた現象の一つではあったろう。しかし、私の地方に限って言うなら、近在の村や町にそういうサークルや団体はなかったと思う。その証拠に、後年近隣の数ヶ村が合併して町となり、程なく町史が編まれた時に、その中の一章を割いて、私たちのサークルが戦後の青年の代表的な文化運動であったとして紹介されたのである。私たちの村にだけ、そして私たちの年齢層にだけああいうものが生まれたのは、時代の空気だけでなく、それを生み出すに足る若者が何人かいたということに他ならない。

メンバーは最盛時には三、四十名になったかと思うが、その中の何名かは都市に出ている学生であった。彼らは都市の学校と郷里の村とを往復しつつサークルに加わっていたのである。私もそんな一人だった。そんな中にあって、中山は村に留まり、ほとんど月刊で出されていた機関誌の編集やらガリ切りなどを引き受けてくれた積極的なメンバーだった。中山と私の交友が深まったのはこの頃からである。しかしこういうサークルが左傾化するのは、当時全国的にみられた趨勢でもあった。私たちのサークルも例外ではありえなかった。しかもこのサークルは、私たち自身が意識していたよりも大きい存在であったらしく、やがて保守、守旧的な村当局（役場、駐在所その他）の懸念の材料となった。これに関しては、忘れえないエピソードがある。

ある冬の夜、私はたぶんサークルの集いが終わって、自転車で自分の家へ帰る途中だった。私が自転車を漕いでいたのは、そのほとんどがぬかるみで、道巾の約四、五十センチだけが乾いて固い、辛うじて自転車の走れる道だった。家に帰り着く寸前、前方に、夜目にも白い上下の服を着た人物の乗った自転車がこちらに向かってくる。それが駐在所の巡査であることを私は咄嗟に悟った。当時、村で上下白の服を着ている者など、巡査以外にいなかった。自転車に前照灯をつけていた巡査の方も私が何者かを瞬時に察知したらしい。二台の自転車は向かい合って停まった。どちらかが譲らなければ、つまり、ぬかるみの中に片方の足をついて自転車を斜めに傾けなければ相手は通れない。一瞬睨み合った。やがて口論になった。互いに相手が何者かを確かめた上でのことである。しかし、このまま喧嘩になり殴り合いにでもなれば、巡査といえども相手は公務員である、まずいことになる、という思いが私の方にあったのだろう。私が譲った。相手は私を嘲笑うかのように悠然と走り去った。その夜、私は悔しくて眠れなかった。そして、翌日、駐在所へ押しかけた。巡査を戸口へ呼び出して、前夜の口論をむし返した。ああいう場合、なんで一介の巡査に優先権があるのか、譲らせて当然というあの態度は何なのか、といった他愛のないもので、結局は水掛論に終わる他はなかったが、これは当時二十歳前後であった私の意識を象徴的に示すエピソードである。だが、この件に関しては付記しておかなければならないことがもう一つある。駐在所は村役場と同じ敷地内にあった。このことは、村の権力機構（！）を象徴するものとして今思えば面白いが、それはともあれ、当時の村役場は木造の二階建てという粗末なもので、職員は十数名しかいなかったと思うが、その全職員が私と巡査の口論を耳を欹《そばだ》てて聞いていたということを、当時村役場に勤めていた三歳年上の従兄から後になって聞いた。

話が中山から逸れたが、こんなことから私も、そして私の関わるサークルも村当局からは危険視されるようになったと思う。そのために、サークルを離れる人も出たが、中山は終始たじろぐことはなかった。彼は一貫して私の盟友であり続けた。以来、長い歳月が流れたが、私と彼との友情は変わることなく、私は帰省するごとに、まず彼の家に立ち寄ることを常とした。そして、彼の手打ちそばを振る舞われたり、稀には私がワインを下げていって、飲めない彼に無理に飲ませたりすることもあった。彼を訪ねることが私の帰省の最大の楽しみとさえなった。だが、中山とて私との交際だけに便々としていたわけでは勿論ない。彼は父親から受け継いだ竹細工店を積極的に経営し、時流に目をくれず、営利には全く無頓着に仕事を続け、職人から工芸家へと成長して、昨年か一昨年かには見事、竹細工の「日本の百名人」の一人に指名されたのである。以来彼は、「名人」として各地に招かれ、竹についての講演をすることに多忙だという。なるほどそう思って見ると、彼には自分の技芸に自信を持つ男の工芸家としての風貌が出来上がっている。その彼が、今夏〔二〇〇四年〕、北軽井沢の私の山荘へ他の二人の友人と共に来訪してくれて、互いに一夕の歓を尽くすことができた。彼は飲めない酒を飲んで大いに語り、席を盛り上げてくれたのである。

他の部落の友人で、もう一人触れておきたいのは高橋三郎である。彼はきわめて地味で寡黙な、目立たない人である。ここで書けることも多くはない。だが、そのことは彼の存在が私にとって軽いということを決して意味しない。彼は村を貫通する県道から、私の部落とは反対の方向へほんの少し入った土質の肥沃な部落の、豊かな自作農の息子である。彼の兄には慶応大学へ行った人もいるというから、村では稀な、開明的な家だったのであろう。

彼は他の学科もそうだが、数学のできる少年だった。私とはよく相撲をとった。小学生当時の高橋は体が大きく、当然力も強かったが、私も相撲では負けていなかった。彼の体力で押し潰されることもあったが、私の方も、四つに組んだ後、腰をひねって相手の体を乗せ、腰車のようにして投げ倒すこともあった。そんな少年の高橋は、高等小学校を了えると同時に、当時の少年の憧れの的であった予科練（海軍飛行予科練習生）に合格し、いち早く村を去った。たぶん、霞ヶ浦の航空隊に入ったのだと思う。一時帰省した彼に会ったことがあるが、紺の服地に七つボタンの制服はりりしく他の少年たちの目には眩しかった。予科練時代の彼については詳しく知らないが、後に聞いたところでは、特攻隊員に選ばれて死を覚悟していた時に敗戦によって九死に一生を得て、生還したのだという。

戦後の彼は自作農の家督を継いで、米作を中心とする篤農家として、地味に、しかし着実に生きてきた。私は彼の作る米を信頼していたから、何年間か彼の米を送ってもらったこともある。私が帰省すると、中山と彼が相手をしてくれた。彼の運転する車で、あの地方の名物だという、遠いところのそば屋へ案内してもらったり、焼き物の町、益子《ましこ》や笠間へ連れていってもらったり、つくば市の古書市へ同行してもらったりした。あるいは、近隣の下妻市の湖畔に新しくできたホテルに中山と共にわざわざ同宿してもらったこともある。多くの場合、寡黙な彼ではあったが、そんな折には重い口を開いて本の話などをした。それを聞いて私は彼が大変な読書家であることを知って正直驚いたものである。年老いてからは農作業からも解放されて読書三昧の生活を送っているという。羨ましい話である。最近では有吉佐和子の『鬼怒川』という小説を読んで持っていると聞いて、容易に見つからない本なので送ってもらうことにした。もう一つ、彼の人柄を示すのは、彼が決して共通語なるものを口にせず、方言のまま恬淡《てんたん》と話すことである。啄木ではないが、「ふる里の訛りなつかし…」、私は彼と会うたびに、郷里の味をかみしめる思いがする。その高橋も、今夏、中山と一緒に、はるばる北軽の私の山荘を訪れてくれて、それこそ楽しい一夕を共にしてくれた。その時撮った写真を先日両君に送った。

「下手な写真だが、いい記念になりましょう」と書いた。

もう一人、記しておきたい他の部落の友人がいる。それは阿部忠である。彼の部落も県道沿い、鬼怒川沿いで、私の部落からはずっと離れていて、小学生が下校後に遊びに行けるところではなかった。彼とは小学生の最初の三年間はクラスが別で、二人ともそれぞれのクラスの級長をしていた。四年生になって男女別組になり、男の子だけのクラスができて、ここで私と阿部とは同じクラスになった（そして選挙によってだったか先生の指名によってだか忘れたが、私が級長になり、阿部が副級長になった）。啄木に、「小学の首席を我と争いし、友の営む木賃宿かな」という歌があるが、時代の助けもあってか、互いにそういうことにならないですんだのは幸いであった。しかし、四年生以降彼との間にとくに親しい関係が生じたという記憶はない。彼の家は彼の部落の中心からも離れて県道端にあり、生家はスレート瓦の製造を大きく営んでいた。彼の長兄は私たちよりはずっと年長で、東京の高等師範を出た人だと聞いたし、伯母は村の小学校の古手の教師だった。その伯母の夫という人も、私たちの村とは関わりを持たなかったが、他所で教師をしていた。いわば当時の村ではインテリ一族で、事実当の阿部も眼鏡をかけて、細身のいかにもインテリ風の少年であった。私の部落にはいないタイプの少年だった。小学校を了えて彼は町の中学（旧制）に入学し、私は小学の高等科を了えてから横浜の親戚を頼って郷里を離れ、早稲田講義録などでかねて準備をしていたこともあって彼の地の中学の三年に編入学することになったが、中学時代を通じて二人の間にはほとんど交渉がなかった。中学を了える頃になって、その後の進路の問題が生じた。当時の流行というか、学校や当局の半ば強制もあって陸士（陸軍士官学校）や海兵（海軍兵学校）を目指す者が多かった。私もいっときは、ジャバラの軍服に銀の短剣を腰に下げた海兵に憧れに近い気持ちを持ったこともあったが、私の本来の志望はやはり高等学校であった。佐藤紅緑の『ああ玉砕に花受けて』や山本有三の『路傍の石』などを読んで以来、私の胸に宿っていた宿願であった。だから私は師範学校に行けという母親の懇望を振り切るようにして自分の思いを押し通したのである。当時、師範学校は、学費が無料で、したがって学校の成績がよくても家が貧しく、中学へ行けない者たちの唯一の進路だった。私が師範学校を嫌ったのは、周囲に尊敬できる小学教師がいなかったせいもある。

こうして私は非力であったにもかかわらず、戦時中の受験制度にも援けられて、幸運にも昭和二十年に高等学校の文科に合格することができた。阿部は一年遅れて、山形の高等学校の理科に入った。高等学校へ、しかも二人も入学者が出るなどということは、僻村の小学校の卒業生にあってはは前例のないことであった。こんなことから二人の接触が再開されたのだと思う。ただし、二人の学校は遠く離れていたから、頻繁に会うことなどはできなかった。一度だけ私は山形まで彼を訪ねたことがあったが、その時の彼はいかにも当時の高校生らしく、ゾルとかメッチェンとかフラウとかドッペルとかの、ドイツ語風の単語を会話の中に多く用いた。後は、春と夏の休暇に帰省した折に会うだけであったが、子供ではない、青年としての、しかも自負の心を強く抱いた青年としての友情がこの時期に芽生え、育ったのだろう。当時の高校生の多くが読んだ阿部次郎の『三太郎の日記』も、阿部の伯父の蔵書の中から彼の手を経て借り出して読んだ。薄緑色の、クロス張りで文庫版サイズの古びた本であったが、人生いかに生きるべきかについて熱く語るこの本は私の胸に深い感動を刻み、しばらくの間私の枕頭の書となった。もっとも、ずっと後年読み直してみると、やたらレトリックの目立つ、とくにどうということはない本ではあったけれど。ある夏には、鬼怒川の深い淵で二人きりで青年らしく抜き手をきって泳いだこともあった。

やがて高等学校の三年が経って、私はそのまま東京の大学の仏文科に移ったが、阿部は前橋の医大に入った。二人の進路は大きく開いたわけである。仏文科などというところは至極気楽なところで、余程怠けない限りなんとかやり過ごすことができた。時は、少なくとも知識人の間では、マルクス主義の全盛期で、教授たちの中にもそうした傾向の人が多く、中でも政治学の丸山眞男教授の著書や講義は多くの学生に深刻な影響を与えた。私も例に漏れず左翼青年となり、その種の本を漁り、学生運動に熱中したり、労働運動にも関わったりした（しかしマルクス主義への私の熱は案外早く冷めた。スターリンという人物に対して私は早くから強い違和感を覚えていたし、ごく若い時期に訪れる機会のあったソヴィエトの社会に接して、この社会と思想に対するそれまでの私の違和感あるいは懐疑は幻滅そして否定へと傾いていった）。

一方、阿部の方は医大生であったから、学業、実習に多忙で、私のようなわき目を振っている暇などなかったに違いない。こうして、その後、私は複雑な経緯をへて、フランス、イタリア文学で身を立てるようになったが、阿部は群馬県高崎市に医院を開設した。しかし、彼の医大での四年間についても、その後の開業医としての生活についても私はほとんど知るところがない。互いの間の接触が途絶えていたのである。私は私で、青春のむら気の中で自分の生活に多忙であったし、開業医となった阿部もそれこそ多忙を極めていたに違いない。しかも彼は大の筆不精で、せめてもの年賀状にも返事をくれない。ここ何十年間に顔を合わせたのは、小学校のクラス会で一、二度、そして彼が湘南地方に医院を移したいとしてその内偵にやって来た途次、鎌倉の拙宅を訪ねてくれた時ぐらいである。阿部はその後、伴侶を病で失ったことを、これもほとんど風の便りという風に知ったが、時期を失しており、私はお悔み状も出さなかった。そう、それより前に、たまたま私は「毎日新聞」の一面のコラムに「孤独について」という小文を書いたことがあったが、その私の肩書きがイタリア文学者となっていた。阿部は偶然この記事を読んで、私がイタリア文学に転じていたことを知らなかったので、その記事がこの私のものかどうかを問い合わせる電話をくれたことがあった。彼もまた私のその後を知っていなかったのである。

　こうして、まさに光陰は矢の如く流れ、七十歳を過ぎて間もなく、懐旧の情已みがたく、私は阿部宛に、互いに古希を過ぎ、いつ何があってもおかしくない年齢になった、ついては機会を設けて是非会いたい、その時には郷里の二、三の友人も招きたい、という旨の葉書を書いた。すると、筆不精の彼から、半ば期待しなかった返事の葉書が届いた。しかもその内容は懇切なもので、幼時の互いの共通の思い出に触れ、敬愛する君に是非再会したいというものであった。普段筆不精の彼からのこういう葉書を受けとって、私は胸に熱いものがこみ上げた。にもかかわらず、筆不精ならぬ行動不精の私は具体的な行動を起こさず、そのまま二、三年がまた流れて過ぎた。

そんな時に、妻の義兄が死亡して葬儀があり、式後の食事の席でたまたま私の向かいに座った人が義兄の姪で、高崎に居住しているという。それで私は阿部のことを話し、こういう医院を知っているかと尋ねた。その人は知らないと答えたが、高崎へ帰ってすぐ、電話帳ででも調べたものか、阿部医院のアドレスと電話番号を知らせてくれた。私は無論それを知ってはいたのだが、その人の律儀さと親切心に背中を押されるような気持ちで阿部に電話をかけた。懐かしい阿部の声が電話に出た。いくぶん老人じみてはいたが、それは紛れもない阿部の声だった。そして忽ち二人は現在の何者でもなく、昔の少年に返り、阿部、大久保と呼び合って話した。そして私が、同じ群馬県の西端の地に山荘を持っていて夏をそこで過ごすのだというと、彼はそれならそこを訪ねよう、高崎からは遠くないから、と答えてくれた。私は彼の積極的なその思いを喜び、それならミニ・クラス会にしようと、郷里に住む二人の友人（中山と高橋）に電話をして、事情を話し、山荘へ誘った。二人も快諾してくれた。こうして四人は私の山荘で顔を合わせたのである。髪こそ白くなり、顔には年輪を示す皺が刻まれてはいたけれども、話せば昔と変わらぬ少年たちであった。それは、高校や大学の友人とはまた違って気のおけない友人であった。郷里の二人は満足して翌日帰っていったが、阿部はふたたび電話をくれ、体調がなんとかなるから（医者の仕事はきついのだといって）牛肉を持って再来するという。二度続けて会いたいという彼の友情に私が大いに感動したことは言うまでもない。

（二〇〇五年九月四日記）

3　出郷、間借りのこと

初めて郷里を出た時のことはなぜかあまりはっきりは記憶にない。母は当然門先に立って見送ってくれたのだが、その時母がなんと言ったのかも憶えていない。ただ、寂しげに、不安げに立ち尽くしていた母の姿がうっすらと記憶の底に澱んでいるのだが、これは後になって自分で作り上げたイメージなのかもしれない。とに角、少年の私は、人の心、親の心などを察することなどからはほど遠かったのである。ただ、その後私を物心両面にわたって支援してくれることになったYさんという人と、その義妹という人がこの時一緒で、私の家から、バスの通る県道までの一キロ余の、畑の中の野道を歩きながら、「お母さんはあんなに寂しそうだったのに、子供は呑気なものだね」と二人で話していたのだけはなぜか鮮やかに憶えている。そうだったのだろう、十四歳の私は夢を追いかけることに夢中で、母のことなど心にかけていなかったに違いない。Yさんは、横浜の大手の電機メーカーで設計部とかの課長をしている人で、その義妹というのは、私の生家の裏手にある家の人だが、部落では例外的な家で、女学校を出て横浜のどこかに勤めていて、部落の者たちとはほとんど交渉なしにきた都会人だった。

郷里から辿り着いたのは、横浜といっても鶴見の下町に間借りをしている、先述の従兄弟たちとは別の従兄の部屋だった。その部屋のあった家は、鶴見の駅を東口で降りて下町を十分ほど歩いた商店街の真ん中にあった。周囲には雑多な店が並んでいて、人通りも多かった。ただ、広い通りではないので、バスは通らなかったし、当時のことで自動車（当時は車とはいわなかった）もほとんど往来しなかったと思う。

ところで、肝心のその家なのだが、家の二階の三畳の間に従兄は間借りをしていた。そこへ私が割り込んだのだが、従兄にその部屋を貸していた人というのが、実は二階二間を間借りていて、その人は八畳の間を使い、三畳の間を従兄に又貸ししていたのである。どんな境遇の人であったのか。ところが、三畳に入るにはその八畳を通らなければならない間仕切りになっている。しかも、その八畳には、未亡人らしいその婦人と、十五歳から二十歳くらいの娘三人が暮らしている。私はそこへ辿り着いた時からこれは大変なところへ来たと、心のすくむ思いがした。しかもしかも、その母親は、私を田舎くさい貧乏中学生と見たらしく、全く言葉をかけないし笑顔も見せない。あるいは狭い部屋に割り込んできた厄介者と思ったのかもしれない。二階には洗面台もトイレもなかったから、用を足すには八畳の間を通って下へ降りなければならない。そのたびに私は体をすくめ、部屋の壁をこするようにして通り抜け、下へ降り、そして上がった。そのたびに八つの冷たい目が私の方へ向けられたかどうか、私は知らない。私は彼女らの方へ決して視線を向けなかったのだから。母親というのは、小原ミテさんという奇妙な名前の人で、年齢は四十くらいだったのだろうか、少年の私の目にもむしろ美人と思える顔立ちだったが、表情は能面のように冷たかった。私は郷里を出たばかりのせいもあったろうが、人間の冷たさというものをこの人の顔を通して最初に知ったように思う。

従兄は陸士（陸軍士官学校）を受験するということで、懸命に勉強していた。陸士というのは、当時の中学生にとってかなりの難関で、それに合格するには相応の努力が求められた。当然夜も遅くまで机に向かっている。私もそれに釣られるようにして夜遅くまで起きていた。ゴミゴミした一画なのだが、私たちの三畳は東に面していて窓は大きくあいていた。蚊帳があったのかどうかは憶えていない。季節は春から夏へと移っていったのだから、当然蚊に苦しめられただろうと思うのだが、その記憶もない。もう一度書くが、厄介なのはトイレであった。昼間でもそうだったのだから、夜遅くトイレに降りるということは、すでに女四人が寝静まった隣室を通り抜けることだった。それを思うたびに、それを行うたびに、私は身も心もすくんだ。しかし、どんなに我慢をしても、寝る前に一度は用を足さなければならない。そっと仕切りの襖を開けるとそこはもう八畳間である。私はそれこそ蛇のように、あるいはゴキブリのように、息を殺し身を縮め、勿論足音を忍ばせて、そして間違ってもそこに敷きつめられた寝具の端に躓いたりしないように用心しながら壁伝いに部屋を通り抜け、また同じように三畳に戻るのだった。その部屋を通り抜けることは、またそうする以外に方法はなかったのだから、部屋主（?）側も、それを表だって咎めはしなかった。しかしそこにはいつも無言の非難の雰囲気があった。勝手に闖入してきた田舎者の少年に対する侮蔑があった。

やがて従兄は陸士の受験には失敗したが、それより一段下げた海軍の学校に入り、その部屋を去った。私は一人残された。その時の私の置かれた情況そして心境は、ここに記すのも忍びない思いがする。依然として最も（いや、一層）深刻なのは夜間のトイレの問題であった。ここで私は決断をした。いや、決断を余儀なくされた。どうしたかといえば、言うまでもない。三畳の窓から外に向けて放尿したのである。悪事はすぐに露見した。当然ながら、私の排出した液体は瓦を伝って樋に流れ落ち、樋を伝って下の本物の家主の窓先に到達したのである（のであるらしい）。その悪事を二、三日続けたろうか。間もなく下の家主から呼びつけられた。家主はひどく醜い老婆と見えたが、今思い直すとまだ五十代ぐらいの女であったかもしれない。とに角叱言《こごと》はきつかった。私はこの老婆から直接部屋を借りているわけではなかったのだが、それでも、今後こういうことをするなら出て行ってもらわなければならないと宣告された。

宣告されるまでもない。私は即座に、この牢獄のような部屋から退散する決心をした。そう、丁度この頃、監督名は忘れたが、「格子なき牢獄」という映画があった。私はその映画など観なかったが、とに角この格子なき牢獄を脱出する決心をした。決心はすぐに実行された。ようやく見つけた、やはり地方から出てきていた友人と一緒に新たな部屋を見つけ、二人でそこへ入ったのである。この部屋は六畳で、決して快適ではなかったが、トイレや洗面に隣室を通るということはなしに行くことができた。ここへ来て私は深く息をついた。ホット安堵の息をついたのである。
だがこの間借りの話にはもう一つおちがある。一緒に住むことになった友人は、東北、新庄在の出なのだが、お互いひもじい毎日を過ごしていることに変わりはない。食事は自炊ではなく、配給される外食券なるものを持って外食券食堂というところでするのだが、当時すでに食糧事情は逼迫していて、飯は小ぶりの丼に盛りきり一杯、お代わりなどはできない。それに味噌汁、漬け物、小魚の佃煮という程度で、食べ盛りの少年の胃袋は満たされることがなく常に空腹を訴えていた。食堂の応対もひどいもので、客へのサーヴィスなどというものは爪の垢ほどもなく、喰わせてやる、恵んでやるといった物腰であった。アルミのお盆に載った貧しい定食がカウンターにドンと突き出されて、味噌汁がこぼれる。それを恭しく受けとって粗末なテーブルの隅に運んで黙々と食べるのである。米には麦か大豆が混じっていた。それでも一粒も残さず、きれいに平らげたことは言うまでもない。

　同室の友人は勉強家であった。彼もまた陸軍の学校を受験するとかで、その受験日が迫ると夜更けまで机にかじりついていた。当時、軍国熱が少年たちを侵していたことは当然であったが、郷里からさしたる仕送りも望めない少年たちにとって、月謝の要らない、それどころか何がしかの給与（！）さえもらえるという軍の学校は憧れの的だったのである。

　ある晩、すでに寝ついていた私は、ボリボリという音に目を覚ました。はじめはネズミかなと思った。だが、そうではなかった。頭《こうべ》をめぐらした私の目に映ったのは、一間ほど離れて机にかがみ込んでいる友人の姿と、その机の端に置かれたかき餅（いつ送られてきたものか）であった…。

私は目を閉じ、また眠った。

やがて、友人は軍の学校に合格して、部屋を去った。私はまた一人になった。

4　母を恋う

（二〇〇四年七月某日記）

手元に一枚の古い写真がある。昭和十二年頃の、私にとってはまことに稀な貴重な写真で、当時の我が家の家族全員が写っている。父と、末弟を抱いた母が後ろに立ち、その前に男の子ばかり四人が横一列に並んでいる。長男の私は十二歳で、白い日よけのついた学帽を被り、白い半袖シャツにズボンをはいているが、弟たちは着物で三尺帯を締めている。父は三十六歳、母は三十五歳だったと思う。父はむしろ小柄だったが、写真では大きく写っているのは、私たち子供が幼く小さかったためだろう。母は当時の農村では普通だった、質素な和服をまとい、髪はひっつめ髪に結っている。そして、その表情はとくに不幸でもない、さればといってとりわけ幸せでもない、これから中年にかかろうという女性のものである。写真がおぼろでもあるせいでそれ以上を読みとることはできない。

母は明治三十九年、鬼怒川下流沿いの農村に生まれた。その年は明治三十七〜八年の日露戦争が終結して翌年に当たるが、当時の社会の雰囲気と母の生誕そして成長とがどう関わったのか、これも私には分からない。何の関わりもなく生まれるべくして生まれたとしか言いようがないだろう。母には二歳上の姉きくがいて、母は次女できみと名づけられた。生まれて以降の幼少時代、娘時代がどんなであったのか、これも母の口からも他の誰からも一切聞いた憶えがない。とくに悲惨でも幸福でもなかったためでもあるだろうが、それより何より母を含めて周囲の人びとが、生活について、人生について語るなどということは思ってみたこともなく、またその術も知らなかったのだと思う。

母の生家は農家で、田を二町歩（約二ヘクタール）、畑を一町歩ほど持つ、いわゆる自作農で、しかも豊かな沖積土壌地帯であったから決して貧しいという家ではなかった。その父の祖父（母の曽祖父）は、中島砂山という漢学者で、幕末の常総地方では、門弟を多数抱えて世にも知られ、幕府倒壊に際し、それを嘆いて鬼怒川に身を投じた人物であったが、母の父はむしろ凡庸な人であった。母の母（私の祖母）は小柄で利発な人だったが、字を知らなかった。祖父（私の）がいつも大きな火鉢の前に、どてらを着てほとんど無言のまま座り込んでいるのに、祖母は広い土間や座敷をくるくるとコマネズミのように動き回っていた姿を今もありありと思い浮かべることができる。

母も利発な少女で、小学校での成績もずいぶんと良かったらしい。私の計算では母は明治の末年に小学校に入り、大正九年に高等小学校を了えたはずである。世は大正デモクラシー華やかな時代であったが、それは都会の、それも知識階級のことであり、関東の僻村の一農家とはなんの関わりもなかったはずである。当時近隣の町には、中学校は勿論、女学校も創設されていたが、母の父は娘を女学校へやろうなどとはさらさら思わなかったし、母自身もそれを願うなどという大それた夢は持たなかった。この時代、子女を中学校・女学校へやるのは、田畑を五町歩以上も所有する富農、小地主以上の階層に限られていた。開明的なところなど少しもなく守旧的な母の父は、どんなに賢く利発であっても、娘を女学校へ上げるなどとは全く考えなかったのだと思う。

こうして母は、大正期後半に当たる娘時代を村娘として過ごした。すなわち春から秋にかけての農繁期には田畑の仕事を手伝い、その母を助けて家事をこなすという生活である。その村落は農地としては肥沃であったが、井戸水は不良で、そのために当時は流れが清冽であった鬼怒川から飲み水を汲んでくることを余儀なくされた。川の流れは家から一町（約百十メートル）の余も離れていた。しかも丈余の高い土手があった。そこを天秤の両端に桶を下げて川に下り、水を一杯汲んで戻るのである。若い娘にとってずいぶんときつい労働であったろう。真夏の土手での草刈り、田の草取り、秋の稲刈り、そして脱穀、いずれも辛い作業であったろう。農閑期の冬になると、村の娘たちは「お針っ子」になった。つまり、たいていは街道沿いの部落にある裁縫所へ、お針すなわち裁縫の修行に通うのである。朝に家を出て、夕方に家に帰り、その間、畳の部屋に十人かそれ以上の数の娘たちが並んで座ってお針修行の針を運ぶのだが、お互いの間での世間話や噂話なども許されただろうし、持参の粗末な弁当を食べる時もずいぶんと楽しかったろうと思われる。私の少年時代にもこの風習は残っていて、農閑期になると家の前を朝夕村の娘たちが連れ立って往来するのを見ることができた。品や柄は少年には分からなかったが、どの娘も着物の上に羽織をまとい、風呂敷包みを抱えて、足には足袋と駒下駄を履いていた。母の時代もおおよそ同じだったろう。

村娘たちが往復する道には、筑波下ろしとか日光下ろしとか呼ばれる寒風の吹く日があった。そんな日には、頬を紅くし白い息を吐きながら、裁縫用具をしっかりと胸に抱えて歩く娘たちの中の母の姿を思い描くことができる。

盂蘭盆の盆踊りや村祭りの宵などは、村の若者たち、娘たちが日頃の労働から解放されて生を楽しむ数少ない機会であった。村の社《やしろ》には、近隣の部落からは勿論、遠い村からも若者たちが集まって来て踊りを競い歌を誇った。鎮守の社から聞こえてくる笛や太鼓の音を家にいて聞けば、若者ならずとも胸が躍った。だが、祖父（母の父）は自分の娘たちがそういうところへ出かけるのを喜ばなかった。どうしても、という時には付き人をつけた。母の青春がどんなものであったか、私は知らない。

数年が過ぎて母は十九歳そして二十歳になった。大正の末期である。当時としては嫁入りの年頃である。親たちは娘の婚期を逸することを何よりも恐れた。ところが何としたことか、母の生まれた明治三十九年は丙午《ひのえうま》の年だったのである。この年に生まれた女は災いを招き夫を殺すという古くからの迷信があった。村人たちがこれをどの程度信じていたか否かは知らない。しかしこの伝承が結婚の大きな障害になったことは言うまでもない。仲人から何度か口をかけられたが、丙午と知れると、すべて話は流れた。母の両親とすれば、相応の農家に娘を嫁がせたかったのだろうが、それが叶わなかった。結局、最後にまとまったのが私の父との婚姻である。無論、見合いの結婚である。先にも書いたが、父の家（私の生家である）は、酒、味噌、醤油を主として商う、村の商家であった。この婚姻の成立したのが、父が一度結婚に失敗し、二度目という弱味のあったためであることは容易に想像することができる。

母は大正の末年である十五年に私の生家に嫁入りし、私の父清四郎の妻となった。その年の暮れ近くに、それまでの天皇が没して年号が昭和と改まり、翌昭和二年の九月に私が生まれた。一方、両親の晩年に生まれ、甘やかされてのほほんと育った感のある父が母の意に添う人であったのかどうか、これまた私の知りうるところではない。とに角私は生まれた。生まれれば育てなければならない。私はよく泣く子であったらしい。抱いても泣き、おぶっても泣いた。姑は厳しい人で、赤子の私が泣くと母がきつく叱られた。母は私を抱くか、おぶうかして家の外に出ておろおろした。そして、子守唄を歌って私を寝かしつけようとした。その声はか細く悲しげであったに違いない。昭和初期の農村の二十過ぎたばかりの若い嫁が、姑を恐れ、泣き叫ぶ幼な児を寝かしつけようとして必死に懸命に歌う子守唄である。

ねんねんころりよ、おころりよ。坊やは良い児だ、ねんねしな。
坊やの子守りはどこへいった。あの山越えて里へいった。
里の土産に何もろた。でんでん太鼓に笙の笛。
鳴るか鳴らぬか、吹いてみよ。

私は長年この子守唄を祖母から聞かされたものと思っていた。祖母に抱かれたりおぶわれたりした記憶はないにもかかわらず、古い子守唄の類は祖母から習い覚えるものと思い込んでいたためである。ある時、そのことを母に話すと、違う、それは私がいつも歌ったのだよ、とやんわりたしなめられた。それは心ない息子への母の抗議でもあった。

私の後に三年おいて次男を産み、さらに二年おきに三人の男の子を産んで都合五人の男の子を母は産んだ。産み終えて母はまだ三十歳をいくつも過ぎていなかった。その当時に撮ったのが冒頭に記した写真である。

父はいわゆる甘えっ子として育ったし、若年に家業を継いだこともあって、店の経営に不馴れであった。村の百姓たちは貧しく、「付け」にする客が多かった。そして年末になっても払おうとしない者も少なくなかった。その取り立てが父には苦手であった。そういう気弱な父と、それでは店が成り立たないと諫める母との、争いにも似たやりとりの場を物心ついてからの私は何度も目にしている。さらに悪いことには、父はある時「先物」に手を出して大損をした。そのためにかなりの額の借財を作った。家計はさらに苦しかったはずである。五人の子供の子育てに加えて、母の苦労がさらに募ったことは言うまでもない。この頃の母の、暗い引きつったような表情は私の幼い心にも暗い影を落とした。

昭和十二年に日支事変が始まると、村の壮丁《そうてい》に召集令状がくるようになった。「赤紙」である。父の友人も日の丸の旗に送られて出征して行った。父は三十五歳前後であったから、いつ「赤紙」がくるかもしれない年齢であった。母はそれに怯えた。「赤紙」は家庭の破滅をほとんど意味していた。「赤紙」の恐怖は母の脳裏を去ることがなかった。たまたま役場員が訪れたりすると、母の顔に怯えが走った。

昭和十七年春、私は村の小学校を了えて、都会の中学校に入るべく家を出た。父母のことは深く思わなかった。子供は常にエゴイストである。結局、父に「赤紙」がくることはなく、あの昭和二十年八月の敗戦の日が訪れた。誰しもだが、母はどんなにか安堵したことだろう。その後の十四年は母の最も幸せな、少なくとも不幸や不安のない時期であったと思う。子供たちも一応世間並みに育ったし、自身も夫も健康であり、店の経営もまずまずというところであった。四十歳から五十歳にかけての時期で、部落の団体旅行に率先して参加して見知らぬ土地も訪れたし、都会に暮らすようになった息子たちのところへやって来たりもした。だが好事魔多し。凪のような一時の母の幸せに痛撃を加えたのは、三男の事故死であった。当然ながら、息子に先立たれて母は激しく嘆き悲しんだ。そして急に老けた。それから程なく、私が湘南の地に設けた新居に一度母はやって来たが、都会風のその街の雰囲気に馴染めず、家の中にいてもいかにも所在なげなその姿を見て、私は何ものとも知れないものに向かって密かに詫びた。

何年かして、母は癌に冒された。搬送車に乗せられて手術室に入る間際の母に、私は「頑張れよ」と声をかけた。母は童女のようにコックリと頷いた。その時の手術で母の病は一度は癒えたかに見えた。しかし、臓器の一部を切除されて人工肛門になった。以来母は村人たちとの団体旅行に一切参加しなくなった。それでも、不快、不自由に慣れて、孫娘たちとの生活を楽しむかにも見えた。こうして、小春日和のような、とも角も一応は安穏な数年が過ぎた。そんな時に、母の癌は再発した。ふたたび入院加療中に、次男が脳卒中で卒然と死んだ。その死を、闘病中の母にしばらくは告げることができなかった。またもやの息子の死は母に致命的な打撃であった。失意と落胆の二、三年をさらに生きて、母は死んだ。その晩年は幸せではなかった。

母危篤の知らせを受けて郷里へ駆けつけた時に、母の額はすでに冷たかった。親の死に目にも会えぬ奴、あるいは、「風樹の嘆」とは古来親不孝者の代名詞である。私は顧みて痛恨そして忸怩たる思いを如何ともしがたかった。

しかも私がさらに打ちのめされるような思いを抱かされたのは、容態が俄かに悪化した時の母が、枕辺を囲む者たちに「私の好きな〝旅愁〟を歌ってくれまいか」と訴えたことを聞かされた時である。

　更け行く秋の夜　旅の空の
　　わびしき思いに　ひとりなやむ
　　　恋しやふるさと　なつかし父母
　　　　夢路にたどるは　故郷《さと》の家路

人びとは声を押さえて合唱し、母もほとんど声にならない声であったろうが、人びとに併せて歌った。そして、それから間もなく、苦しむこともなく、安らかに息絶えたのだという。…だという。そう、私はその場にいなかったのだから……。

（二〇〇四年七月某日記）

5　父の記

不遜にも私は自分の父を手記に留めるに値しない人物と考えてきた。何も書き記すことなどないのではないか、そう思ってきた。母の享年に達し、父のそれに近づくにつれて、私のそういう思いは徐々に変わってきた。どんな人物にも例えば何かの折に我が子に対する愛情が発露したような時があるのではないか。そんな思いが胸中を去来するようになってから、ある朝まだベッドの中にあった時に、不図ひらめいた想念があった。

先にも書いたように、父は両親から三人ばかり女の子が生まれた後の末の男の子として生まれた。両親はすでに若くなかった。男子であったから、末子でも親の家業を継いだ。祖父の代の中期頃までは、その地方で産する鶏卵を集荷し、鬼怒川の川舟を使って江戸（東京）に出荷するのを業としていたが、地方に鉄道が敷かれて川舟による運送は廃れた。我が家の家業も、玉子屋という屋号だけを残して転業し、酒、醤油を主とする小売商店に替わった。これが没落であったかどうかは知らない。両親がすでに若くなかった時の末子として生まれたから、父は両親と早く死別し、若くして家業を継いだ。甘やかされて育った上に二十歳そこそこで継いだから、小さいといえども店の営業は易しくはなかったらしい。この間の経緯について私は知る由がない。両親から聞いたこともない。

父は二十歳をいくつも過ぎない時に妻を迎え、程なく私が生まれた。昭和二年である。世界恐慌が発生し、日本中が不景気の底に喘いでいた時期だったはずだが、それが父の商売にどんな影響を及ぼしたのか、農村がどんな情況にあったのか、これも私には知る由がない。多少物心がついてからも両親からそれに関する話は聞いたことがない。不況や景気といったことについて語るのは両親にとっては苦手なことであったに違いない。ただ、呑気に育った父の商売の仕方が甘く、お客に簡単に貸し売りをして回収ができなくなり、そういう父を咎める母との間で言い争いがあったことは、前にも記したようにおぼろげながら憶えている。農家から嫁いできた母が、畑仕事が好きだったのか、家計を援けるためか、暇をみては畑仕事に精を出したのも知っている。夏の日の昼時、畑から籠を背負って帰り、汗の滴る顔を手拭いでぬぐっていた姿や、その汗の匂いも私の記憶に刻まれている。

我が家には、というより父には晩酌の習慣がなかった。夕食の時に父が酒を飲んでいた姿は私の記憶にない。酒屋のくせに苦しい家計のために母がいい顔をしなかったのか、気弱な父が敢えてそれをしなかったのか、これも不明である。いや、晩酌という習慣は農村一般にはなかったかもしれない。農民は飲みたくなれば呑み屋に行ってコップで焼酎などを呷《あお》ったのだろう。それは生活がいくぶん楽になり、食事を、生きるためではなく、楽しみとして摂れるようになった都市の小市民階級の習慣なのかもしれない。ともあれ、父は大の酒好きで、母の目をかすめるようにしてコップ酒を呷っていたのを私は何度も目にした。その時の父には何か疚《やま》しげな表情があった。それを見る私は子供心にいじましい思いがした。ずっと後になって聞き知ったのだが、父は外出した折に近隣の親類などへ立ち寄っては自前《じまえ》の酒を呷っていたらしい。

そんな父であったが、店を大きくもしない代わりに潰しもせず、他家からの借金の話などが子供の耳をかすめたことはあったが、生まれた男ばかり五人の子供を死なせもせず大病もさせずに育て上げた。それにしても今思って悔やまれるのは、あの酒好きの父にどうして酒席のつきあいをしてやらなかったかということである。成人した息子たちと酒を酌み交わすことができたなら父はどんなに喜んだことだろう。若い時の私は頑なで、酒もあまり飲まず、父とさしで飲むことなど思ってみたこともなかった。

最近、井上靖の『わが母の記』を読んだ。母の記と題されているが、作者はその父についても多くのページを割いている。その父なる人は誰に話しても恥ずかしくない立派な人である。私の父とは比較の仕様もない人物である。父はどちらかといえば影の薄い人であった。

そういう父ではあったが、記しておきたいことがある。それは無学であったせいかもしれないが、父は私の学校の選択についても、そして学科の選択については勿論、一言も口出しをしなかったことである。農村出の貧しい若者がフランス文学をやるなど途方もないことだったはずである。近隣の村落出身で、アメリカ文学の研究・翻訳で名を成した大久保康夫氏がいたが、村人はこんな人の存在など皆目知らなかった（因みに、康夫氏は近親とはいえないが遠縁の人である）。このことで連想されるのは島木健作の『生活の探究』の中で、農民の両親が何か難しい学問をしてきたらしい息子に対して万事につけ遠慮気味で口出しをしなかったことである。自分の境遇との類似からこのことは私の胸に深く刻まれた。さらに意想外だったのは、かの知識人の権化のような小林秀雄の母が、息子が何を勉強しているのか全く解さないままに息子を全幅に信頼しきって一切意見をはさまなかったとの話である。

入学はしたものの、日本は敗戦直前の時期であり、都市という都市が破壊され、焼き尽くされて、社会は崩壊し、学校も授業を始められる情況ではなかった。にもかかわらず、次弟が出郷してきて東京の中学に入り、それまでの私の下宿に住み着いていた。私は高等学校の寄宿寮に登録し、一応入寮はしたものの、寮も開店休業といった有様で、そこに安閑としてはいられなかった。五月のある日、弟のいる鶴見の下宿へ戻った。そして数日が経った日の夜、二人が外食券食堂で貧しい夕食をすませ、下宿の部屋に入って間もなく、あの不気味な空襲警報のサイレンが鳴り響いた。しかし、またいつものことだろうと高を括っていると、階段下から大声で、京浜地区が狙われているらしい、と告げられた。慌てて立ち上がり、窓を開ける間もなく、早くも飛来したB29の大群の轟音が空を圧しており、あちこちにすでに火の手が上がっている。私たちには、寝具を除いては衣類と呼べるものも家具もなかったが、二、三十冊の本があった。それを持ち出そうとしてうろうろする中に窓先の隣家はすでに炎上し、忽ち私たちの家にも炎が攻め寄せてきた。私と弟は抱えられるだけ本を小脇にかかえ、階段を滑り台のように滑り降りた。外へ走り出ると、私たちの部屋も炎上し始めていた。裸足だったという記憶はないから、靴を履く暇はあったのだろう。それから後は、互いに声を掛け合いながら、炎に追われるようにしてなるべく火の手から遠い方角へ一散に走った。砲弾の破片か銃弾か、二度ほどヒューンと耳元をかすめて地面にぶすっという鈍い音を立てた。蒸気の噴射するような焼夷弾の落下音を聞いた十分か二十分か、夢中で走って辿り着いたのは木立に囲まれた寺の境内だった。そこにはすでに難を避けて逃れて来たたくさんの人がひしめいていた。振り向くと、弟も煤けた黒い顔をして無事傍らにいた。寺の一帯は劫火に襲われることもなく、やがてB29の轟音も消えた。その夜は寺の柱のようなものに寄りかかって過ごしたが、一睡もできなかった。

夜が明けてみると、寺の一角を残して辺り一帯、街全体が焼き尽くされていた。火の手は消えていたが、あちこちで煙がくすぶっていた。手放さずに抱えていた本を見ると、何冊かの端が焼け焦げていた。この時の本は今も郷里の納屋かどこかにしまわれているはずである。

人びとはそれぞれの当てを目指して散っていったが、私たち二人は難は逃れたものの、食べる物もなく、行く当てもなく途方に暮れていた。疲れていたし、急に空腹を覚えた。あの時の思いは今もって忘れようがない。…とに角、ここにこうしてはいられないと立ち上がりかけたところへ、まだ立ちこめる煙の中をくぐるようにして、自転車に乗った全く意想外の人物が現れたのである。目を凝らす私たちの前に現れたのは、それは紛れもない父だった！　事の意外さに私と弟は呆然とし、そして歓声をあげた。縋《すが》るように駆け寄った私たちに父は「よかったな！」と一言いって自転車を停め、スタンドを立てて、荒い息を吐いた。そして、汗と埃で汚れた顔を袖でこすると、やおら荷台の荷ほどいて風呂敷包みを開いた。見ると、重箱が二つ、中には握り飯がぎっしり詰まっていた。私たちは餓えた狼の子のようにかぶりついた。食べ終えて気持ちも落ち着いてから父に尋ねると、ラジオで京浜地区が空襲されたと知って、父も母もうろたえたが、鉄道は杜絶しており、当時のこととて車などなく、夜明けを待てずに未明に自転車で出発し、利根川を渡り、千葉をかすめ東京を通り抜けてやって来たという。距離にして百キロ近く、何時間かかったか聞きもしなかったし、父も多くを語らなかったが、焼け跡の中の道を探りながら、よくも辿り着いたものである。あの時は興奮し動揺していてそれ以上深くも思わなかったが、当時の父は四十二、三歳、まだ若かったとはいえ、あの大混乱の情況の中、当時のボロ自転車を漕いで、休みもせずに百キロ余りの道のりを走破して、しかも私たちの居所をどうやって探し当てたものか。今にして思えばその苦労は並大抵のものではなかったろうし、地理もわきまえない土地のあの焼け跡の中で息子二人を見つけ出したのは、まさに奇跡の一語に尽きる。おそらく父の一生を通しても最大の壮挙であったろう。しかし、この時は勿論、その後になっても父はこの件をことさら話題に上すことはなかった。父はそういう人間だったのである。

母の死後、父は四年生きたが、やがてやはり癌を患って死んだ。後には、遺書も、財産も、何も残っていなかった。

6　私のイタリア

＊本稿は「常総文学」第五号（常総文学会、一九七二・六）に掲載されたものである（一部修正）。

私は今、若干の危惧の念を抱きながら、原稿用紙に向かっています。一年近くも前に原稿の依頼を受けながら今日までこれを書くのを引き延ばしてきた理由の一つは私の怠慢ということでしょうが、理由のもう一つはこの危惧の念だといえるでしょう。それは、私の書こうとする随想なりエッセーなりが、常総というこの地方の風土とカラーに密着しているこの雑誌と積極的に関わりうるだろうかという危惧、あるいは不安なのです。この雑誌周辺の読者が、ヨーロッパの文学の研究や紹介を仕事とする者の書くものなどに興味を持ちえまいということではありません。文学に国境があるのかないのか、それは厄介な議論になる問題かもしれませんが、地方にも外国文学の優れた読み手がいることは今更言うまでもないところです。それにもかかわらず、私の危惧はやはり消えないのです。フランス文学、あるいはロシア文学ということであったら、その中の代表的な作品にはなじみの方が多いはずです。『異邦人』について」とか「ドストエフスキーと私」とかいうテーマであったら、どんなにか安心した気持ちで書くことができることでしょう。

サマセット・モームが『世界の十大小説』という本を書いていますが、その中で扱われているのは、フランスの作品が三つ、ロシアの作品が二つ、アメリカの作品が二つ、イギリスの作品が三つです。モームはイギリスの作家であり、この本はアメリカの雑誌の依頼がきっかけでまとめられたといいますから、アングロ・サクソンの文学を実質よりも大きく見ているという意見もないではありませんが、古典に限ったものとしてはこの配分はおよそ妥当なものといえるでしょう。ところが、私が専門にしているのはイタリアの現代文学なのです。仏文学、英文学、独文学という呼称はありますが、米文学、伊文学という呼称は耳慣れないものです。アメリカ文学は勿論ですが、イタリア文学も十年この方かなりの作品が紹介されるようになり、現代のものに限っていうならイギリスやドイツのものを数量においてすでに凌いでおり、モラヴィアの作品などを筆頭にしてそれなりの読者を持つようになってもおりますが、カタカナ書きではなく、米文学、伊文学という、より日本語化した呼称が定着していないのは、我が国でのその歴史が浅いことを物語っているといえるでしょう。したがって、私の危惧は、この雑誌周辺の人びとが私の書くものに興味を持ちえまいではなく、持ってくれまいということなのです。

イタリア文学というものを、私は必ずしも意識的、自覚的に始めたわけではなかったのです。かつて私は、フランス語とフランス文学を学び、主としてスタンダールに関心を傾けました。これは後になって気づいたことですが、このスタンダールが、イタリアおよびイタリア文学と私の間の橋渡しの役を果たしてくれたように思われるのです。スタンダールはフランスの作家でしたが、フランス人の怜悧さを嫌い、彼のいう「イタリア人の情熱」を愛しました。イタリアこそ「愛憎の国」だと思い込んでいたからです。『イタリア年代記』の中の作品は勿論のこと、『パルムの僧院』その他の彼の作品がイタリアを舞台とし、イタリア人を主人公としているのは周知のところです。私はスタンダールに傾倒することで、そのイタリア贔屓《びいき》にも無意識のうちに感染していったらしいのです。

折から、第二次大戦直後のフランスには、ふたたび華やかな文学の花が咲き誇るかと見えました。事実、二十歳前の若者であった私たちの間には、世間にさきがけてサルトルやカミュが持ち込まれ、『水いらず』や『嘔吐』や『異邦人』などを、私たちは覚束ない語学力もかえりみず、辞書と首っぴきで読み漁ったのです。同時に、アラゴンやエリュアールやクロード・モルガンやヴェルコールらのいわゆるレジスタンス文学も（既成の文学者らの手で）賑やかに紹介されました。レジスタンス文学、とりわけフランスのそれは、我が国での戦後数年間の外国文学の寵児であったといってよく、レジスタンスというフランス生まれの単語がどういう階層の人びとの間でも通用するようになったのはこの時以降です。しかし、サルトルやカミュの代表的な小説作品は戦後に書かれたものではありませんでしたし、アラゴンもエリュアールも第一次大戦後のいわゆる「アプレ・ゲール」期に、作家、詩人としてのその形成を終えていた人たちだったのです。第二次大戦後のフランス文学は、我が国での紹介の華々しさとは裏腹に、ある種の空疎さを隠すことができなかったのです。第一次大戦後のフランス文学には、アラゴンらによるダダイスムの運動あり、アンドレ・ブルトンを中心とするシュールレアリスムの運動あり、世界各国からパリに参集する気鋭の作家たちあり、まさに新しいエネルギーの噴出の趣あり、百花繚乱の華やかさがあったといえるでしょう。フランスの伝統小説の頂点の一つであり、我が国にも膨大な数の読者を持つマルタン・デュガールの『チボー家の人びと』が書き始められたのも、第一次大戦終結のあくる年である一九二〇年だったのです。第二次大戦後のフランス文学にはそれがなかったのです。少なくとも、私にはそれが感じられなかったのです。やがて登場するヌーボー・ロマン（アンチ・ロマン）は、フランス文学の回復の兆候ではなく、逆に衰弱の兆しとして私の目には映りました。小説の衰弱から生まれた頭でっかちの怪物と私には見えたのです。

この当時、我が国では数多くの優れたイタリア映画が上映され、それまでの映画には見られなかった斬新な内容で観客を感動させていました。最早中年を辞任せざるをえない、私の世代の人びとには青春の日々と錯綜した懐かしい思い出ですが、当時のイタリア映画の大半は、これまたレジスタンスに、あるいは戦後のイタリア社会の混乱と荒廃に取材した作品だったのです。ネオレアリズモというのがこれらの作品群に対する総括的な呼称でした。「戦火のかなた」「自転車泥棒」「靴みがき」「無防備都市」「ポー河の水車小屋」…一々数えれば切りがないほどです。これらは、世界の映画史からも私たちの脳裏からも決して消え去ることのない名作ばかりです。イタリアの小説は読んだことがなくても、イタリアの映画は見たという人びとがあるでしょうから、映画に則して話を進めますが、これらの映画の新しさと魅力はどこにあったのでしょうか。これら映画の一時代前の、戦前のフランス映画を中心とした映画の主軸となっていたのは自然主義的な手法だったと思いますが、映画も小説も含めて自然主義の対象は市民の家庭であり、家庭の中の苦悩だったのです。ところが一九二〇年代に始まったファシズムの登場と、さらに戦後の混乱の深まりとは、そのような市民家庭を崩壊に導いたのです。この市民家庭の崩壊は、家庭のリアリズムとしての自然主義の、その基盤の崩壊であったわけです。それまでの自然主義の舞台であった家庭の壁は突き崩され、人びとは社会へ、すなわち生きようとする限りその運命を共にしなければならない人間集団の中へと放り出されたのです。この情況は、最早古い自然主義の手法では描き切れないものだったのです。なぜなら、崩れ落ちた壁の外に現れたのは、別の舞台、すなわち動揺し混乱した社会だったからなのです。新しいリアリズムは、部屋の中をではなく、このような社会と情況を描かなければならなかったのです。ネオレアリズモの〝ネオ〟は、古い自然主義の否定または超克の意味を持っていたのであり、古いリアリズムや自然主義にはなかった新しい意識の体現でもあったのです。ロッセリーニが例えば映画「ドイツ零年」の中で描いたのは、ベルリンの廃墟を背景にした限りなく暗い世界でしたが、その暗さは光明とは何かを知るものの暗さであり、この暗さを本当の暗黒として自覚するものの暗さだったのであり、そこから見られる絶望は戦争の生み出した絶望だったのです。

このようにイタリア映画に接しながら、当時の私が密かに思わずにいられなかったのは、これだけの優れた、新しい映画を生み出す基盤からは同じように優れた文学作品が生まれていないのだろうかということだったのです。こうして、たまたま手に入れたり目に触れたりするフランスの新聞や雑誌の中の、イタリア関係の記事に私の関心が傾いていくのはいわば必然の勢いでした。はじめはフランスの新聞雑誌を媒介にして、やがてはフランス語で出たイタリアの書籍を仲介として私がおぼろげながら知ったのは、第二次大戦後のイタリアにはきわめて活発な文学の動きがあるということだったのです。それはまさに、先にも触れた、第一次大戦後のフランス文学の活況にも比すべきものの如くでした。その中で中心的な位置にあるのは、案の定、ネオレアリズモ系の文学であり、モラヴィア、パヴェーゼ、プラトリーニ、ヴィットリーニといった作家たちがその代表でした。当時のフランスの新聞が、イタリアには第二のルネサンスが起こりつつあり、パリの文学賞はイタリア勢によって占領されると、賛否相半ばする声を発していたのもあながち誇張ではなかったのです。周囲の友人たちの中にも、同じことに注目し始めた者たちが何人かあり、友人数人は相語らってイタリア語の共同学習会を組織しました。それぞれが外国語の天狗であるこの仲間にとって、イタリア語の学習はわけないことに思われました。しかしこれだけは目算違いでした。あれから十五年以上たった現在、私をも含めてこの仲間たちは今なおイタリア語には難渋しているのです。

それはともあれ、こうして私はフランス文学よりはイタリア文学に次第に接近し、深入りしていきました。スタンダールから感染したイタリア贔屓もここでそれなりの役割を演じたのでしょう。しかし第二次大戦後のイタリア小説に描かれるイタリアは、必ずしも、スタンダールがかつてチマローザに代表させた音楽の母国や「中世の女王」ではなく、南部問題や労働問題の深刻な社会問題を抱えた貧しい国でもあったのです。あの映画に描かれたのと同じイタリアだったのです。少し古い資料ですが、フランスのある批評家は、フランス小説の登場人物の八十五%が高校卒以上の学歴を持つのに対し、イタリア小説の九十二%が卒業証書というものを持たない人びとであると述べています。この数字は、イタリア小説についてのあれこれのどのような呼称や定義よりも雄弁です。この数字は今では少し変わっているかもしれませんが、本質的には変わっていないはずです。ヨーロッパというよりは、伝統的なリアリズムの世界である地中海世界に属し、さらに、先にも触れた、南部という、経済的にも社会的にもきわめて立ち遅れた地域を抱えているイタリアという国の作家たちは、いやでも生活の現実から目を逸らすことができないのです。この現実がイタリア文学を衰弱から守っていると言えなくもありません。右の数字から、長塚節の『土』の世界を想像しても、あながち見当違いではないはずです。そういえば、「鬼怒川のほとり」に生まれた私は、こういう文学が似合っていたということかもしれません。ことさらスタンダールなどを持ち出すよりも、私をイタリア文学に赴かせたものとして、私のこの〝内なる風土〟を考えた方が一層妥当な説明になるようにさえ思えてきます。

第二部　我が愛せる書物、作家、友人たち

7　『喜びは死を超えて』

　その日私は御茶ノ水の駅頭にいた。昭和三十年、当時私は二十代末、四年ほど勤めをしたが、故あって職を辞し、新たな生活の手段を求めるべくあれこれと画策していた時だった。画策といっても多方面に伝手があるわけでもない。フランス語を学んだこともあって、足の向くところはいきおい御茶ノ水界隈の日仏会館、アテネ・フランセ、神保町の古本屋街等とほぼ決まっていた。日仏会館では、フランスの新聞雑誌等に目を通し、友人のいる出版社へ立ち寄るといった日常だった。古い話で記憶は不確かだが、その日もたぶん日仏会館の図書室で時間を過ごした後、さてこれから古本屋街へでも足を伸ばそうか、それとも…などと思案しながら駅頭にいたのだと思う。この時どちらから声をかけたか憶えていないが、ここで私は下川に思いがけなく出会ったのである。たぶん三年ぶりぐらいの再会だったろう。彼は女性連れで、あまり立ち入った話にはならなかったが、今どうしているかということに話は及び、事情を話すと、それなら飯田橋の日仏学院にHが働いている、そこへ行ってみたらと彼は言った。別れ際に彼は自分の住所を書いて差し出したが、傍らの女性の手がつと伸びてそれを握りしめてしまった。奇矯な振る舞いだが、これにはわけがあった。それについては後で触れたい。とに角私はその足で日仏学院へ向かった。行ってみるとHは一室のテーブルの向こう側に座っていた。年齢は四、五歳上だが、雀の巣のような蓬髪《ほうはつ》の、磊落《らいらく》な友人である。共にフランス語を学んだ仲だが、他の数人と共同でイタリア語を学習した仲間でもある。聞けば、この学院ではフランス語の通信教育をしていて、彼はそれを担当しており、返されてくる答案の添削者が必要なのだという。早速私は添削を引き受けることになり、週一回日仏学院に通うことになった。

しばらくしてある日、学院事務局の窓口に外国語の書籍の広告らしきものが置いてあるのに気がついた。何げなく手にとって見ると、イタリアの本の広告で、本のタイトルは、"I giorni della nostra vita"（我らが生涯の日々）、著者はMarina Sereni（マリーナ・セレーニ）とある。セレーニは国際的にも知られたイタリアのマルクス主義経済学者で、その著書は日本でも翻訳、出版されていた。しかもタイトルは「我らが生涯の日々」。これは何かいわくのある本だと私は直感した。早速イタリア書房に注文し、本は一ヶ月ほどして届いた。めくってみると、セレーニ夫妻の反ファシズムの苛烈な生活の日々と、やがて癌に冒された夫人マリーナが娘たちに書き残した手紙から成っている。一読、私は大きく心を揺り動かされた。自分たちの運動への情熱と、自分の生命の灯がやがて消えるのを知りながら娘たちに書き残した切々たる愛情の記録である。

勤めを辞して以来、何かをしなければならない、何かといっても文筆、語学に関わる仕事以外に自分にできることはないという思いが私にはあった。そういう私にとって目の前に出現した本は、心の迷いをほぐして進むべき方向を示してくれているように思われた。そうだ、これを翻訳してみよう、私はそう思った。それまで雑誌等の短文を除いては一冊の本を翻訳したという経験はなかったが、妙に自信があった。少なくとも不安はなかった。胸に浮かんだ計画をすぐにHに話した。この本を見つけた経緯からしても彼に相談するのが当然だと思えたからだ。彼は二つ返事で、よし、二人でやろうと賛成してくれた。Hという男はヨーロッパの数ヶ国語を解し、とくにイタリアに強い関心を寄せ、翻訳の文体に関しては一家言を持つ人物だった。

二人共同でやろうということで、本は二つに引き裂いた。前半を私が、後半を彼がという風に取り決めた。初めての仕事でもあり、三十歳前の年齢でもあったから、意欲も気力も溢れるばかりにあって、分担分の前半を一ヶ月余で仕上げたのだった。ところが相棒のHは、語学には堪能でありながら、容易に筆を執らない人物なのである。待てど暮らせど彼の原稿が出来上がらないので、結局は彼の同意も得て、後半も私が片付けてしまうという結果になった。

こうして出来上がった原稿だが、私には出版の目途が立たなかった。ここでもまたHの手を借りなければならなかった。学校を出て以来こういう世界に出入りしていた彼には多少のコネがあり、結局弘文堂に原稿を持ち込んだ。弘文堂は本来社会科学の老舗なのだが、Tという型破りの意欲的な編集者がいて、面白そうだから出版してみようということで話が決まった。しかし、中村光夫の『今はむ

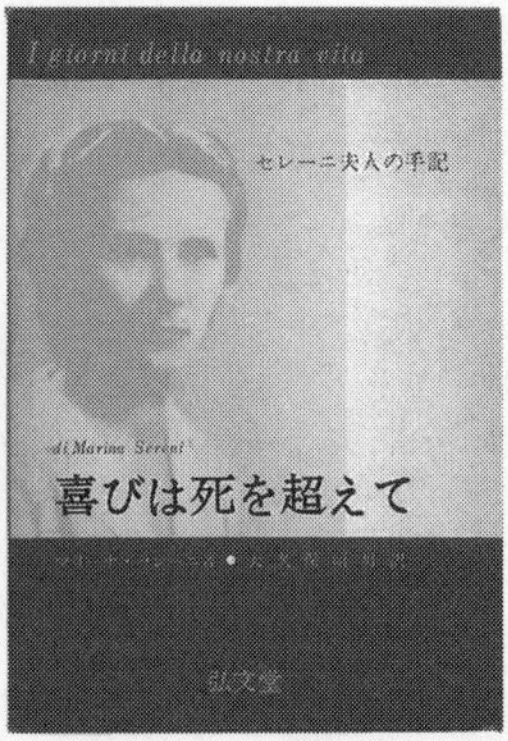

弘文堂、1961年刊。

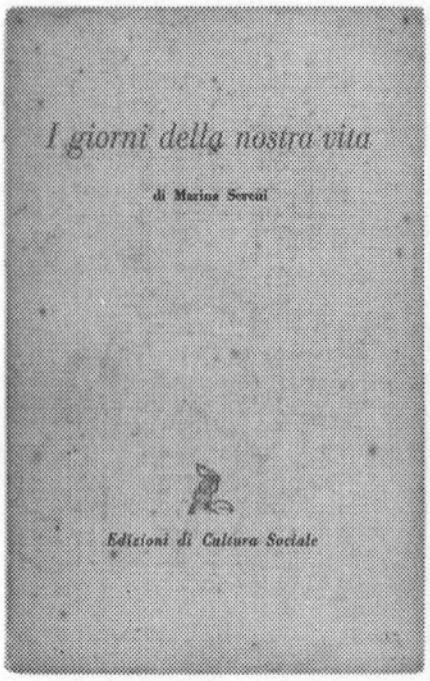

『喜びは死を超えて』の原書。
1955年初版４刷。

かし』を読むと、氏が初めて翻訳をやった時の話が出てくる。ジョルジュ・サンド宛のフローベールの書簡集らしいが、「あの時分、かけだしの青年の訳稿が右から左に本になったのは、それだけでも運がよかったのです」と書かれている。すると自分の場合もそうだったのかと今更ながら思わされる。こうして所定の作業を経て、我が処女作は『喜びは死を超えて──セレーニ夫人の手記』として一九六一年一月に刊行されたのだが、これが予想を大きく越えた反響を呼び、「朝日」「読売」を始めとして、週刊誌、月刊誌にまで書評が掲載された。とくに水木洋子女史の「感動の書である…」に始まる書評は多くの読者を引き寄せてくれたと思う。後でHから「中野重治が君の文体を誉めていたぞ」と聞かされた時には、稀有の文体で知られる作家の言であるだけに、若年の身としては正直嬉しかった。もっとも、「読売」のイタリア専門の老記者からは、自分にことわりもなしに若僧のくせに生意気な、といった風の書評（?）を岩波の「図書」誌上に頂戴もした。

文頭に記した下川とはその後交渉は途切れたままだった。それというのも、折角彼の記してくれたアドレスのメモを同行の女性に横取りされてしまったからである。実は彼女は私にも知り合いであり、私の妻の小学校の旧友だった。彼女は私と下川との交渉が生じて自分たちのプライバシーが洩れることを欲しなかったのであろう。

それから数年が過ぎて、私はパリへ出かけた。ある日オペラ通りの日本の銀行へ両替に出かけて順番を待っていると、傍らから「大久保君じゃないの」と日本語で声をかけられた。所が所だけにびっくりして振り向くと、顔には見覚えのある、頭が半白の男がこちらを向いている。一瞬戸惑っていると、「下川だよ」と彼は名乗った。あの下川だったのである。彼が美術評論家として江原順というペンネームを用いていることはおぼろに知っていた。しかしパリに在住していることは知らなかった。その夜二人はモンパルナスへ出かけ痛飲した。話の折に、例の彼女はどうしたと聞くと、「別れたよ、画の勉強に彼女もパリに来ているらしい」と彼は事もなげに答えた。私たちはもっぱら学生時代のことや画のことや最近のフランス小説の不振のことなどを話し続けて深夜に別れた。彼は自分のアパルトマンへは誘わなかった。事情があるのだろうと思いながら、何か今一つ物足りなかった気分でいたのを今も忘れない。

その後さらに何十年も経った二〇〇二年、彼がブリュッセルの寓居で独り客死していたことを新聞で知った。そして一別以来の彼の生活を思った。私たちの交友を妨げた例の女性は必ずしも画業ならず、帰国して病で死んだことも何かの機会に知った。江原順こと、下川英雄については、二〇〇四年の三月三十日付「朝日」夕刊の「こころの風景」欄に一文を寄せた。旧友への私の哀惜の念がよく滲んでいたらしく、読者からは意外に好評であったと、これは後で担当の記者氏から聞いた。さらに、

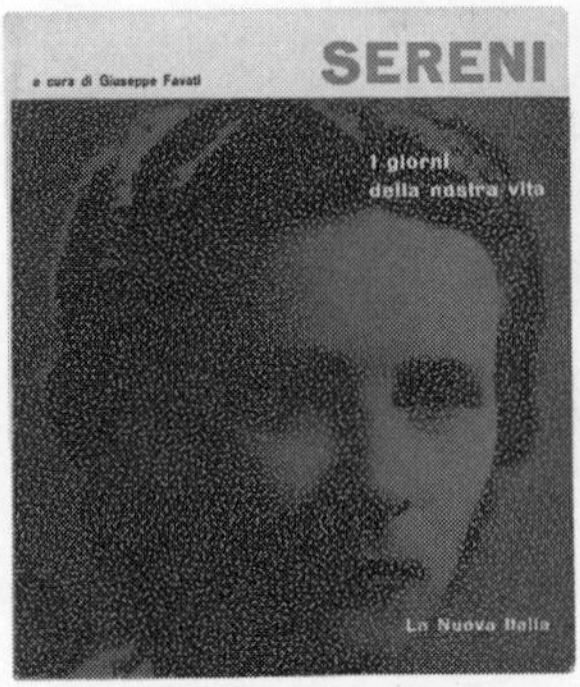

『喜びは死を超えて』の原書。
1968年改訂版。

左からクララ、マリネッラ、レア、著者。
1973年2月24日、ローマ、ジュリー・ホテルにて。

あの本の出版に大きく与ってくれた親友のHも持病の腸の病でこの世を去った。彼の死は私の胸に悲痛の思いを呼び起こさずにはおかなかった。彼らがそれなりに関わってくれたあの本だけが、書架の一隅に埃をかぶって今も置かれている。

追記

『喜びは死を超えて』のセレーニ家との関わりには触れておきたいことがある。この本が刊行されてから十二年後の一九七三年に、「ベトナム反戦国際会議」がローマで開催され、私は日本の代表団に随行していった。そして、どんなきっかけであったかは思い出せないが、イタリア代表団の中に、セレーニ夫人の長女レアがいることを知った。当然私は彼女と面談した。私は彼女らを小説の中の人物のようになんとなく思ってしまっていたから、現実に生きているレアに会って驚き感動した。先方もあの本の訳者として私との出会いを大いに喜んでくれた。彼女は早速娘マリネッラ（セレーニ夫人の孫）と妹クララ（セレーニ夫人の三女）を呼び寄せて私に引き合わせ、並んで写真を撮った。そして、"I giorni della nostra vita" の改訂版を寄贈してくれた。それには〝友情と同志愛〟に溢れた長い献辞が書き込まれていた。その本と写真は今も私の手元に大切に保存されている。

8 角川書店

プラトリーニ、モラヴィア

最初の本が好評を博したことで、俄かに引き合いがくるようになった。といっても中小の出版社からである。成るか成らぬか、翻訳に本気で打ち込んでみようかと思ったのもこの頃である。最初に声をかけてくれたのが三一書房であったか至誠堂であったか、記憶が定かではない。とに角、私は当時左翼の青年であったから、イタリアの左翼の作家ヴァスコ・プラトリーニに関心を寄せていた。プラトリーニは少年時代から苦労の多いあれこれの職業を経て独学で作家として立った人物である。三一書房の求めに応じてこの作家の『現代の英雄』という作品を挙げ、すぐに翻訳の話は決まった。レールモントフの代表作と同じ題名であるのも気に入った。フィレンツェの下町の貧しい青年を主人公にした叙情性ある文体の作品であった。

この作品の日本での反響は芳しくなかった。だが私は気にしなかった。本が出ただけで満足だったのである。続いて私は至誠堂からの求めに応じて、同じ作者の『貧しき恋人たち』を手がけることにした。これはプラトリーニの代表作ともいうべき作品で、これまた同じくファシズム時代のフィレンツェの下町住民たちの生活と闘いを描いたものである。この下町の反ファシズムの闘いのリーダーであるマチステは結局ファシストに敗れて死ぬが、作者は死んだマチステにこう呼びかけている。「マチステよ、おそらくおまえは『資本論』のただの一行も読みはしなかったろう。その本を見ただけでおまえはいつも眠くなった。だが、おまえが人民突撃隊員になったのは剰余価値の理論のためか、それともおまえの心が疼《うず》いたためか？」

後年私はフィレンツェを訪れた際にこの作品の舞台となったコルノ街を探し当てて訪ねてみた。花の都フィレンツェの中心であり、シンボルの一つでもあるパラッツォ・ヴェッキオ（今日では市庁舎）のすぐ裏手に位置していながら、コルノ街はこの作品の舞台になった当時（一九二五〜六年）とあまり変わっていない様子で、長さがたった五十メートルほどの通りは薄暗くて巾はわずか五メートルと狭く、建物も薄汚れ、住人たちも決して豊かそうではなかった。私の求めで集まってくれた人びとは私がプラトリーニと『貧しき恋人たち』との関わりを話すと、率直な好意を示してくれ、あそこがマチステの住んだ家だ、あれが誰々の店だなどと、まるで実在した人びとのことのように語ってくれた。私はこの作品の訳者であることを心から幸せに思ったものである。

同じ頃、ソヴィエトを訪問する一団に随行して図らずもモスクワの地を踏む機会が生じた。そういう機会が二度続いてあった。一度目の時か二度目の時か、横浜の港まで見送りに来た息子がその日に船の出港を目にしてきたはずなのに、夜になって家の者が門扉を閉めようとすると、「パパが帰れない」と言って泣いたという話を後で聞かされ、ほろりとした。

それはとも角、初めて接する「社会主義の祖国」を私が大いなる関心と好奇の目をもって見たのは当然だった。普通のツーリストではなく代表団として厚遇されたに違いないのだが、私の目には、おや、これが「社会主義」国の…と戸惑わされることがいくつかあった。帰国してから、三一書房の求めがあって、『ソヴィエト印象旅行』なる小著を書いた。大して評判にはならなかったが、新聞「赤旗」が書評欄で大きく取り上げ、全体的に否定的な評価ではなかったが、「この著者にはソヴィエト社会をことさらに斜めに構えて見る癖がある」という一文が付されていた。

書店のことといえば、これは四十年も昔のソヴィエト時代のモスクワでの経験だが、書店の棚の手前三十センチぐらいのところに一本の柵が横に張られていて、客はその中に入れないようになっている。当時のモスクワの書店にはフランス語の本が比較的多くあって、私はその中の一冊を手にとろうとして柵を越えようとしたところ、「ニエット！」（ノー）といって女店員に制止された。ところが、その直後フランス人らしい客が柵を越えて同じ棚に手を伸ばしても女店員はそれを黙止している。私は唖然とし憤然としたが、抗議するにもロシア語を知らず、黙って店を出るしかなかった。官僚主義などというまがまがしい言葉はここで使いたくないが、一事が万事で、この国はその後二十年して崩壊したのは周知のところ。しかし、以上のことは私の個人的体験であって、一斑を見て全豹を卜《ぼく》してはならないのかもしれず、必ずしも普遍化はできないものだと考えた。

どんな機会によってか、誰かに紹介されたかは忘れたが、早川書房との機縁が生じた。外国の翻訳書の出版を専らとすることで知られる出版社である。初めて会ったのは、今は作家として知られる、当時編集長の常盤新平氏だった。場所は丸ビルの中の喫茶店だったと思う。常盤氏はアメリカ文学の専門家で、職掌柄各国の文学事情にも通じていた。主として私の希望で、そして常盤氏の積極的な賛同で、現代イタリアの代表的な作家であるアルベルト・モラヴィアをやってみようということになった。モラヴィアをやることはかねてからの念願だったから、私は大いに喜び興奮した。こうして私とモラヴィア作品との関わりは始まったのである。

早川書房版、1965年刊。

モラヴィアといえば、何よりもまず『無関心な人びと』でなければならなかった。これはモラヴィアの処女作（一九二九年刊）であり、戦後我が国でも俄かに流行した実存主義的文学の先駆的作品であった。この小説は、戦後外国文学の寵児であったサルトルの『嘔吐』やカミュの『異邦人』に先立つこと十年前に刊行されている。にもかかわらず、イタリア文学というものについて世間の馴染みがなかったせいか、あるいは人がいなかったせいか、我が国ではまだほとんど紹介されていなかった。「カルラが入ってきた」で始まるこの作品に取り組んだ時の一種快い興奮をいまだに忘れない。ほとんど昼夜の別がないほどにその仕事に没頭した。モラヴィアの代表作を今訳しているのだ、という思いが常に胸中にあった。今手元にある原本を見ると、一九六三年二月九日に読了、翻訳に着手したのが六五年七月二十一日、訳了が六五年十月十四日と記されている。出版は六五年末だったと思う。読んで感銘を受け、訳了、出版に漕ぎつけるまでに三年近くを費やしたことになる。世間的にはほとんど未知のイタリア作家の作品としては好評で、書評も好意的であり版数もいく刷りか重ねた。出版社も満足だったし、私自身も宿願を果たしたような思いで嬉しかった。これなら、モラヴィアをはじめとしてイタリア文学でやっていける、と確信に近い気持ちを抱いた。因みに、私が手がけ、我が国で最初に出版されたモラヴィアの作品は『軽蔑』である。故あって『無関心な人びと』より一年早く、六四年十一月に至誠堂より単行本として刊行されている。ともあれ、モラヴィアという名前もポピュラーになり、ヨーロッパ最初の実存主義作家という評価も定着したかに思えた。その他、ブランカーティの『美男アントニオ』や、ベヴィラックァの『ある愛の断層』等も早川から出版できた。

同じ頃、新潮社からヴォルポーニの『メモリアル』も出版された。この方は私としては渾身の力をこめたつもりであったが、新潮社という文芸大手出版社からのものであったにもかかわらず、タイトルが曖昧であったためか内容が晦渋であったせいか、あまり評判にならないでしまった。これは私にとって少なからず失望だった。新潮社で仕事を広げたいという野心が躓いたかに思えたからである。とも角、早川書房との蜜月は数年続いた。常盤新平氏に代わって、堀君という若い編集者が拙宅に出入りするようになっていた。この間にも、早川書房のイタリア文学への関心は高まっていて、ついに『現代イタリアの文学』全集十巻を出そうというところまでいった。堅牢な箱入りの、平均四百ページほどの全集で、米川、河島氏等同世代のイタリアニストの共同作業で、第九巻まで仕上げながら、各自の評論で埋めるはずだった第十巻は、各自の非力のためか怠惰のためか、それとも出版社の方に何かあったのか今は忘れたが、これは出版されずにしまった。全集は未完成に終わった。それもあってか、あまり評判にもならなかった。イタリア文学の存在を世間にアピールするのにいい機会だったのにと悔やまれる。

　角川書店から申し入れがあったのはこんな時であった。特有のキャラクターで知られた角川春樹氏が、当時私の住んでいた川崎の、その川崎駅まで出向いてきたのである。会ったのは駅構内の喫茶店だった。私よりも年下の、いかにも自信の強そうな人物だった。その彼が切り出したのは、既訳、未訳を含めてモラヴィアの作品を角川に回して欲しいというものだった。私が承諾すれば既訳書の権利についての他社との交渉は自分がやるという。私は迷った。早川への義理があった。しかし打算の心も働いた。角川文庫は当時岩波文庫、新潮文庫と並ぶ三老舗文庫の一つだった。この文庫に入れば本は売れるに違いない。小説家や翻訳家にとっては、本の売れ行きの良し悪しはもちろん軽視することはできない。結局私は承諾した。すでに『軽蔑』は単行本、新書版共に至誠堂から、またモラヴィアの他の数冊は早川書房から出ていたから、角川はこれらの社と話をつけたに違いない。早川書房とは表だっては何ごともなかったが、至誠堂の社主からは怒気をはらんだ言葉を浴びせられ

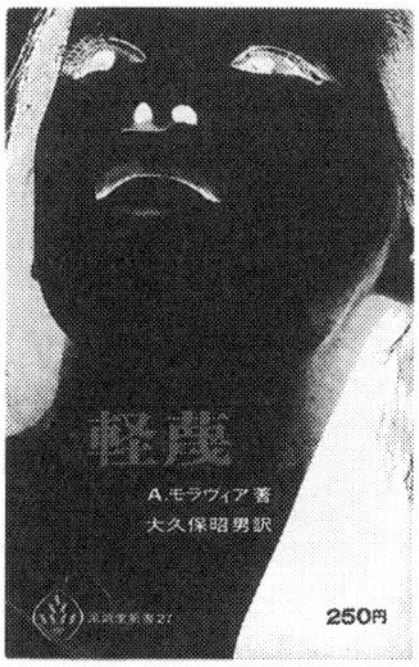

至誠堂新書版、1965年刊。

角川文庫、1970年刊。

たのを忘れない。

こうして、早川書房および至誠堂との縁は切れた。権利を取得した角川書店はまず『軽蔑』の文庫版を一九七〇年三月に、すぐに続いて『無関心な人びと』の文庫版を同年七月に出した。孤独というテーマは十九世紀の小説家たちも描いたが、その孤独は愛する相手の一時的な不在や死による孤独であったが、モラヴィアの『軽蔑』の主人公の孤独は、共にいてしかも理解し合うことが不可能というメタフィジックな救いがたい孤独である。現代の孤独、不条理な孤独といってもよいだろう。この作品は、至誠堂から出た時とは打って変わって忽ち評判になり、好調な滑り出しで、角川文庫の中でもトップに近い売れ行きだった。『無関心な人びと』も、すでに早川版でかなり読まれていたにもかかわらず、ずいぶんと版を重ねた。私は文庫版の力に改めて目を見張る思いだった。

角川はこの成功に意を強くしたらしく、モラヴィアの作品を次々と出した。それには勿論日夜を問わぬ私の翻訳作業が前提としてあった。こういう次第で、モラヴィアの他の作品『孤独な青年』『仮装舞踏会』と、続けて翻訳・出版することができた。『孤独な青年』の方はタイトルがよかったのか、『無関心な人びと』に劣らず読まれた。

角川はやがて、モラヴィア以外の作家も手がけたいと言い出して、私は、マイナーではあるがポピュラーな、私には好みの作家エルコレ・パッティを提案した。『さらば、恋の日』ほか彼の作品も数冊出て、これの売れ行きもまた順調だった。これ以上作者や作品名を書き記す繁は避けるが、このようにして、角川書店と私の関係は数年続いた。この間に他の大手出版社との関わりも生じたが、それについてはここでは省くことにする。

この頃私は川崎から鎌倉に居を移していたので、角川の担当の市田さんという婦人と、鎌倉小町通りの喫茶店「イワタ」でたびたび打ち合わせをした。そうした時期のある日、千代田区富士見町にあった角川書店近くの喫茶店で私は角川春樹氏と会っていた。この時彼はだしぬけに、「モラヴィアは共産党なんだってね」と切り出したのである。モラヴィアは左翼に近い民主主義者だが共産党ではない、と私は説明したが、彼の硬い表情は変わらなかった。周知のことだと思うが、彼は神道の一派である特異な新興宗教の熱烈な信者であって、西欧の流れを汲む左翼っぽい思想・イデオロギーは絶対に容認できないものだったのだろう。この時を境にして実質的に角川書店と私との関係は切れた。以後角川はモラヴィアを初めとする私の本の再販を停止したのである。できればモラヴィア全集、せめて作品集をと考えていた私の夢は断たれた。

これ以後はモラヴィアの未訳の作品、あるいは新刊の作品については、これをと思った時には講談社や河出書房その他に一々諮《はか》らなければならなくなった。もちろんライバルも現れた。モラヴィアの作品がばらばらの出版社、ばらばらの訳者の手を経て出版されるのは私には切ないことだった。

以来、モラヴィアの作品はいくつもの出版社から、何人かの訳者の手でまとまりなく出版されるようになってしまった。私もその後は河出書房（新社）や講談社、集英社等から何冊かを出版することはできた。とりわけ、河出書房新社から出た『モラヴィア自伝』はモラヴィア文学の総括的な作品だけに私も満足だった。しかし、全集や選集の企ては水の泡と消えてしまったのである。

さて、当のモラヴィアについてであるが、最初に目にしたのは（会ったのではない）、一九五七年、世界ペンクラブ大会が東京で開催された機に同クラブの会長として来日した時である。私は当時、モラヴィアの作品の若干は読んでいたし、その人となりは知っていたが、それ以上のことは何も知っていなかった。その頃は数寄屋橋にあった朝日新聞社のホールでモラヴィアの講演会が行われたが、私は多数の聴衆の一人としてその講演を聴いただけであった。この時モラヴィアは五十歳、壇上のその姿は颯爽としていたが通訳とマイクがよくなかったせいもあって、その時の話の内容はあまり記憶に残っていない。彼はすでに『ローマの女』を書いて世界的ベストセラーとなり、五四年には傑作『軽蔑』を発表したりしていた大作家であったから、それらしい文学的な話を私は期待していたのだが、話はそれとは違った、社会的、政治的な方面に及んでいて、失望に似た気分を味わったことだけがぼんやりと記憶に残っている。しかし、それはモラヴィアに対する私の認識不足に因るものであって、後で私は自分の不明を恥じることになる。こうしてモラヴィアが初来日し、イタリアの代表作家として新聞等で報じられたにもかかわらず、彼の作品を翻訳しようという動きは見られなかった。当時の私はイタリア文学について何ほどの知識も持たず、何の仕事もしておらず、出版界との関わりもあまりなく、したがってモラヴィアの作品をどうこうしようなどという思いはなく、その可能性もなかった。ただ、戦後の新しい思想を体現するこの大作家の作品を我が国に紹介しようとする人の出ないことが不可解だったのである。時あたかも日本の読者は国内外の新しい思想に飢え、それを語る書物を待望していたのである。

右のような事情で、私はモラヴィア以外の作家の作品も手がけるようになった。また、いくつかの出版社が単発でモラヴィアの新作を引き受けてくれるようにもなった。そうこうするうちに十年が過ぎた。こう書くと十年はあっという間のことのように聞こえるかもしれないが、そうではなかった。むしろ苦闘の長い十年だった。

一九六七年四、五月にかけて、モラヴィアが再度来日した。「コッリエーレ・デッラ・セーラ」紙の特派員という形で、今回はダーチャ・マライーニを伴っての再訪であった。折から朝日新聞社から電話が入り、モラヴィアの相手をして欲しいという。通訳兼ガイドということだったろう。朝日の依頼は、私もその十年間に、モラヴィアの作品を何冊か翻訳していたからだと思う。朝日の社旗を立てた車に乗ってモラヴィアはやって来た。かねて写真で見たとおりの、窪んだ眼の鋭い、厳しい表情の老人（といっても当時六十歳）だった。同伴のダーチャは若く美しい女性だった。朝日の記者も一人同行していた。万年ノーベル賞候補といわれる大作家を前にして私は心持ち緊張していたが、イタリア人にしては珍しくモラヴィアはむしろ寡黙であまり笑わなかった。車窓から見る街並みや風景にはさほど興味がないらしく、目を前方に据えたまま、日本の作家、例えば谷崎や三島をどう思うかなどと問いかけてくる。私の答えにもふむふむといった調子で、簡単に頷いたりしない。会話が錯綜すると、ダーチャが口をはさんで整理する。日本での彼の作品の売れ行きのことを聞かれて、最近はあま

モラヴィア、ダーチャと共に。1967年5月、浅草の「今半」にて。

り芳しくないと答えると、いくぶん渋い表情を見せた。事実、いくつかの出版社から単行本の形で出された彼の作品はほとんどが二版、三版とはなっていなかったのである。時の経過と共に、日本の読者のヨーロッパ文学に対する関心や好みが変わり始めていたことと関係があったかもしれない。車が鎌倉に入って大仏や八幡宮へ立ち寄っても、モラヴィアはあまり興味を示さず、問いかけも多くはしなかった。八幡宮前の土産物店に入って漆器や鎌倉彫の工芸品などを見ても「ふん、ゲテモノ」と呟いたりした。そういう態度からは、日本の工芸や美術に対してはあまり認識を持っていないのではないかと思われた。ただ、「日本の現代作家で誰が最も優れていると思うか」と問いかけた時の彼の口調はきっぱりしていた。後で知ったことだが、モラヴィアはこの時、ノーベル賞委員会から日本における文学情況を内偵するよう委託されていたらしい。

　昼食の後に、円覚寺の朝比奈宗源管長を訪れた。モラヴィアはかねてから禅に強い関心を寄せており、その希望で朝日が手はずを整えておいたらしい。しかし禅問答は禅問答であり、しかも外国語での問いかけである上に、宗源管長の回答も晦渋だった。私はしばしば通訳に窮し、宗源管長の説明の意味を解しかねて聞き返すと、「君は私の日本語が分からんというのか」と叱られた。インタヴューは結局「禅問答」に終わった。

夕方前に東京へ戻り、浅草の料亭「今半」で夕食をとった。畳の上の日本式食事はモラヴィアには窮屈だったらしく、その憮然とした表情が写真にも如実である。しかしこの気難しいモラヴィアがパチンコに興じたのは意外だった。金属のボールがジャラジャラと転がり出ると彼は歓声を挙げた。

モラヴィアの初来日から第二回目の来日までの十年間に、前後して私も友人たちもそれぞればらばらに彼の作品や他の作家の作品を手がけていた。それはまさに、それまでほとんど知られなかったイタリア文学というものの存在を世間に知らせた時期であった。鎌倉の某書店で、私の目の前で一人の女性が『軽蔑』を手にとり、購入していった。こんなことは初めての経験だった。『軽蔑』といえば、この作品にまだ版権が残っていることを知らずに、集英社が別人の訳で『侮蔑』として出版してしまい、抗議を受けて出版販売を中止し、社の幹部と編集者が陳謝に来るということがあった。約束の喫茶店に出向くと、二人はすでに来ていて、戸口から入っていった私を見るなり、「あぁ、あれだ！」とささやいたのが私の耳に入った。彼らも自分らの失態に緊張していたのに違いない。しかし大手出版社を代表してきた二人の腰はそんなに低いものではなかった。一応の詫びの言葉を述べた後、彼らの持ち出した条件は、詫びのしるしに、私の希望するモラヴィアの作品を出版しようということだった。出版社が本を

集英社、1967年刊。

出版する、それは普通、当たり前の行為で謝罪になるのかどうか釈然としなかったが、それほど強い立場にあったわけではないから私はそれに同意した。私が選んだ作品は“La Ciociara”（ラ・チョチャーラ）で、それを『二人の女』と改題した。こうして出来上がった『二人の女』は四センチほどの束があり、フランスのガリマール社の本にそっくりの、クリーム色の地に四囲を赤線でかこったものだった。これには私は大いに満足した。フランスの作家たちがガリマール社からこの装丁の本を出すことに憧れるという心境が分かる気がした。後年、列車でこの作品の舞台となった地方を通過した時に、同じコンパートメントに同席したイタリア人たちと雑談になり、私が、「この辺りがチョチャーリアだね、私はモラヴィアの「ラ・チョチャーラ」という作品を訳したことがある」と言うと、イタリア人たちは「チョチャーリアではない、チョチャリーアだ」と私のアクセントの位置を訂正したが、このイタリア庶民たちがその作品を読んでいるようには見えなかった。たしかモラヴィアの名前もうろ覚えだったように記憶している。

9　モラヴィアの作品

先に記したように、角川書店との関係は途中で途絶えたが、途絶えるまでに私は数多くの本をここから出していた。それぞれの作品をめぐる特別のエピソードはない。モラヴィアについては『ローマの女』、これはかなり分厚い上下二冊の文庫になったが、反響はさっぱりだった。世界的ベストセラーでありながらである。『孤独な青年』の方は原題の“Il conformista”(順応主義者)をそのまま邦題にするには意味がつかみにくいため、このようなタイトルにしたのだが、それがよかったのか、かなり読まれた。大勢に順応してファシズムに染まってゆく若者を描いたものだった。読者の方も結構大勢順応者なのである。その他、『めざめ』と『反抗』を一本にした『ふたりの若者』、あるいは『夫婦の愛』『仮装舞踏会』『ローマ短編集』『新ローマ短編集』など、すべて角川文庫として出されている。

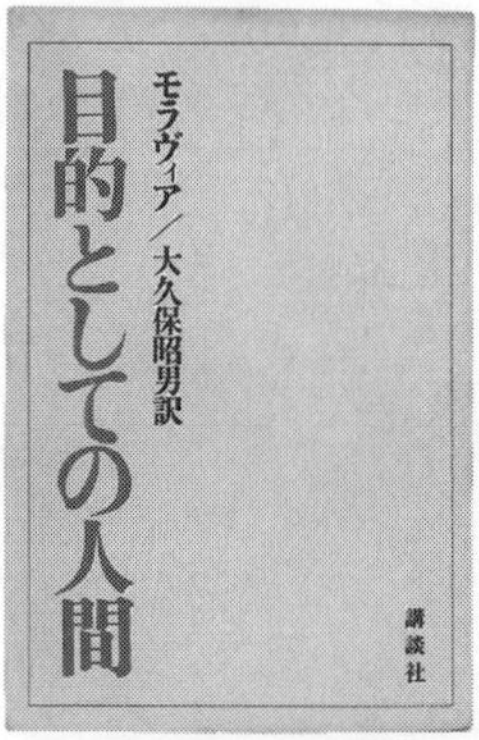

講談社、1967年刊。

角川春樹氏との縁が切れて以降は、心当たりの出版社と交渉したり、先方から話を持ち込まれるなどして、ばらばらの社から出版されることになった。モラヴィアの評論集としては最もまとまった『目的としての人間』は、講談社の「名著シリーズ」に入れられ、文字通り内外の名著だけが入れられた美装のシリーズだっただけにひじょうに嬉しかった。さらに講談社からは『わたしとあいつ』が単行本として刊行され、後でこれは同社の『世界文学全集』に入れられたが、文学全集流行の時代はすでに去っていてあまり評判にはならなかった。対談集としては、『不機嫌な作家』が合同出版社から、同じく対談集『王様は裸だ』（仏語）が河出書房新社から、評論集『いやいやながらの〝参加〟』が三省堂からそれぞれ出版され、いずれも時代を明察し、世を啓蒙する名著であると私自身は思っているが、読者は移り気で気紛れなもので、これらも大きく顧みられることはなかった。この頃、私は自分の仕事にいささか希望を失いかけていたかもしれない。モラヴィアはその後新しい作品を発表し続けたが、最早私の専売とはいかず、知人のイタリアニストたちが競って手がけるようになった。

　勿論この時期、四十～六十歳の私は、モラヴィアだけではなく、他の多くの作家の本にも手を染めた。先に挙げたエルコレ・パッティ、ヴォルポーニだけでなく、フランスの歴史作家イヴァン・クルーラスの、五〇〇ページ余の大作『ボルジア家』やマリーア・ベロンチ『ルクレツィア・ボルジア』を始めとするボルジア物、ジョルジョ・バッサーニの『金の眼鏡』などもこの時期の仕事である。しかし、今改めて思うと、モラヴィアとの出会いは私にとってひじょうな幸運だったのである。

「翻訳の対象となる詩人〔作家〕と訳者の間に親近感がなければ、その翻訳が人を惹きつけるわけがない。堀口大学氏にはランボーの労作訳業があるが、ランボーについては小林秀雄氏のそれには遠く及ばない。ランボーの精神状態を堀口大学氏は理解しても、その精神を体験的に訳業に盛ることは〔氏には〕不可能だからである」（北川冬彦）。

モラヴィアと私の関係がランボーと小林秀雄のそれに近かったと思えるならば、本当に嬉しいのだが。

だがしかし、詩人、翻訳家堀口大学を貶める形で終わってはならないので、次の一文を書き添えておきたい。「堀口大学を森鴎外以後最高の翻訳家たらしめているのは古典主義的な性格である。〔中略〕訳詩集『月下の一群』がどんなに大きな影響を与えたかは、今さら述べるまでもない。書きつけておかなければならないのは、小説の翻訳による決定的な影響である。新感覚派が堀口訳のポール・モーランの『夜ひらく』から生まれたという挿話は、モーランが忘れられるにつれて文学史に埋もれてしまったけれど、そんなことより大事なのは、もし彼の訳したジイドやラディゲやサン・テクジュペリやモンテルランやジュネがなければ〔日本の〕二十世紀小説の姿はもっとぼんやりしたものだったに違いないということである」（丸谷才一『みみずくの夢』）。

10 『世界文学史』

講談社の外国文学部門にK氏という編集長がいた。私と同年の温厚な人柄で、イタリア文学に関心を持ってくれていた。彼のお陰で、モラヴィアの『目的としての人間』を「名著シリーズ」に入れてもらえた。この作品は題名通り、マルクス主義の目指すべきは人間であって体制ではないということを述べるのを骨子としていて、マルクス主義に親近感を抱きながらも一線を画していることを明らかにしたものであった。その他モラヴィアの『わたしとあいつ』も彼の編集で出してもらい、私としてはあまり共感の持てない作品だったが、同社『世界文学全集』にも入った。そのことよりも嬉しかったのは、この文学全集の総まとめ（別巻）としての『世界文学史』の執筆に参画したことだった。仏、独、英、露、米、伊の編に分かれ、私はイタリアを当然ながら担当した。ダンテ、ペトラルカ、ボッカッチョらがいち早く輩出して近代ヨーロッパ文学の先駆となりながら西欧列強の侵略、支配を受けるなどして勢いを失い、十八世紀からの小説の勃興期には仏英独に立ち遅れ、大作家の出現を見るに至らなかった経緯、二十世紀に入ってからはファシズムによって制覇され開花を抑圧されて世紀半ばに至るまで表現の自由が奪われたことのために文学作品には見るべきものが生まれなかった顚末などを記し、しかしファシズムがひとたび倒壊するやそれまで抑圧あるいは温存されていたエネルギーが一挙に噴出し、イタリア第二のルネサンスとでも称されるべき盛況が到来し、モラヴィア、パヴェーゼ、カルヴィーノ、プラトリーニ等々の作家が輩出したことを時系列的にまとめた。因みに、私がイタリア文学に関心を寄せるに至ったのも、当時二十代末の私がフランスの新聞等を通じて戦後イタリア文学の活況を知ったからであった。

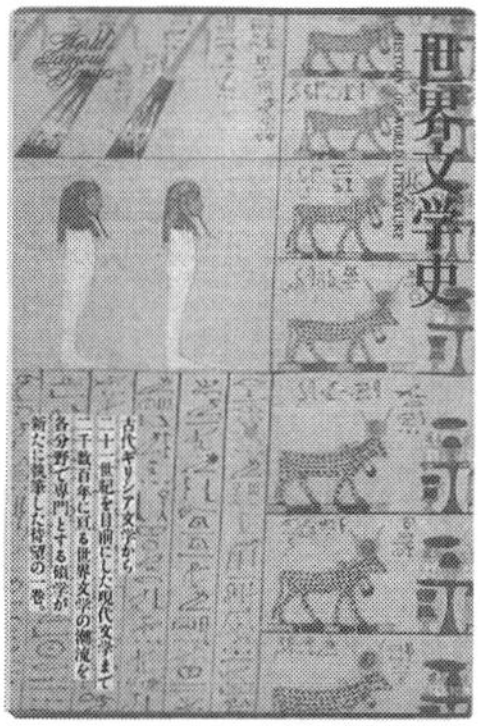

講談社、1993年刊。

　ところで、ファシズム（ドイツ・ナチズム）に占領抑圧されたという点では、短期間とはいえ、フランスも同様で、解放後にフランス・レジスタンス文学として華々しく花開いたのに対して、イタリアのそれはほとんど知られることがなかった。これにはさまざまな要因が考えられるが、イタリア側の主体的状況の他に、日本側のイタリア専門家の側に問題があったためだと私は思っている。彼らのほとんどはファシスト・イタリアのシンパだったのであり、そうでなくてもあまり有能ではなかったのである。戦後数年にして、時代に遅れまいとしてモラヴィアを訳した某教授の翻訳のすさまじさも、ファシスト・イタリアのシンパの一人がムッソリーニの通訳を務めたことも、知る人ぞ知るところである。政治、社会情況に関してであるが、イタリアについて適正な情報を提供してくれたのはひとり山崎功氏のみであったろう。

モラヴィアの評論としては、先に挙げた『王様は裸だ』『不機嫌な作家』『いやいやながらの〝参加〟』、他に月刊誌「ヌォーヴィ・アルゴメンティ」に寄せた論文等があるが、それらのことは、『目的としての人間』中の論旨と本質的には変わらないので、名著ではあるがここでは敢えて触れないことにする。また、晩年の作『金曜日の別荘』や『豹女』等は私の目からはセックスだけが露わで、それを超えるテーマが見当たらない凡作と映る。駿馬も老ゆれば…の感想さえ誘われるので、やはり言及しないことにする。にもかかわらず、付記しておきたい本がある。モラヴィアは核の問題に強い関心を抱いていて、乞われて欧州議会に無党派左派といった立場で立候補して当選し、こうして一九八四年から、議会の所在地であるストラスブール通いの生活が加わったのである。しかし彼はこの議会をあまり評価していなかったらしく、そのことは、後に詳しく触れたいと思う『モラヴィア自伝』の中での言動からも感じることができる。重要なのは、たびたびのストラスブール通いを機会として、彼はフランスその他の美術館や都市等を訪問して、絵画やヨーロッパの作家たちについての感想を残しており、それが死後に“Diario Europeo”（ヨーロッパ日記）として刊行されたことである。その批評、感想は縦横自在で、モラヴィアの芸術論として貴重な一冊と私は考えているが、この著作が我が国では紹介されていない。モラヴィア・ブーム（といえるものがあったとして）が去って久しく、出版社も二の足を踏んでいるのであろう。

11 『政治と文化』ヴィットリーニ

必要な本があって書棚をかき回していると、他の本の陰に隠れて、久しく忘れていた『全集現代世界文学の発見』(全十四巻、学芸書林)が目に入った。さて、自分にも関わりがあったのではないかな、と思って一巻一巻手にとってみると、果たして第十一巻に、他の論文と並んでヴィットリーニの『政治と文化』が載っている。訳者は私である。ここで私は思い出した。新日本文学会の会員としてかなり活発に活動している時、たぶん一九六三年だったと思うが、雑誌「新日本文学」で、「形式主義批判と今日のリアリズム」という特集テーマで座談会を行うという企画が立てられた。列席者は、佐々木基一、江川卓、工藤幸雄、竹内実、大久保昭男の五名であった。場所は東中野の新日本文学会会館であった。当時の左翼系外国文学者としては、私はとも角として錚々たるメンバーだった。今や、大先輩の批評家佐々木基一氏と江川卓氏は鬼籍に入った人である。話題は形式主義批判の背景、スターリン主義批判と政策転換、「思想の平和的共存」批判、社会主義リアリズムの多様性、ソルジェニーツィン『イワン・デニーソヴィチの一日』の評価、外国での反応、イタリア共産党の視点、作家の責任、社会主義リアリズム論の発展、今日のリアリズムの問題点という順序で進められたと思う。当時の思潮を反映して、左翼の、しかも反スターリン主義的外国文学者らしい立場で各自がそれぞれの持論を述べた。私はイタリア左翼の代弁者、紹介者として列席していたわけだから、この時期イタリアで話題を呼んでいた、政治家トリアッティ宛のヴィットリーニ書簡について主として語った。ヴィットリーニはモラヴィア等と同世代の左翼を代表する作家で、「政治と文化」についての自らの見解をトリアッティに書簡の形で表明していた。この時の私の述べたところが編集子の目にとまり、その全文を翻訳して上記の全集に収録されたという次第であった。政治と文化というのはマルクス主義の政党と文学者との間での常に緊張を孕んだ問題であり、当然新日本文学会系の文学者にとっては最大の関心事の一つであった。

ヴィットリーニ書簡を要約すると次のようになる。政治に従属した文化は自らの役割を放棄する結果に陥る。文化が政治への奉仕の手段として及ぼしうる影響力は限られたものであるが、文化がその本来の役割を果たし、新たな目標を見つけ出し続けるならば、それは大きく政治を助けることになる。ところが政治化され、指導の道具とされて、問題提起という本来の役割を失った文化は何ら有益な貢献をなしえない。その作品の中に政治の要求とは別個の要求を正しく提起する作家こそ真の作家なのである。その要求とは、作家だけが人間の中に発見することができるところの、人間の中に隠れた、秘密の内面の要求である…。

今日の一般から見たら、あるいは作家たちにとっても、何の世迷言をと思われるかもしれないテーマであるが、当時の私たちにとっては真剣な、そして深刻な問題だったのである。しかし、問題を政治と文化ではなく、社会と文化という風に置き換えてみれば、このテーマは今なお意味を失っていないと思う。今日の文化の衰退を思う時、一層その感を深くせざるをえない。それともこれは「失われた世代」の妄言なのか。あの座談会から四十余年、世界も社会も変貌した。

12 『ソ連邦史』、そしてグラムシ

翻訳した作品について一々触れるのは無意味に近いことだが、私の思想遍歴の点から、やはり触れておきたいものが二作ある。その一つはジュゼッペ・ボッファ著『ソ連邦史』（一九七六年、邦訳一九七九〜八〇年）である。これは一冊が四センチ近い束のある全四巻である。ソ連を中心とする社会主義圏はいまだ存在していて、ソルジェニーツィンの『イワン・デニーソヴィチの一日』などが注目される等、ソ連世界のおぞましさは徐々に一般の認識になり始めていたものの、それが一挙に崩壊しようなどとはほとんどの人が予想しなかった時期である。大月書店は古くからマルクス主義関係の著書の出版で知られていたが、そこに田悟氏という意欲的な編集者がいて、折から私の名前も出版界で多少は知られるようになっていたことから、田悟氏の方からこの仕事の申し入れがあったのだと記憶する。ソヴィエトは存在していても、スターリン主義などがやかましく論じられるようになっている時代であった。こんな時にイタリアで出版されたのがG・ボッファの『ソ連邦史』だった。イタリア共産党はかねてからスターリン主義には批判的であり、ボッファのこの著作はその視点からソヴィエト連邦の歴史を解明したものだとされた。田悟氏はこの点を力説し、私も反スターリン主義気分を強く抱いていたことからこの仕事はまとまったのだと思う。ただし全四巻という尨大な量なので、御手洗という先輩の人と共訳することになった。こうしてそれぞれが約半年かけて訳了したのだと思うが、反スターリン主義的というよりは批判的スターリン主義といった程度のもので、すでに時代の風潮はそれを超えるところまできてしまっていた。したがって全四冊という大分のものであるにもかかわらず、世間の注目を引くには至らなかった。報いられない仕事の一つであった。報いられなかったとは、この著作の性質上、売れなかったということではなく、思想的に評価されなかった、関心を持たれなかったということである。これには日本の左翼党がこの傾向の本に好意的ではなかったことも勿論大きく関わっている。

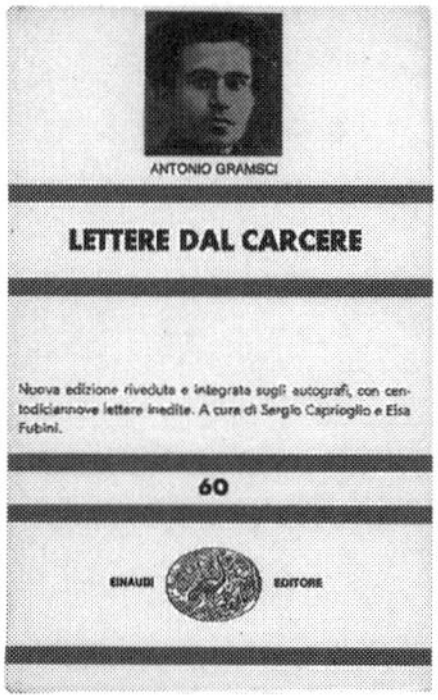

『愛と知よ永遠なれ』の原書。
（原題『獄中書簡』）
1965年初版。

その二は、アントニオ・グラムシの "Lettere dal carcere"（獄中書簡）である。私はグラムシの理論について語る資格がないから、ここではただ彼がイタリア共産党の創立者であり、レーニンとは多くの点で異なる思想を持ち、文化、知識人、プロレタリアート独裁等の問題についてもユニークな見解を抱いており、イタリア共産党（後の左翼民主党）が今あるのも彼故である、といった程度の認識を持っていたにすぎないと断っておきたい。グラムシはムッソリーニによって逮捕、投獄され、最後に獄死するのだが、その獄中にあって彼は尨大な量のノートを書き残し、これが危うく散逸を免れて、戦後“Quaderni dal carcere”（獄中ノート）として刊行され、世界中のマルクス主義者・非マルクス主義者によって注目されるところとなった。同時に彼は、肉親、友人らに数多くの手紙を書き、これは“Lettere dal carcere”（獄中書簡）として一冊にまとめられて一九六五年に刊行された。私の知るところでは、友人のH氏やT氏らがとりわけ強い関心を持ち、「新日本文学」に紹介の文章を書いたり、大学の紀要などに論文を発表するなどしていた。そして彼らが中心になって大月書店から『グラムシ獄中ノート』を刊行する企画が立てられが、数巻に及ぶはずだったこの企画は一九八一年に第一巻を刊行したのみで中断されてしまった。私は参画を求められたが、自分がその任ではないことが分かっていたので断り、関与していなかったから、中断に至った詳しい経緯は知らない。時あたかも、ソヴィエト連邦の崩壊という誰も予期しなかった大事件が起こり、さればグラムシの理論で、という人びとと、マルクス主義全否定という錯綜混乱した状況が生まれ、そのことが客観的にも主観的にも大きく関わっていたのかもしれない。事イタリアに関しては最大の先覚者であったH氏も、純粋理論家肌だったT氏も今や故人である。往時茫々の感一入である。

一方、グラムシの“Lettere dal carcere”（獄中書簡）については、これまた『ソ連邦史』の時と同じく御手洗氏と私の共訳で、やはり大月書店から一九八二年に刊行された。『ソ連邦史』ほど部厚いものではなかったが、これも全四巻となり、邦訳タイトルはグラムシに相応しくと『愛と知よ永遠なれ』とした。いかにも知の巨人を思わせる、輝かしい知性と博識と愛情・友情に溢れた書簡集であった。書簡、手紙といっても知の巨人の表現は難解であり、また、獄中で書かれた故人の殊更に不分明なタームもありなどして、これらについては、パリのガリマール書店刊行の仏訳版に援けられることが多かった。しかし時代と思潮は大きく変わりつつあった。私たちのこれらの仕事はそういう微妙な時代に行われたことになる。

13 エルサ・モランテ

エルサ・モランテについても書かなければならない。優れた女性作家であっただけでなく、形だけであったとはいえ長年にわたってモラヴィアの妻だったからである。モランテの出世作は“L'isola di Arturo”（アルトゥロの島）、私の邦訳では、ほぼ同時期に「禁じられた恋の島」というタイトルで映画が日本に入り、これが人気を博したこともあって編集部の希望で映画と同じタイトルとなった。メロドラマめいたタイトルで私はひどく気恥ずかしかったが已むをえなかった。この作品は河出書房から刊行されたのだが、初めはペーパーバック型のシリーズに入れられ、後で『アンダルシアの肩掛け』という中編を加えて『グリーン版世界文学全集』（Ⅲ—18）に収められた。モランテは詩人的な資質の作家であって、ナポリ南方のプロチダ島に住むアルトゥロという少年を主人公とした作品だが、全編ポエジーに溢れ、青い海の色、空の雲、林を渡る風の音、小鳥の囀《さえず》り等、さながら目にし、耳にするような思いに誘い込まれる思いがした。ストーリーはとも角、この雰囲気を適切に翻訳しえたとはとても思えない。翻訳とは所詮不可能な作業である、という感慨にとらわれるのはこういう作品に出会った時である。

この作家には私は一度も会ったことがない。会うことがなくてよかったと今は思っている。モラヴィアによれば、モランテはどうしようもないほどに気難しい女性だったようである。競争心が異常に強く、自分が最大の作家だと思っていたらしい。モラヴィアはエルサと一緒に旅行をしてもいつも散々な目にあったと言っている。旅の同伴者としても難しい人だったのだという。『軽蔑』はエルサに対する激しい恨みの気持ちをもって書いたともいう。「彼女はあまりにも残酷だった。とことんサディストだった。彼女の作品“La Storia”（歴史）を注意深く読んでみれば〔中略〕あの残酷さが透けて見えてくるはずだよ」とその自伝の中でモラヴィアは述べている。著名な女性などというものはえてしてこんなものだろうと思う。それにつけて思い出すことがある。室生犀生によれば、高村光太郎夫人千恵子は人が訪ねてゆくと、窓のカーテンの陰から意地悪げな顔をのぞかせ、人相風態を検《あらた》めて、気に入らなければ決して応対に出なかったという。こういう次第で、モラヴィアとモランテの共同生活は破綻したのだが、イタリアの法律上の関係で離婚ができず、形式上の夫婦関係は二十五年続いたのである。それにしても、原題

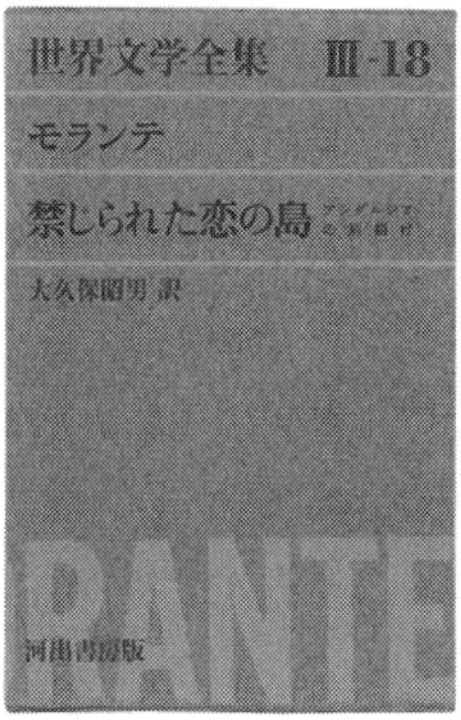

河出書房、1965年刊。

「アルトゥロの島」のあの絵のような作品と、現実のモランテの人物とはどうしても重ね合わせることができない。作家とは因果なものである。ただし、モランテが優れた作家であったことは付記しておかねばならない。"La Storia"（歴史）、"Aracoeli"（アラコエリ）等の大作を刊行したが、我が国では私たちの力量不足もあって、ほとんど紹介されることも翻訳されることもなく終わった。モラヴィアとモランテの関わりについては、月刊「文藝春秋」一九九二年八月号に掲載された拙文（「あるトライアングル」）の一部を次に抜粋したい。

事実は小説より奇なり、という。われわれの身辺を見る限り、それほどロマネスクな事実がそうそうあろうとも思えないが、例えば一昨年物故したイタリアの作家アルベルト・モラヴィアの場合などはさしずめそれに当て嵌まる適例かもしれない。

この作家は生涯を通じて三人の女性を妻にしたが、最初の妻となったのは作家エルサ・モランテだった。作家同士の結婚生活がなまなかのものでありえまいということは想像もつくが、モラヴィアとモランテのそれはまた格別であったらしい。それでも二人は夫婦としての生活を二十五年間送った挙句に、結局は離婚する他はなかったのだが、一九八五年にモランテが死去するまでは、モラヴィアはこの妻の性癖について語ることはなかった。

初めてモラヴィアにじかに対面したのは一九六七年の東京においてだったが、この時にはすでにモランテとは別れ、若くて美しい二度目の妻ダーチャ・マライーニを伴っていて、それがいかにも幸せそうだった。長い戦闘の後の兵士のくつろぎのようなものさえその物腰には感じられた。それまでのモランテとの葛藤を仄聞《そくぶん》していた私がそれとなくその点に触れると、満足げに答えたモラヴィアの表情を今も忘れない。

二人の関係がドラマティックなものであったことを世間一般が知るに至るのは、モラヴィア死去の年である一九九〇年に共に刊行され、我が国でも今年に入って前後して翻訳・出版されたモラヴィアの二冊の著作によってであるといえるだろう。その一冊は『モラヴィア自伝』であり、他の一冊は小説『金曜日の別荘』である。これら二冊の本をつき合わせてみて明らかになるのは、この小説家夫妻の、まさに「小説より奇」としかいう他ないような関係である。

モラヴィアはモランテを愛してはいるが、この妻に欲情は覚えない。さらに、モランテの作家としての力量は高く評価しながらも、彼女の無類に強烈な個性にはもてあまし気味、というより文字通り辟易している。二人の関係は次第に冷えてゆく。

こういう情況の中で、モランテに愛人ができる。相手はイタリア映画界の巨匠ヴィスコンティである。因みに当のモラヴィアの表現を借りれば、ヴィスコンティはひじょうな美男で、ルネサンス絵画の傑作中の人物を思わせ、しかも芸術と人生の二つながらの達人である。こうして、モランテは朝になるのを待ちかねるようにしてヴィスコンティの館へ出向いて行き、まるまる一日を先方で過ごして、夜更けてから帰宅するという生活が始まる。その時刻にはすでに就寝している夫モラヴィアのベッドの端に腰を掛けて、モランテはヴィスコンティ邸での一日の出来事、愛人の情熱のさまをこと細かく語って聞かせる。モラヴィアはそれをじっと黙したまま聞いている。こういう生活が二年続いた。

小説『金曜日の別荘』の方は少し違っていて、三人が実名で登場しないのは勿論だが、映画監督に協力しているシナリオライターである夫とその妻との間に一種の契約ができており、金曜日の午後になると、妻は入念な身仕舞いをしてから、夫に購入させた車を駆《か》って愛人の別荘へ出かけ、金・土と二夜を愛人と共に過ごして日曜日の夜に帰宅するという具合になっている。

『自伝』ではコキュとしての苦衷は語られていないが、小説の方では、夫なる人物は激しい嫉妬に苦悶し、妻をピストルで撃ち殺そうとまで思いつめる。

主人公のこの思いは誇張ではなく、長編『軽蔑』の中でも、モラヴィアはモランテを殺してしまいたいという思いをこめて、作中の主人公の妻を交通事故で死なせたのだと後年述べている。

しかし結局妻は夫のもとへ戻ってくる。話を現実に戻せば、このことは、愛人ヴィスコンティの不実の他に、彼が本質的には同性愛者であったということが絡んでいる。ヴィスコンティに対するこの時のモランテの恨みは執拗なものであったらしいし、その後モランテの生活には、ビル・モローというアメリカ人の若い画家が関係することになるのだが、これはまた別の話である。

モランテは、評者によってはモラヴィアを凌ぐとさえいわれるほどの才能を持つ作家だが、寡作であったことの他に、生まれが貧しかったために、財産と呼べるようなものは皆無だった。彼女が離別後も終生一人で暮らしていた住居もモラヴィアの所有だったらしい。

それに、モラヴィアと別れて以後のモランテは、作家としての声望の高さにもかかわらず、決して幸せではなかった。一度は自殺を図りさえして、これがまたモラヴィアとの関係から、憶測を交えたスキャンダラスな報道がなされるということもあった。

こうして、モランテは一九八五年に孤独な死を遂げる。〔中略〕それから五年後の一九九〇年九月には、モラヴィアもまた不帰の人となった。シャワーを浴びている最中に心臓麻痺を起こしてそのまま絶命したというモラヴィアの脳裏を、その瞬間にどんな想念・心象がよぎったかは知る由もない。その中には、知的で美しいブロンドの文学少女エルサの姿もあっただろうか。それとも彼の中にあったのは、聡明ながら我が強く、手に負えない、作家モランテその人の姿であったろうか。

14　ダーチャ・マライーニ

8章で触れたダーチャ・マライーニについても是非書いておかねばならない。彼女の作品については、私としては『ヴァカンス』と『声』を訳しただけである。『ヴァカンス』は彼女の初期の作品で、その前作『不安の季節』と共に、若い心で文字通り不安な時代についてやや実存主義的なトーンで書かれた作品である。日本での評判もよかったと思う。『声』については、率直なところ、私には成功作とは思えない。中央公論社から立派な装丁の単行本として出されたのだが、ややスリラーめいた筋立てで、その筋立てがあまりよくできていないという印象を私は持った。時代もよくなかったのかもしれない。ヨーロッパの小説への関心が急速に薄れ、アメリカ小説一辺倒に傾きつつある時だった。時代の傾向の変化ということでは、これは脱線になるが、かつてどこの書店へ行ってもずらりと並んでいた人文書院の『サルトル全集』など今や影も形もなくなった時代だった。この全集には私も若干関わったので残念という思いが強い。

ダーチャは小説家である他に演劇人であり、フェミニストであり、ローマ・イタリア社会に深く関わっている女性である。モラヴィアとの関係では、モランテの場合が彼女の競争心が強く結局破綻したのに対して、マライーニの場合は互いに異なり、むしろ反対の性格だったらしい。二人はひじょうに違う人間で、それがかえってうまくいった。因みにモラヴィアは、ダーチャとの一九六〇年から七八年までの十八年間の生活が彼の人生の最も幸せな時期だったと述べている。モラヴィアはダーチャと一緒に暮らすことになった時に、それまで住んでいたオーカ通りからルンゴテーヴェレ・デッラ・ヴィットリア通りへ移っている。一からやり直すという気持ちからだった、とこれまた彼の語っていることである。しかし、幸せだったというその十八年間でも、最後の四年間はややたるんだ状態になって、モラヴィアが三人目のパートナーとなるカルメン・ルレーラと親しくなったことで、ダーチャが「もう夫婦としては暮らせない」と宣言してモラヴィアのもとを去ったのである。

ダーチャ・マライーニとは、先に記したように彼女がモラヴィアに同伴して来日した時にも長時間行動を共にしたし、その後何かの会議で来日した時も彼女から電話があって私は上京し、寿司などを食べながらおしゃべりをした。しかし一九七〇年かに私がモラヴィア邸を訪れた時には彼女の姿は見えなかった。ともあれ、ダーチャとの別れはモラヴィアにとっては打撃であったらしく、その後に書いた『一九三四年』の中で自殺のことについて触れているのも、ダーチャと別れてからずっとつきまとった自殺の思いがあってのことだという。

忘れずにつけ加えておかなければならないのは、ダーチャ・マライーニが幼時の数年を日本の神戸で暮らしているということである。それというのは、彼女の父フスコ・マライーニが日本に住むアイヌ民族の研究者で、何かの基金の給付を受けて来日し、同伴されて来たのだという。当時は日独伊三国同盟の時代で、同盟国人としてマライーニ家は厚遇されたが、やがてイタリアが米英側に降伏し、その側についたことにより日本にとっては俄かに敵国となり、一家は収容所に入れられてしまう。この時の辛かった生活はトラウマとして彼女の心の傷として残っており、当時の神戸での生活の思い出は、楽しかった初期のそれと辛かった後期のそれとが入り混じって複雑なものになっていると見受けられた。「彼女は子供時代を日本で過ごして、そのためにしばらくはイタリア語よりも日本語を楽に話していたらしい」とモラヴィアも述べている。そういうダーチャが、収容所という災難に遭うことなくそのまま成人して今日の彼女になってくれていたら、と残念に思わずにはいられない。なお、ダーチャの神戸での生活の思い出は“Nave per Kobe”（神戸への船）として二〇〇三年かにイタリア本国で出版されており、今私の手元にあるが、当時についての彼女の思いや生活を知る上で貴重なものである。しかし、私自身にそれを翻訳するという意欲がなく、出版社も見つけていない。一方、ダーチャの作品の数冊は心ある人びとによって翻訳され、晶文社から出版されていることもこの際言っておかなければならない。

追記

"Nave per Kobe"（神戸への船）の出版を機にして、二〇〇三年十一月、イタリア文化会館からダーチャ・マライーニが招かれて来日し、小規模な講演会が催された。私も列席して、久しぶりに彼女との旧交を温めることができた。

*本稿は「アルベルト・モラヴィアの思想」の題で「ぶっくれっと」(三省堂、一九八四・六)に掲載されたものである(一部修正)。

15 モラヴィアの思想

76歳のモラヴィアと。1983年、モラヴィア邸にて。

モラヴィアはすでに七十六歳だが、その目は相変わらず鋭く魅力的である。それは典型的なイタリア男の目であって、ピランデッロの戯曲『六人の登場人物』だったかに登場するリオラの目でもあり、ネオレアリズモ映画の監督であったロッセリーニを思わせる目でもある。作家となってからこれまでの五十数年、この目でモラヴィアは人間と社会の諸相を凝視してきたのだといえよう。

一九七九年にフランスで出版された対談集『王様は裸だ』の中で、質問者は、「新聞記者たちは、赤い旅団について、フットボールの世界選手権について、新法王について、あるいは試験管ベビーについて、うるさくあなたに問い質し、あなたの意見を聞こうとするのをやめません。イタリアではあなたは大作家アルベルト・モラヴィアであるだけではなしに、あらゆる問題について人びとから見解を求められる賢者アルベルト・モラヴィアでもあるのです」とまず劈頭《へきとう》に述べている。たしかにモラヴィアは、処女作『無関心な人びと』や『ローマの女』『軽蔑』『倦怠』『二人の女』その他多数の小説の作者であると同時に、何冊かの評論集の著者でもあり、また、「エスプレッソ」や「コリエーレ・デッラ・セーラ」等の雑誌や新聞に、文学や映画さらには政治・社会に関わる問題についてのエッセーや時評を書くジャーナリストでもある。彼の評論集としては、早くは一九七八年の『目的としての人間』〔邦訳一九六七年〕があり、近くは一九七八年の『不機嫌な作家』〔邦訳一九八〇年〕、一九七九年の『王様は裸だ』〔邦訳一九八一年〕等がある。さらに、紀行文集としては、一九五八年の“Un mese in URSS”（ソヴィエトでの一ヶ月）、一九六二年の“Un' idea dell' India”（インドの理想）、一九六七年の“La rivoluzione curturale in Cina”（中国の文化革命）、一九七二年の“A qualle tribu appartiene?”（きみは何族か?）、一九八一年の“Lettere dal Sahara”（サハラからの手紙）等がある。そしてさらに、政治論文集として出された一九八〇年の『いやいやながらの〝参加〟』〔邦訳一九八四年〕がある。

この中で、『不機嫌な作家』『王様は裸だ』『いやいやながらの〝参加〟』の三冊は、文学・芸術についての言及である以上に社会・政治についての言及である点で、とりわけ『いやいやながらの〝参加〟』は、その題名からして明らかなように国内・国際的な政治問題についての言及である点で、他と異なっている。『目的としての人間』以来、骨っぽい硬論化・警世家としてのモラヴィアは、老いてますます意気盛んに、芸術家として鋭い直感と知識人としての深い洞察とにもとづいた、歯に衣着せぬ発言を行っている。そこには、明日の予測のつけがたい現代、乱世の逃しを見せる今日の社会に生きなければならない私たちにとっての優れた指針を見てとることができる。

政治と社会に向けて鋭く発言するモラヴィアという時に必然的に想起されるのはサルトルである（サルトルについては私も一九七〇年前後に『否認の思想』『サルトル対談集Ⅱ』（共に日本側編集）の二冊の本の翻訳に参加している）。サルトルが死去してすでに数年になるが、ある人の表現を借りるなら、モラヴィアはサルトルの「姉妹都市」であり、「ほぼ同じ年齢、…同じ実存主義的傾向、同じ左翼選択、同じ知的傾向と知的関心…」の持ち主である。しかし、文学における「アンガージュマン」（社会参加）という問題については常にサルトルに同調せず、独自の主張を行ってきたモラヴィアであった。その立場は、『いやいやながらの〝参加〟』の、その題名にも内容にも見てとることができる。「作家としてはとも角、思想家として」のサルトルに深い友情と敬愛の念を抱いていたモラヴィアは、サルトルの訃報に接して格別の哀惜の念を抱いたとのことである。なお、最近（一九八四年当時）の新聞報道によれば、二冊のアフリカ紀行にも見られるように、しばしばアフリカ各地を訪ねてその貧困と悲惨を目撃し、また、核兵器による人類滅亡の危機を憂えてきたモラヴィアは、近々行われる欧州議会の選挙に敢えて立候補する決意を固めたという（同年選挙で当選）。かねて政界への出馬を慫慂《しょうよう》されても、作家も政治家も重要な仕事であり、二足のわらじは履けない、いずれかを選ぶのであれば作家である方を選ぶと言い続けてきたモラヴィアであってみれば、今回のその決断は、事実とすればよくよくのものであるに違いない。そしてそれは、「アンガージュマン」についての彼の従来の姿勢を一部あるいは大きく変えたことをさえ想像させるものである。

　ここでは、小説家としてのモラヴィアには触れずにすますつもりであったが、しかし、やはり小説家モラヴィアに触れずにはジャーナリスト・モラヴィアのイメージは偏頗《へんぱ》なものにならざるをえない。イタリアのある作家は、「モラヴィアは、小鳥がいつも同じ歌を囀《さえず》るように、いつも同じ一つのことを語り続けてきた」と述べている。まことにそのとおりかもしれない。モラヴィアには、処女作でありしかも代表作とされる『無関心な人びと』がある。一人の作家の処女作は後にその作家が展開するすべてのテーマを孕んでいることが多いといわれるが、この処女作はまさにそういう作品である。したがって、『無関心な人びと』について語ることは小説家モラヴィアについて語ることにもなるはずである。

若かりし頃のモラヴィア。

　モラヴィアがこの作品を書いたのは一九二五〜二八年にかけてである。それは、アプレ・ゲールと呼ばれた時期から両次大戦間にまたがる年代である。一八七〇〜七一年の普仏戦争以来、戦争らしい戦争を経験せず、永遠の発展と繁栄というオプティミズムに酔い知れていたヨーロッパ世界がドイツとイタリアに台頭したナチズムとファシズムを前にしてふたたび戦争の予感に怯え始めた時期である。第一次大戦の終結（一九一八年）、『無関心な人びと』の発表（一九二九年）、第二次大戦の勃発（一九三九年）という風に並べてみれば、この作品が発表された一九二九年という年が絶望と不安によっていわば挟み撃ちにされていた時期であることが明らかになるはずである。一九二九年という年はまた、アメリカのウォール街に端を発した経済恐慌が全世界に蔓延して社会不安を激化させ、資本主義体制そのものが崩壊してしまうのではないかとさえ思われた時でもあった。第一次大戦後から両次大戦間期にかけての文学が「不安の文学」という呼び名で総称されるのはそのためである。ダダイスムやシュールレアリスムが、それまでの理念や現実をもはや信じられなくなり、あらゆる永続的な観念・思想を破壊しようとした芸術・文学上の運動であったことは改めて言うまでもない。ヨーロッパの人びとが進歩の理念を信じなくなったのも一九一八年以降のことである。シュペングラーの『西洋の没落』、シェストフの『悲劇の哲学』、バンジャマン・クレミューの『不安と再建』等が前後して刊行されたのもこの頃である。

不安なヨーロッパにあって、いち早く権力を獲得していたイタリアのファシズムがその独裁体制を強化した年もまた一九二九年である。イタリアの心ある人びとにとっては、それはまさしく逃げ場のない息詰まるような時代であった。二十歳前後の青年であったモラヴィアがそれをどの程度自覚していたかはとも角、彼がこの時代の子であり、彼が『無関心な人びと』の中で描こうとしたのがこの不安の時代の人間たちであったことは明らかである。この作品の全編に滲んでいる霧のような憂愁は時代の憂愁の反映であった。とりわけこの作品に登場する人びとが不安の時代の最も不安な階層に属しているという事実が、この絶望的な情況を一層救いのないものにしているといえよう。

ここで「無関心」とは、あらゆる対象、あらゆる行為に関心を持ちえず、情熱を抱きえないという状態である。その根底には、人間存在の不条理への痛切な自覚がある。この作品がヨーロッパ最初の実存主義小説とさえいわれる由縁もこの辺りにある（サルトルの『嘔吐』は一九三八年、カミュの『異邦人』は一九四二年の作である）。モラヴィアは二十歳そこそこにして、今世紀（二十世紀）の激動、とりわけ第一次世界大戦の結果である、精神的価値の崩壊が行動の理由と方法を覆してしまったことを感知していたのである。

この作品は「イタリア文学史上最大」といわれるほどの成功を博したが、同時に、当時の支配層の顰蹙《ひんしゅく》と怒りを買う結果にもなった。それというのは、この作品が当時のローマのブルジョア家庭のモラルの退廃と崩壊、そこの「無関心な人びと」を仮借ない筆致で描いたものだったからである。イタリアの官憲は、この作品の第五版を最後としてその後の刊行を禁止した。

こうして、処女作の発表を契機として、モラヴィアとファシズムとの険悪な関係は始まり、そのまま今日に及んでいる。そして、その当時の遙かな延長線上に今日のモラヴィアは立っており、例えば『いやいやながらの〝参加〟』その他に見られるような発言を行っているのである。

16 『モラヴィア自伝』

『モラヴィア自伝』（原題 “Vita di Moravia” モラヴィアの生涯）が出たと知った時には私はいささか興奮した。一九九〇年のことである。当時フランスやイタリアの新聞に目を通すことを怠っていたため、エージェント、出版社を介して知らされるまではその出版について私は知らなかった。エージェントはいつものようにタトル商会ではなく、フランス著作権事務所だった。これは、この企画がイタリアではなくフランス側で先に立てられたためであることを後で知った。モラヴィアのブーム（といえるほどのものではなかったが）は去りつつあったとはいえ、モラヴィア文学の総決算であることが明らかなこの作品の刊行とその版権の取得をめぐって出版界に競合の機運が生まれたことは確かだった。翻訳権の取得は一翻訳者の思うようにはならないのが普通である。したがって私としては自分に親しい出版社がそれを取得してくれることを願う他なかった。幸いなことにフランス著作権事務所はそのオプション権を河出書房新社に回してくれた。同書房新社には当時野口雄二氏がいた。彼は大阪人だそうだが、およそ大阪人らしくない風貌気骨の人で、その彼の裁断で同書の翻訳権取得が決まったのである。そしてその話が私の方へ回ってきた時には正直私は少年のように喜んだ。前述のように、それまで何人かの手でばらばらに行われてきたモラヴィア紹介の総まとめをこの本を介して自分の手で行うことができる！、と思うと同時に、小さな困惑も私の胸に生まれた。できうればモラヴィア伝といったものをまとめてみたいと、かねてから少しずつ集めていた資料が生かせなくなる。『モラヴィア自伝』の目次を眺め、ページをめくりながら私はそう思わないわけにはゆかなかった。インタヴュアー、アラン・エルカンの巧みな質問によってモラヴィアのすべて——文学、思想、政治、そして私生活——が語り尽くされていたからである。

当時私は六十歳を過ぎたばかりで、気力もまだ充実しており、勇躍して仕事に執りかかった。原本に記したメモによると、一九九〇年十二月三日に着手して翌年三月四日に訳了している。三ヶ月で大著を訳了した。十二月から三月という最も寒い時期に、暖房も完全でない部屋で私は奮闘した。これでモラヴィアに関する仕事も一応完結の形をとることができた、という深い充足感が私の胸にあった。

このような作品であるからには、少しく詳細に触れておきたい。

二十世紀をそっくり体現したともいうべき作家アルベルト・モラヴィアに、その生涯、とりわけその私的な側面に力点を置いて語らせるという発想は、右にも触れたようにフランスの出版社筋から出たとのことである。当初この企画はほとんど実現不可能と思われた。文学、芸術、思想、政治等についてであれば対談を拒まず、むしろ好んで縦横に語ったが、私事について語ることは頑なに拒んできたモラヴィアだったからである。だが、その経緯はとも角、この企画はモラヴィア側からも受け入れられた。それだけでもすでにイタリア、フランスの出版界にとっては画期的なことであった。質問者には、モラヴィアと親しく、モラヴィアをよく識る作家アラン・エルカンが選ばれ、対談は一九八八年から九〇年にかけての二年あまりにわたり、常に午前十一時から正午までという時間割で進められた。対談時間の長さからもその内容からも、質問者、回答者共に苦労、難渋を重ね、曲折を経ねばならなかったが、対談は何とか所定の作業を経て、文章としてまとめられた。当初書物の分量にして千ページを優に超えるものだったが、両者のこれまた相当期間に及ぶ共同作業によって、現在見るような分量にまで整理、縮小された。それまでに数十冊の著書を物にしたモラヴィアではあったが、いわば己の全生涯を凝縮させるようなこの本には格別の思いがあったらしく、その刊行を心待ちにしていたとのことである。

このようにして、『モラヴィア自伝』は、一九九〇年九月二十六日に一巻の書物として完成した。そうして、その日の午前中に、版元ボンピアーニ社の手で急ぎモラヴィアのもとに届けられた。ところが、なんとその直前にモラヴィアは急死していたのである。本が届く三十分前、浴室でシャワーを浴びている時に心臓発作を起こして昏倒し、絶命したらしいという。苦しんだ様子はなく、倒れた際の傷が額にあっただけだった。自伝が生まれたその同じ日に作者は死んだ。これを単なる暗号だとするとしても、なんと意味ありげな暗号であることだろう。巻末において、「その言葉で、モラヴィアの生涯についての話は終わったと思いますか」と問われ、「そう思う」とモラヴィアは答えている。敢えて語った自伝の完成を待ち、その目でその新著を見届けることはできなかったにしても、「さらば」と言ってその生涯を閉じたのではないだろうか。

しかし、私たち読者にとっては、この書が世に出たのは大いに幸いなことであった。それは私たちの二十世紀の証人、目撃証人《テモワン》ともいえる一人の作家を、その作品を通してとは別の形で、いわば直接的に知りうるからであり、もっと具体的には、その人生の若い時期を世紀の前半に、中年以降を世紀の後半に生きた作家の全生涯とその世紀とを知りうるからでもある。ここで想起されるのは、エッケルマンの『ゲーテとの対話』である。ゲーテ晩年の秘書であったエッケルマンは、十年余にわたるゲーテとの関わりの中で、その語ったところをまとめてこの本に収め、ニーチェをして「ドイツ最高の書」といわしめた。我がエッケルマンことエルカンの手になる「モラヴィアとの対話」はどのような評価を受けることだろうか。因みに、フランスのイタリア文学研究者であり、モラヴィアの友人でもあったジャン・ノエール・スキファーノはその著“Désir d'Italie”（イタリアの欲望）の中で、「『モラヴィア自伝』を、彼が波瀾に富んだ長い人生の過程で出会ったさまざまな人びとおよび彼自身の単なる一連のレポートだと考えてはならない。それは彼が感光板あるいは容赦のない鏡のように忠実に明瞭に写し出したわ

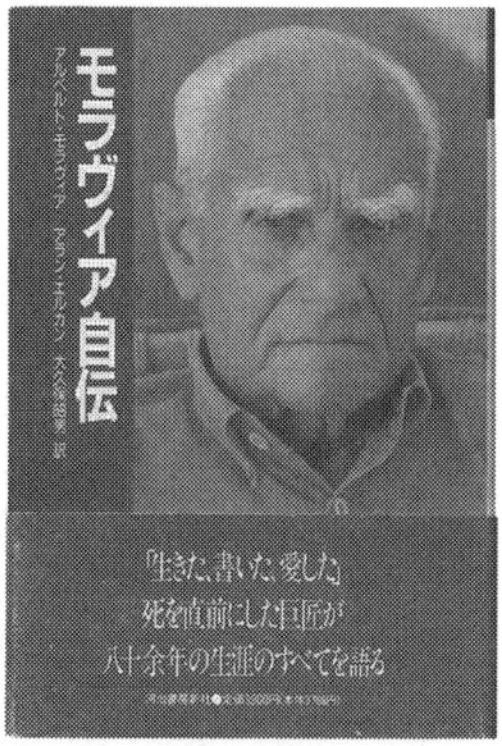

河出書房新社、1992年。

れわれの時代の歴史なのである」と述べている。

優れた作家といえども一人の男あるいは女であることに変わりはない。そして異性との関わりにおいて悩み苦しむことがあるのも当然である。モラヴィアも本書の中でその心情を随所で漏らしている。とくに、最初の妻であり著名な作家であったエルサ・モランテとの関わりを語る時の口調は苦渋に充ちている。もちろんモラヴィアは人との交わりを愉しみ、友情の喜びについても語る。女性の好みについては本人も認めているようにいささか雑食気味のモラヴィアだが、友情についてはずっと選択が厳しく、その交友世界は、バーナード・ベレンソンからウンベルト・エーコ、ジュゼッペ・ウンガレッティからエウジェニオ・モンターレ、ジャン・コクトー、アンガス・ウィルソンからソール・ベロー、サルトルからカミュ等々、さながら二十世紀の優れた文学者・芸術家の壮麗なギャラリーの観がある。しかし彼が最も親しく交わり、敬愛した友人は作家パゾリーニだった。パゾリーニと別荘地で起居を共にした時の思いや、アフリカを共に旅した時のことを語る言葉はいかにも楽しげである。だが、パゾリーニの非業の死を心ならずも語る時のその口調はなんと重くなんと悲しげなことだろう。私が最初にローマ、ルンゴ・テーヴェレのモラヴィア邸を訪れたのはパゾリーニが殺害される前であったが、この時もパゾリーニのことを何度も口にした。

しかしまた、モラヴィアは人間性探求者《モラリスト》であり、彼のあの鋭く光る眼には人並以上に人間の真実がはっきりと映ったようである。セザンヌが机上のリンゴを凝視したのと同じ眼で、モラヴィアは世界と人間を見つめ続けた。私たちには天才的な芸術家として映っている人物が、モラヴィアにかかると、ただのいじましい一人の男にまで引き下ろされてしまうことがある。画家デ・キリコについて触れた一節では、この高名な人物がモラヴィアの女友達に向かって、「この私とモラヴィアと、どっちが稼ぎが多いと思うかね」と尋ねたというエピソードを伝えている。また、一九五九年イタリアの詩人クァジーモドのノーベル賞受賞が決まった時に、多数の関係者が並み居る中を同じく高名な詩人ウンガレッティが、「おうむにノーベル賞が贈られた!」と大声で喚きながら走り回ったとも語っている。モラヴィアは、デ・キリコやウンガレッティを貶めようとしてこれを語っているのではない。しかし彼の表現をもって語られると、なんともほろ苦い人間のリアリティーが滲み出るのも不思議である。こういうことを語る時のモラヴィアは、十七世紀モラリスト文学の傑作『箴言録』の著者ラ・ロシュフーコーにも劣らないモラリストの顔をのぞかせる。このラ・ロシュフーコーにしてからが、ラファイエット夫人との交情においては徹底して細やかで誠実であったように、モラヴィアもまた愛する人びとについて語る口調には別人の観がある。苦い思いを味わわされることの方が多かったモランテであったかもしれないが、事実上の離別をしてから何年か後の一九八四年の冬、ボン滞在中にモランテの訃報に接してモラヴィアはローマでの葬儀に駆けつける。サンタ・マリーア・デル・ポーポロ教会でのミサが終わって、モランテの遺体を納めた霊柩車が走り出すと、車上に飾られた花束から花びらがひらひらと舞い、折からの風に躍って流れ、やがて路上に点々と散り敷いた…。その描写は本書の中でも最も美しく忘れがたいページであるに違いない。そして、それを語るモラヴィアの胸中には言葉に尽くせぬモランテへの思いが錯綜したはずである。

言うまでもなく、人生は生きるに困難である。だが、本書は人生の指針であろうとはしない。むしろ、銃弾の雨と降る中を駆け抜けてきた兵士のように、人生を駆け抜けてきた一人の作家の、これは回顧録である。この人物には人並を超えた博識と哲学と、多彩な人間関係があった。それらを介して彼は語る。彼は八十余年を生きた。その八十余年のすべてを語る。先にも書いたが、別の対談集『王様は裸だ』の中で質問者は、「あなたは大作家アルベルト・モラヴィアであるだけではなしに、あらゆる問題について人びとから見解を求められる賢者アルベルト・モラヴィアでもあるのです」と述べている。また、モラヴィアの死を報じたフランスの「フィガロ」紙はモラヴィアを「二十世紀のヴォルテール」と書いた。

モラヴィアは一九〇七年に生まれたローマっ子であり、ローマの作家として作品を書き続けたが、そのくせ、今のローマは変わってしまって往時の面影は偲ぶべくもないと嘆いて、ロッシーニやゴルドーニのようにパリで死にたいと言っていた。だが、この願いばかりは叶わなかったわけである。女性関係も多彩であったが、妻にした三人の女性とも、必ずしも自分の意に添うような関係を持ち続けることはできなかった。死についても同様であった。その意味で、彼もまた普通の尺度で生き、「人間の条件」の中で死んだということになる。

ともあれ、読者である私たちは彼の数多くの作品を通して、一九三〇年代から世紀末に至る時代の流れを辿ることができるのは事実である。イタリアのさる政党の党首がモラヴィアへの弔辞の中で、「あなたの作品がなかったならば、私たちはここ数十年の社会の推移を十分には把握しえなかったでしょう」と述べているのも決して空世辞ではないだろう。彼の作品は今後とも私たちの歴史的な時代についての考察の鏡であり続けるだろう。あたかも、バルザックの小説群がフランス十九世紀という激動の時代の社会史であるように。

「生きた、書いた、愛した」(Visse, Scrisse, Amò)。これはイタリアを愛したスタンダールが記した墓碑銘であり、スタンダールを敬愛し、範として生き書いたイタリア人作家モラヴィアに贈りうる、最高のオマージュである。

*本稿は「没後二年、存在感薄れぬモラヴィア」の題で「朝日新聞」(一九九二・九・三〇夕刊)に掲載されたものである(一部修正)。

17 モラヴィア没後二年

アルベルト・モラヴィアが死去して、この二十六日で二年が過ぎた。棺を蓋《おお》いて事定まる。この二年間に、モラヴィアの評価にどんな変遷があっただろうか。

まず断っておかなければならないのは、この〝大作家〟が本国イタリアをはじめ全ヨーロッパ社会で、ひたすら敬愛されるという存在ではなかったということである。数年前にイタリアの新聞が行った作家人気投票では、彼の第一作『無関心な人びと』の人気とは裏腹にモラヴィア当人の不人気が際立つ結果になって世間を驚かせた。それは、表だって発言することのない人びとの間には、モラヴィアに対する深い嫌悪、反感、あるいは憎しみが蟠《わだかま》っていることを示している。事実、イタリアのいわゆるブルジョアジー、保守的な階層、カトリック関係の人びとから、モラヴィアほど疎まれた作家は稀だといってよい。かつてモラヴィアがアンドレ・ジイドと共にローマ法王庁の禁書目録に指定されたことも、この際思い出していいだろう。

保守層だけではない。いわゆる左翼の〝良識派〟の間でも、モラヴィアはいかがわしい作家だった。人間は肉で生きているのではなく精神で生きているのだ、と彼らは批判した。マルクス主義の批評家たちは、モラヴィアがイタリア社会の〝健全で〟〝肯定的な〟側面を見ようとしない、といって非難したものである。

先頃、モラヴィアに関わる遠い昔の、これまで全く知られていなかった出来事が報じられて驚かされた。フランスにロベール・ブラッジャックという作家がいて、ナチズムに共鳴し、第二次大戦中はヒトラー・ドイツに協力し、大戦終結時に〝コラボ〟（対ナチ協力者）として、処刑されたことはご承知の向きも多かろう。このブラッジャックが、ナチ占領下のフランスで、彼の主宰する雑誌「ジュ・スイ・パルトゥ」（私は随所にいる）に、モラヴィアの短編〝Mort subite〟（突然の死）を掲載していたことが最近になって知らされたのである。

モラヴィアにはなんの責任もない話だが、彼にかねて反感を抱いてきた右翼・保守筋の人びとは、モラヴィアには本質的に胡散臭いものがあり、左翼を自称しながらブラッジャックのような極右の共感を誘うものが潜んでいるのだとして、これをモラヴィア攻撃の、叶うことなら抹殺の機会にしようとした。だが、事はそういう風には運ばず、確かにモラヴィアの作品は複雑で、ブラッジャックがこの作品を彼流に解釈した結果であるか、あるいはブラッジャックが後日のための自己のアリバイにしようとしたのだろうというのが、大方の穏当な反応だった。

いずれにせよ、今回の出来事を通して改めて露わになったのは、一定の階層の人びとの中に依然として根強く残っている反モラヴィア感情である。この人びととすれば、それももっともと言えないこともない。安楽な生活を享受している階層、キリスト教の堅固な道徳に守られて存在している社会にとって、モラヴィアは常にスキャンダルであり続けたからである。スキャンダラスであることが、彼とその作品の存在価値《レゾン・デートル》だったといってもよい。彼は数多くの作品を残したが、それらはすべてこういう観点から読まれるべきだろう。

　モラヴィアが左右の〝良識派〟あるいは教会関係筋から顰蹙《ひんしゅく》を買い続けているということは、とりもなおさず彼が二十世紀の〝ブルジョア〟たちの生態を鮮やかに、的確に描くのに成功したということに他ならない。

　だが、今や死人に口なしのモラヴィアに代わって付言するなら、彼は専ら嫌われてだけいたのではない。イタリアの民衆はモラヴィアを「『無関心な人びと』の作者」として敬愛しているし、彼が、〝範とすべき賢者《メートル・ア・パンセ》〟として、事あるごとに助言を求められる存在だったことは周知のところだろう。

　彼が後半生を過ごしたローマのテーヴェレ河沿いの旧居を本拠として、このほど「アルベルト・モラヴィア基金」が設けられ、当面は文学とジャーナリズムの二分野について助成金を出す計画とのことである。とくにジャーナリズム部門については、アフリカを含めた第三世界に関するルポルタージュを重視するというのが、基金運営の中心となる作家シチリアーノやマライーニらの意向だという。晩年、アフリカに異常なまでの愛着と関心を寄せたモラヴィアとしては、本懐というべきだろう。

18　モラヴィアの墓を訪う

＊本稿は「「モラヴィア」は本名　墓石に刻まれたユダヤ系の銘」の題で「朝日新聞」（一九九四・一一・一七夕刊）に掲載されたものである。

ローマに滞在した折に、ヴェラーノ霊園にあると聞き及んでいたアルベルト・モラヴィアの墓所を訪れた。四年前モラヴィアの訃報に接した時には葬儀に参列できなかったこともあり、今回のローマ行きの目的の一つはその墓参であった。

ヴェラーノ霊園は市内東部、ローマ大学の裏手に位置する広大な一画である。入園に際し、門衛詰め所で墓の所在を確かめはしたものの、いざ中に入り込んでみると、聞きしに勝る広さである。稀に行き会う人に「作家モラヴィア」の墓所を尋ねても、一様に首を横に振る。目指す墓を探しあぐねて疲れ果て、半ばあきらめかけていた時に、霊園の管理職員らしい服装の人物を見かけて、これを最後と問いかけた。すると知っているといい、即座に案内してくれた。モラヴィアの墓はそこから数分のところにあった。

モラヴィアの墓石。1994年6月、ローマ，ヴェラーノ霊園。

霊廟《れいびょう》とでも呼んだ方が似つかわしいような壮麗な墓所が立ち並ぶこの霊園の中にあって、モラヴィアの墓はいたって小さく質素であった。二坪ほどの区画の中に、正面の供物台《くもつだい》らしい石を除けば、中央に畳一枚にも足りない平らな墓石があり、その左右に小灌木が植えられているだけなのだ。

それが意外とも思えたが、考えてみればあのモラヴィアに壮麗な墓所などそぐわないではないか。むしろ、ただ四角いばかりで何の変哲もない、白じらとした大理石に、十字架と姓が刻まれただけのその墓所こそ、二十世紀という私たちのこの時代をひたすら凝視し続けたこの作家に相応しいというべきだろう。

だが、目の前にしたその墓石を見据えて私は一瞬とまどった。墓石にはまず十字架が刻まれていることは当然として、その下に、「MORAVIA PINCHERLE CIMINO」と、それぞれ同格の姓らしい配置の銘が横三列に刻まれているではないか。もしかするとモラヴィア（MORAVIA）は彼の本姓なのではないかというのが、三列の文字を見た瞬間の私の胸によぎった疑念であり直感であった。従来、人も私も（イタリアの文学辞典も含めて）、この作家の本姓はピンケルレ（PINCHERLE）であり、モラヴィアは専らペンネームだと唱えてきたのである。

ともあれ私なりの思いをこめて礼拝をすませ、割り切れない思いのまま、墓所から通路に降り立ち、高さが三、四十メートルもあろうかと思われる糸杉の巨木の並木が木陰を作る、低い仕切り石に腰を下ろして憩いながら、しばし私は思いあぐねたのであった。

帰国後、ローマの友人に事情を説明した手紙を書き、モラヴィアの長年の伴侶であった、私にも旧知のダーチャ・マライーニ女史に連絡をとってもらった。その結果明らかになったのは、次のようなことである。

ピンケレルがモラヴィアの本姓であることに間違いはない。だが、この作家が筆名として用いたモラヴィアという姓も、ピンケルレという家系に属する姓であり、彼にとっていわば第二の姓だったのである。ピンケルレもモラヴィアも、父方に由来するユダヤ系の姓であることは事実である。ただし、母はカトリックであり、アルベルトもその姉妹も、出生時にカトリックの洗礼を受けている。因みに、三列目に記されているチミーノ（CIMINO）は母方の姓である。

この辺りの事情をめぐって理解に混乱が生じ、モラヴィアの素性についてもとかくの噂が生じたのは、一時期ヨーロッパの各国でユダヤ人のナチュラリゼーションすなわち同化、帰化が広汎であったために、ユダヤ人と〝アーリア〟人を区別することが困難になったからである。モラヴィア自身が、すでに一九五三年七月の「イル・ポンテ」誌にこの問題について一文を寄せ、時にモラヴィアをユダヤ人とし、モラヴィアという姓の由来をも曖昧にした、この混乱・混同をありうべからざる〝不条理〟と述べていたことも、今回確認することができた。

いずれにせよ、モラヴィアを単にペンネームであるとする説は事実に反しており、これを訂正することは、これまでモラヴィアの作品に携わってきた者にとって責務というべきだろう。

19

『雪の中の軍曹』 マリオ・リゴーニ・ステルン

私は、モラヴィアやその周辺の作家たちだけにかかずらっていたわけではない。『世界短編名作選（イタリア編）』の編纂に精力的に参加もしたし、他にも関心の持てる作家は何人もいた。ただ、彼らの作品の出版を引き受ける出版社を見つけるのは容易ではなかった。そのために日本の読書界に紹介できなかった作品は数多く、今も口惜しい思いを禁じえない。関心を持った作家の中から一、二を挙げれば、まずマリオ・リゴーニ・ステルンがいる。

マリオ・リゴーニ・ステルンは一九二一年、北東イタリア、ヴェネト州の小さな町アシアーゴに生まれ、大自然の中で農夫然とした生活を続けていたが、二〇〇三年かに八十余歳で死去したことを、これはイタリアの新聞で知った。一度訪ねてみたいと思いながら、果たせなかった作家である。彼の作品は大自然での生活の中から生み出されたものが少なくないのだが、代表作となれば『雪の中の軍

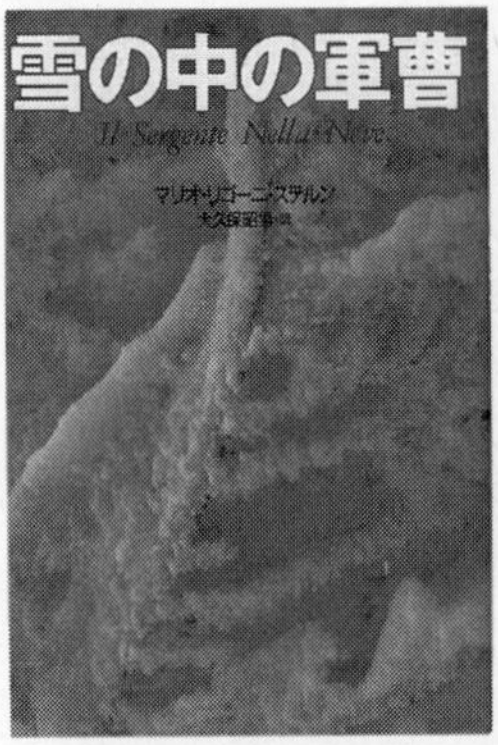

草思社、1994年刊。

『雪の中の軍曹』の原書。1962年版。

曹』を挙げなければならないだろう。この作品が刊行されたのは一九五三年であるが、我が国でやっと翻訳出版できたのは一九九四年、実に四一年後である。

　この作品は、第二次大戦時のロシア戦線に配属されたイタリア軍に附属する一部隊の、いわば敗走の記録である。そして、その記録者は一人の軍曹すなわち作者リゴーニ・ステルンであり、作品は彼が丹念に書き記した日記を基にしたものである。第二次大戦は昨日今日の事件ではなく、すでに過去の歴史の中に組み込まれた六十数年前の出来事であり、しかも本書はそれに関わる記録文学作品なのであるから、少なくともこの作品の背景をなしている状況は略記しておく必要があるだろう。

　東部戦線（ロシア戦線）は、緒戦時には宣戦布告もなしにソヴィエト領内に侵入したナチス・ドイツ軍の優勢裡に展開したが、一九四二年秋から四三年一月にかけてのスターリングラード攻防戦で、ドイツ軍と、その副次的同盟軍として配備されていたイタリア軍は悲惨な敗走を余儀なくされる。厳寒ロシア平原の冬である。この潰走《かいそう》の途上でイタリア軍部隊の兵士たちは力尽きて〝雪の中〟で次々に倒れてゆく。そのありさまが、感傷を極度に排して抑制のきいた簡潔な文体で描き出される。だが、これは兵士たちの敗走の記録ではあっても戦争の文学ではない。苛烈な戦闘の場面もむしろ背景として語られる。語り手たる「私」の関心は、あくまでも極限状況下に置かれた人間の上に向けられている。しかもその人間とは、仲間であるイタリア軍兵士だけではなく、ドイツ軍兵士、あるいはソヴィエト軍兵士でもあり、さらには戦場となった大雪原の一隅に息を潜めるようにして生きているロシア人農婦やその家族である。中でも典型的なのは、「私」が雪原で遭遇したロシア人家族、ロシア兵士とのエピソードである。ここに描かれているのは、敵、味方あるいは国家などという構図を超えた人間対人間の関わりである。

私は四十年ほど前にフランスの作家D・フェルナンデスの著作“Le reman italien et la crise de la conscience moderene”（イタリアの小説と現代意識の危機）中の「人間という言葉」と題された一文に、この作品、とくにこの場面についての描写を読み、以来この作品に対して久しい関心、というより愛情を抱き続けてきた。ここで大岡昇平の『俘虜記』の中のやはり作者である「私」が敗走中に突然敵兵を眼前にして、しかもついに小銃の引き金を引かなかったあの場面を想起するのも決して見当違いではないだろう。そう、リゴーニ・ステルンのこの作品は、大岡昇平の戦記ものに共通するところが多い。作家としての姿勢もさることながら、リゴーニ・ステルンの文体にはレトリックも見られず気負いも全くない。さながら散文詩そのものである。この作品は各国で高く評価され、フランスでは〝イタリアのヘミングウェイ〟と称されたし、ドイツでは自然と歴史の中に神を見ようとした思想家ヘルダーに喩えられた。またイタリアの批評家はこの作家の中に〝農夫トルストイ〟を見ると述べた。独りよがりかもしれないが、これだけの名作がこのままで朽ち果ててしまうことは私には痛恨に耐えないことであった。

なお、この作品の最新版（一九八九年）には作者が高校生を対象に書いた「まえがき」があるが、第三者には到底書きえない、直接体験者ならではのものなので、その一部をここに付記したい。

一九四〇年から四五年まで、私はイタリア軍の兵士だった。あのおぞましい第二次大戦のことは、皆さんも両親やその他の人びとから聞いてもいることと思う。一九四四年の冬には、私はドイツ軍の捕虜としてバルト海沿いの町にいた。そこでは激しくみぞれが降っていた。いつもみぞれが降りしきっていた。私はバラックの窓ごしに外を眺めながら、遠い自分の国での幸せだった自由な日々を想い起こしていた。みぞれの降りしきる静寂の中で、戦争で死んだ仲間たちのことも脳裏に去来した。そういうある時、不意に、前の年に起こったさまざまの出来事があたかもふたたびそれを目の前にしたかのように、生き生きと記憶の中に蘇った…そこで私は、かねてから日記をつけずにはいられないという癖があったために、背嚢の中にとっておいた、ちびた鉛筆を取り出し、急いでかき集めた紙片に書き始めたのである。

一ヶ月半の間、私はすべてを忘れた。空腹さえも、遠い自分の国さえも。日が暮れるまで書いた(午後二時にはすでに暗くなった)。なぜ、書いたのか？　自分の書くものが出版され、人に読まれるようになどという気負いからでは勿論ない。自分の中にある何かから自分自身を解き放ち、すべてを声と響きをもった言葉で表現しなければならない——そうすることが必要であり、かつ緊急のことでさえあると、あの時に思えたのである。自分が見、体験したことを、いつまでも憶えていることができるように書き留めておくこと。それは個人的な手記であってはならなかった。あの戦争の時点で、私と同じような立場の数千人の人びとに起きたことを語らなければならない。戦略、戦術、戦争の科学のことなどは抜きにして、専ら人間の条件についてだけ語る。それがすべてだった。

この作品は、もちろん冒険譚ではない。しかし、いきなり戦場に読者を連れ込んで物語は始まる。最も絶望的な状況、われわれアルプス山岳兵部隊の、ロシアからの撤退という状況の中にである。凍てつく寒さに加えて、猛烈な吹雪がわれわれの視界を遮っていた。板切れのようにこわばる脚を引きずっての、雪の中での数百キロに及ぶ行進。補給の完全な杜絶。包囲網を突き破るための戦闘。負傷し、あるいは凍傷にやられた仲間たちを共に歩ませようとする努力。この恐るべき行進をとに角も続行する気力をわれわれに与えたのは、ただただ母国に帰り着きたいという願いだけだった。

北端はフィンランド湾から始まって南は黒海およびカフカーズにまで至る、この果てしなく長い戦線——塹壕、戦闘拠点、砲列陣地、戦車部隊、その他——の中にあって、私のアルプス山岳兵小隊は、多くの民族からなる数百万の兵員の中のほんの小さな存在だった。われわれイタリア山岳兵部隊は、ドン河が最初に蛇行してヴォルガ河に近づく、戦線の中央部に配置されていた。

われわれの正面の対岸には、自分の国土を守ろうとするロシア軍がいた。私の物語は、ここ、ドン河から始まる。私は、仲間たち、ここの塹壕の中での生活、暮らしぶりをまず語る。ドン河が凍結した一月のある朝を境に、ロシア軍が反撃を開始した。征服を目的としたはずの戦争が、われわれにとっては、ひたすら郷里への帰還を目指す敗走の悲劇となった…同盟軍はわれわれを運命のままに打ち棄てた。そして、降伏を勧告した。だが、われわれはそうしなかった。われわれは、ただただ郷里に、遠い郷里の山河に帰りたかった。これ以上戦争はしたくなかった。暴力や苦痛や死を蒙りたくなかったし、加えたくもなかった。

皆さんはこの本の中で、明るい、あるいは残酷な、平和な、あるいは悲劇的な、陽気な、あるいは絶望的な出来事に出会うだろう。しかしここで私が望みたいのは、人間を引き裂くのではなく結びつける感情である、理解、同情、寛大さが最も真実味をもって現れる個所の上に、皆さんがいっとき心を留めてくれることである。なぜなら、戦争の渦中ですべてが崩壊し死に絶えるように思われる時でさえも、一つの行為、一つの言葉、一つの事実が希望と生命を蘇らせるに十分なことがあるからである。この本に価値があるとすれば、それは素朴なアルプス山岳兵たち、「敵軍」であるロシア兵たち、そして一九四〇年から四五年にかけての戦争の路上で私が出会ったあの無数の人びとすべてに由来するものである…。

20　ジョヴァンニ・ドゥジ

ジョヴァンニ・ドゥジの小説“la moglie”（妻）は一九六六年にボンピアーニ社から刊行された。そのことを私はイタリアの新聞で知った。作者はその時四十三歳の技術者で決して若くはなかったが、新聞はモラヴィアやサガンのそれに比すべき華々しいデビューと書いていた。ほどなくイタリアで有力な文学賞の一つであるカンピエーロ賞もとった。翌年にはパリのスイユ社から例の緑青色の枠付きのフランス語版も出た。私はこの作品に強い関心を持ち、ミラノのボンピアーニ社に手紙を書いて著者に回してもらい、当時関わりの多かった早川書房の常盤新平氏に諮《はか》った。しかし、この作品を早川で出版するには至らなかった。古い話で記憶は定かではないが、イタリア側や早川とのやりとりの経緯は同書の中に挟み入れたメモに記されている。今日的な家庭や夫婦の危機といったテーマも、この作品の文体も、私の気を惹くものであったから、その後の他の作家たちの作品にかかずらいながらも、この作品のことは常に頭の片隅にわだかまっていた。

それから三十年近く経って、草思社と関わりができ、以来何冊も翻訳を同社から出すようになった。モラヴィアやリゴーニ・ステルンの作品を同社から訳出、出版した後、忘れずにいたドゥジのこの作品を諮ってみたところ、意外にもと言いたいほどあっさり出版のことが決まった。折しも、その年にイタリアへ出かける用務ができた。作者ドゥジにはこの作品が日本で出版されることはすでに知らせてあったが、私は改めて自分のイタリア行きのことを手紙で通知した。本はまだ出来ていなかったのだが、ドゥジからはすぐに返信が届いて、イタリアへ来るなら是非自分の住むヴェローナへ立ち寄るようにと言ってきた。この思いがけない申し入れに私は旅行が多彩になると喜んだ。イタリアへ向けて発ったのは一九九四年の夏だった。飛行機はキャセイ航空の北京経由ローマ行きの便だった。

ローマのダ・ヴィンチ空港には早朝に着いた。その日のシチリア行き夜行列車に乗る手筈であったから、昼、丸一日の時間のゆとりがあった。迷わず私はローマ郊外のイタロ・パナットーニ街に住むアルミニオ・サヴィオーリに電話を入れた。すでに三十五年来の旧友で、遠慮は要らなかった（彼との出会いについては後の章で触れたい）。タクシーで駆けつけると、彼は門前で立って待っていてくれた。髪が真っ白になっていることが一目見て分かり、私は胸を衝かれた。それでも彼は元気な足どりで家の中に招じ入れてくれた。

久しぶりの挨拶を交わすのももどかしく、彼の、イタリア情勢についての談義を聞く。元「ウニタ」紙の記者だけにその理論と分析は明快で、こちらは蒙を啓かれることが大きい。ただ、その全部を聞きとれないのが歯がゆい。こちらのイタリア語は錆びついている。夫人はイギリスの出身だが、すっかりイタリア人になりきっていて、手製のパスタ料理を振る舞ってくれた。それが街の料理よりもずっと旨かった。「オークボ」と呼びかけるその低い穏やかな声が、亭主の性急で甲高い声とコントラストをなして耳底に残っている。タクシーを呼んでもらって夕刻前に辞去した。サヴィオーリ夫妻は門前に立って見送ってくれた。今度また会えるのかなと心細い思いにとらわれた。

テルミニ駅に着いて、シチリア行きの夜行列車に乗り、翌朝シチリアの小駅カンポベッロに降り、ここで知人を訪ね、その家に泊めてもらって一週間余を楽しく過ごしたのだが、その間のことは割愛したい。

ふたたびローマに戻り、いつものボルケーゼ公園際のホテル・エリゼーオに投宿し、読売新聞の特派員波津氏に会い、イタリアの青年アンドレア君と識り合い、一夕、彼の家庭に招かれて愉快な宵を過ごすなどしてローマに足かけ三日滞在した。そして六月十四日早朝ホテルを出て、ヴェローナに向かった。七時二十五分の列車。ローマでは曇っていた空が、フィレンツェに近づくと明るく晴れた。車窓から眺めるトスカーナの平原はいつ見ても美しい。なだらかな緑の丘が起伏している中に赤い屋根の家々の村落が点在する。列車はボローニャを過ぎて、やがて正午過ぎにヴェローナに着いた。

駅からドゥジに電話をすると、明るい返事があって、すぐに車で迎えに来てくれた。初対面だが、こちらが東洋人だから相手にはすぐに分かった。彼の方は七十歳前後のはずだが、長身で矍鑠《かくしゃく》としており、イタリア人らしく、うぐいす色のブレザーを着こなしている。互いに昼食はまだだったので、街中の小さなレストランに入った。彼が簡単な料理を注文し、ワインはこの地方産のソアーヴェをとった。ボトルにワインがまだ半分ほど残っているうちに、彼は、さあと言って立ち上がった。ワインを貴重なものと心得ていた私にはひどく惜しいことに思われた。数分で彼の住居に着いた。大きなアパルトマンで、広い応接間の他に部屋が数室はあろうかと思われた。アディジェ河に程近い。ここへ宿泊させてもらって数日過ごすことになった。奥さんは新聞記者で、ミラノの別邸におり、彼はヴェローナとミラノを往復して暮らしているという。初老の下働きの女が一人いて、炊事、洗濯、掃除等を受け持っているらしい。ドゥジはモラヴィアのような世界的な作家ではないので、格式張ったところもなく遇してくれ、自分の著書が日本で出版されることをとても喜んでいる風だった。それ故の厚遇だったのだろう。

ヴェローナ滞在についてはいくつか記しておきたいことがある。某日ガルダ湖畔に立つ彼の別荘に案内される。湖に面した斜面に建ち、草原を五十メートルも下ると湖岸に達する。ここでの空気の爽やかさ、そして開放感は格別で、さらにガルダ湖の眺望はすばらしく、幸せな気分に耽ることができた。近辺に住む人びとも数人集まってくれた。皆知識人らしく、彼らと縦横に話を交わすことのできない自分のイタリア語がもどかしかった。中に俳句を嗜《たしな》む人がいて、芭蕉の句をイタリア語、いやフランス語に訳し合って興じたりもした。

ドゥジのミラノの別邸へは、六月十六日に列車で伴われた。これがヴェローナのそれにも勝る広壮なアパルトマンで、階上に客室があり、ここにはトイレも浴室も備えられていた。ドゥジのヴェローナの住居近くの床屋へ散髪に入った時、そこの亭主が「ドゥジさんはお金持ちですからね」と言っていたから彼は特別なのかもしれない。

もう一つ記しておきたいのは、同じ十六日にミラノの作家オッティエーロ・オッティエーリ氏邸を訪ねたことである。歓迎されて屋内に通され、日本文学に関心があるといって、夫人が谷崎潤一郎の日本語版全集や〝ムラサキ〟（源氏物語）などを取り出してきて、日本語で読んで欲しいと注文された。別れ際に、玄関先でドゥジと三人で写真を撮った。その日の夕べには、ミラノのドゥジ別邸近くのレストランで、ドゥジが紹介してくれた高名なジャーナリスト、インドロ・モンタネッリ氏と会い、親しく話すことができた。当時の日記には、「夕九時、約束のレストランに行くと、すでにモンタネッリ氏が着席して待っていた。八十四歳と聞いたが、矍鑠として音声もはっきりしている。しかも小生に対しても応接がきわめて丁寧である。同氏の名著『ローマの歴史』の日本語版の話が出ると、氏には全く知らされていないと驚いていた。日本特殊の版権事情によるものと思ったが私には説明しかねた。レストランの戸口で、長身の氏と並んでいる写真を撮った。今回の旅行はこれだけでも大いに有意義になった」と記されている。

私はモンタネッリ氏に、イギリスの歴史家、トインビーについて質してみたが、氏は、トインビーの代表的著作は『歴史の研究』であり、これは膨大な文明論であって、文明の多元的な共存を認め、西欧文明の終末を予告する警世的内容を持つものとなっており、シュペングラーの『西洋の没落』にも比すべきものだ、というようなことを答えてくれた。フランスの批評家バンジャマン・クレミューの『不安と再建』については、これも傑作だといい、彼はイタリア通だったね、と言って笑った。

ドゥジ邸での一週間余の滞在を終え、六月二十二日、私はミラノ駅を早朝に発って列車でマルセーユに向かった。コンパートメント内にフランス人の老婦人がいて、大いに話が弾んだのだが、途中、フランス国境でストライキの報があり、国境の駅ヴェンティミリアで列車から降ろされて、待たされること十時間、散々な目にあった。すでに夜、やっと出るという列車にすし詰めに押し込まれて、マルセーユに着いたのは真夜中過ぎ、それでも旧友のダニエルが待っていてくれて、地獄に仏の思いであった（ダニエルについても後の章で触れたい）。

帰国した次の年ドゥジの "la moglie"（妻）は『裏切られた夫の手記』という面映い題名で邦訳出版されたが、評判の方も売れ行きもさっぱりだった。人間と同じに本にも運不運がある。私にとってはまつわるエピソードの多い作品だっただけに、口惜しく、ドゥジには甚だ気の毒だった。

21

『狂った旋律』

パオロ・マウレンシグ

アト・ランダムに訳した本も何冊かある。そういう本の一冊がエージェントのタトルから回ってきた“Canone inverso”である。これは音楽用語で反行カノンというらしいが、一般には馴染みの薄い用語なので、内容に則して『狂った旋律』とした。作者はパオロ・マウレンシグ。およそイタリア人らしくない姓であり、作品の舞台もイタリア北東端、オーストリア、スロヴェニアとの国境地帯であるが、歴としたイタリア人のイタリア語小説である。作者には失礼ながら無名（少なくとも日本では）のこの作家のこの作品が無類に面白い、といって悪ければ実によくできた小説だった。私はこの作品に接した時、久しぶりに小説らしい小説に出会ったという感慨を抱いた。

この小説は実に巧みな形式で構成されている。全文が始終一人称で語られるが、語り（ナレーション）は三人が交替し、まず十七世紀のチロル産の名器とされるバイオリンをロンドンのオークションで幸運にも手に入れた人物が、そこまでに至る経緯を語る。その彼を、羨望の念已みがたく、強引に訪ねて来た、バイオリンのコレクターで職業は小説家と称するもう一人の人物がチロルの名器に因む話を語り始めるのだが、その語りの中に、今度は、少年時にバイオリンの逸材と目され将来を嘱望されながら、運命に弄ばれて零落し、辻音楽師となったという男から聞かされた長い長い身の上話が、辻音楽師本人の一人称で挿入される。この身の上話が内容的にも量的にも作品の主軸をなしている。そしてその後ふたたび小説家なる人物が登場し、今や行方の知れない辻音楽師の正体を確かめようと生地を訪ねゆくエピソードが語られ、末尾に至って、最初の謎めいた人物が今や高齢の老人として再度登場し、全編に関わる真相のあらましが明らかにされるという仕組みである。しかも、謎の失踪あるいは死亡したと疑われていたのがグスターフなる人物であることも、この最後の語りの中で明らかにされる。

物語は一八八五年のロンドンに始まるが、何層にも重なる物語の中の核ともいうべき舞台となるのは、一九三〇年から四〇年当時の音楽の都ウィーンである。音楽家、それを志す若者たち、彼らの野心と競い合い、あるいは友人への羨望と嫉妬、あるいは恋愛。そしてバッハの名曲「シャコンヌ」や、モーツァルト、メンデルスゾーン、ベートーヴェン等にまつわる、誰しも関心を唆られるエピソードがその間に織り込まれる。そんな中、バイオリンの逸材と目され、ソリストとしての輝かしい将来を約束されていたはずの若い辻音楽師を、無残な破滅に導く数奇で過酷な運命が、時に激越な、時に沈鬱な口調で語られる。しかも時代はナチズムがヨーロッパじゅうの芸術を逼塞《ひっそく》させていた頃であり、無論この作品の中心的な舞台となるウィーン（そしてオーストリア）でも、事は例外ではありえなかった。そこに生きた音楽家たちは、個人的な悲惨な運命に加えて、社会的な過酷な条件によって打ちのめされなければならなかった。このことも、この作品に特異な陰影を添える要因となっている。

作者について一言しておくならば、パオロ・マウレンシグ、本書の刊行時に五十三歳。パオロという名前以外はイタリアを連想させるものは何一つない。イタリアのある書評子は、この作品に接してイタリアの読者はドイツかオーストリアの小説のイタリア語訳だと思うだろうと書いた。それも当然であって、作者はイタリア東北端の小都市ゴリツィアの生まれであり、今もそこで暮らしている。ゴリツィアが属するイタリアのフリウリ地方は、かつてはオーストリア領であって、現在も東はスロヴェニアに、北はオーストリアに隣接していて、イタリアであってイタリアでないような土地柄である。

この本は一九九八年末に邦訳出版されたが、世間の注目を引くことなく経った。それに反して、ほぼ同時期に手がけた『他人をほめる人、けなす人』（F・アルベローニ）という題名の訳書は百二十五万部という驚くべき売れ行きを示した。私は読者の目も書評界の批評眼も信じることができない。

*本稿は「常総文学」第八号（常総文学会、一九七五・一二）に掲載されたものである（一部修正）。

22 イタリアの明暗

戦後から現在に至るイタリアについて語ろうとするならば、イタリア再生の母ともいうべきレジスタンスに触れないわけにはゆきません。イタリアの映画や小説の中で無数といっていいほどに扱われ、それを通して私たちにもなじみの深い、苦痛に満ちたレジスタンスの時期は、それまでのイタリアに欠けていた、とくに政治面での民主主義的な意識の覚醒を促したという点で、戦後以降今日のイタリアにとっては決定的に重要な意味を持っているといえるでしょう。歴史家クローチェもかつて述べたように、「彼らの才能は、優れた俳優、歌手、作曲家、装飾家、脚色家という名を彼らに与えたにすぎない。イタリア人は芸術の民として賞賛もされたが、香具師、道化師として軽蔑もされた」のですが、そのイタリア人から、戦後の政治意識の旺盛なイタリア人への変化は、このレジスタンスを考えることなしには納得が不可能なのです。

イタリア・レジスタンスを指揮したのは、秘密裡に温存または結成されていた反ファシズム諸組織の代表者からなる国民開放委員会でしたが、この委員会は軍事闘争を遂行するだけで事足れりとせず、この運動の参加者に高度の政治教育を施すことに力を入れたのです。レジスタンス側の蜂起がジェノヴァ、トリノ、ミラノ、ボローニャ等で勝利を収めた時には、この人びとは新たに生まれるべき行政組織の幹部《カードル》足りうる能力を備えていたのです。レジスタンス闘争の二年間の、これに参加した人びとの経験は、今日のイタリアにとってはまことに決定的な意味を持つものだったのです。

我が国の明治維新とほとんど時を同じくした統一達成からファシズムの崩壊に至るまでの七十余年間のイタリアは、大衆の政治的無関心と政治屋による政治の壟断《ろうだん》という二つの悪に苦しみ続けてきたのです。この事実を一方において、レジスタンス参加者の階層別区分を見るならば、この運動がイタリア国民の中にどのように広い政治意識の覚醒を促したものであったかが分かります。次の数字は北部ピエモンテ州のものですが、参加者の三〇・五一%が労働者、二九・八三%が中間諸階級、二〇・三九%が農民、一三・六五%が職人、五・六四%が有産階級だったのです。この数字が示しているのは、自由のためのこの闘争にすべての階級の人びとが参加したという事実です。近代イタリアの歴史の中で、大衆が直接かつ積極的に政治生活に参画したのはこれが初めてのことでした。イタリアは抽象的存在であることをやめ、大衆に服従を強い、圧迫を加えて憎まれるだけの国家であることをやめたのです。不完全であるにせよ、イタリアは、それを形成し、それを愛し、時によってはそのために死ぬことすら厭わない人びとのものであるところのレス・プーブリカ＝レパブリーク（res publica ＝

republique, 公のもの）に初めてなったのです。戦後、保守勢力が政権をまんまと横取りしてしまったことは事実です。フランスについてもイタリアについても共通にいえることですが、資本主義的ブルジョア国家の復活は、レジスタンス参加者の多くにとっては一つの敗北であり、解放は「裏切られた解放」であったでしょう。しかし、公の問題をコントロールし、為政者に民主主義を尊重させようとする意識は、とりわけ北部諸都市においては強烈であり、例えばファシストの再起あるいは復讐の企てに対しては国民の大多数が反対して立ち上がるという情況があります。このことが、今日のイタリアの政治情勢を規制する決定的なモメントになっているということができるでしょう。

しかし、このイタリアが、ヨーロッパで最も古い一国であることもまた一方の事実です。その古さを表すものにはいろいろありますが、例えばこの国の法律が最近〔一九七〇年代〕まで定めていた離婚禁止がその一つです。文明国といわれる国で離婚を禁止してきたのはイタリア一国だけですから、これに対する不満と反対は流石《さすが》に強く、イタリア国会は先年その破棄を一応は決定しましたが、ヴァチカンを中心とする保守勢力の巻き返しは激しく、国民投票によって最終決着をつけようとしていますから、その成り行きには予断を許さないものがあります〔現在は法制化されている〕。

かつて私は、イタリアのある高名な作家に、どうしてイタリアの知識人たちは離婚禁止という中世的法規を打破するためのキャンペーンを始めないのかと質してみたことがあります。そんなことをしてみてもなんの足しにもならないだろうと作家は答えました。なんの足しにも？　然り、ヴァチカンがイタリアを支配している限り。しかしあなたには数多くの読者があるでしょう。いや、このことに関する限り、われわれは支持者を持ちえないでしょう、市民層もわれわれについては来ないでしょう、と彼は答えました。支持されてもされなくても、正しいと信ずることをどうして試みようとはしないのですか？　あなたのような知識人が先頭に立たないで、この種の問題がどうして打開されるのでしょうか？……

しかし、私が次第に悟ったのは、この作家はイタリアの代表的な知識人でありリベラルでありながらも、その意識の奥底では離婚の問題には興味がないのだということでした。従来イタリアでは、離婚禁止の問題は他のいかなる問題にもましてタブーだったのです。かつての共産党さえも、このタブーにはこれまで進んで触れようとはしなかったのです。これについては、已むをえず内縁関係を続けている人びとが二百五十万余もおり、さらに、好んでそうしている人びとが誰の顰蹙《ひんしゅく》を買うこともないということと、イタリアが姦通をあたかも公認の制度のようにみなしている点では唯一の国であることとを思い合わせてみる必要があります。イタリアでは、妻を持つ男と夫を持つ女の恋愛が、トルストイの名作『アンナ・カレーニナ』のアンナとウロンスキーの場合のように社会から爪弾きされることはないのです。他人の事柄に対するイタリア人の伝統的な無関心ということもあるでしょうが、これは何よりも無粋な法律に対するイタリア市民の自衛手段とみるべきでしょう。

「愛人関係は快く受け入れられ、至るところに招待され、共感と同情の目で見られ、無常な中世風の法律の犠牲者として励ましを与えられる。そして、女性は礼儀上、普通は愛人の姓で呼ばれる」（バルジーニ『イタリア人』）のです。

イタリアの影の部分についてもう一つ触れるならば、これは作家モラヴィアがある席で語ったことですが、イタリアの家庭の六五％は一冊の書物も備えていないというのです。そのくせイタリアには文学賞の数がひじょうに多いのですが、それは文化というものをそんな程度にしか遇しないイタリア社会の罪悪感の反映だろうと、いささか自嘲気味にモラヴィアは言い添えています。万事欧米を手本にしてきた私たち日本人には意外なことですが、ヨーロッパ「先進」諸国では書物への関心度は意外に低く、とりわけイタリアにおいてそうなのです。

他にも例は挙げられますが、これらの事例を通して描かれるイタリアのイメージは、「古くて停滞したヨーロッパ」の象徴そのものです。冒頭に触れた輝かしいレジスタンスと、これらの事実とはどのように関わるのでしょうか？　イタリア文学の活況と、モラヴィアの挙げた右の数字とはどう関連するのでしょうか？　レジスタンスを契機としたイタリア人の政治的・民主主義的覚醒は、知的・文化的覚醒をともなうには至らなかったのでしょうか？「レジスタンスは大いなる幻影にすぎなかった」というようなペシミスティックな声がときおり彼方から聞こえてくるのも、そのためでしょうか？

しかし、振り返って考えてみると、一国の文化の高低や個人の知識の度合いを出版物の多寡や読者数の多少のみによって測るという態度は必ずしも正しいとはいえないのです。私たちには、文化や教養というものを、専ら抽象的、観念的、書物的なものとしてのみ考える傾きがあります。しかしこの考え方がどこの国でも通用するわけではないようです。例えば、私たちが文化という時、イタリアでは、英仏語のカルチャー（Cultur）に相当するクルトゥラ（Cultura）という単語よりはむしろチヴィルタ（Civiltà）といいます。この単語は、英仏語のシヴィリゼーション＝シヴィリザシオン（Civilis(z)ation）に相当し、制度、社会環境、生活習慣、風俗、その他を意味します。したがって、この単語の意味する文化は私たちのそれに較べて遙かに具体的、生活的なのです。つまりは、付け焼刃ではなく、真に血肉化し、身についたものなのです。彼らの文化といい、教養というものは、生まれた時から生活と環境の中でそれとはなしに体得され、身についてゆくものだといえるでしょう。

かつて、親しいイタリア人の新聞記者に向かい、イタリア人は例えば日本人に較べて本を読むことがずいぶんと少ないのではないかと言った私に、その記者はイタリア人特有の大げさ身振りで肩をすくめてみせながら、日本人のように生活を楽しむ術を知らない国民とは反対に、われわれイタリア人は現実生活を楽しむことにかけては数千年の伝統を持っている、われわれの生活の中で書物が持つ意味や比重はおのずから異なるものだ、と答えたのです。たしかに、イタリアの都市にも村落にもつきものの、あの広場や路地に群がり、あの母音の多い、饒舌に適した滑らかな言葉でおしゃべりをし、議論をして暮らすイタリア人は、日本人や北のヨーロッパ人とは著しく異なった文明の体現者であることは事実でしょう。

戦後俄かに、しかも「抽象的に」持ち込まれた私たちの民主主義の脆さが事あるごとに露呈するのを見る時、私はこのイタリア式文化にいやでも思いを向けずにはいられないのです。

23　イタリアという国

金貨であれ銅貨であれ、一面だけ描いたのではその実像は理解されない。イタリアについて記す時にも、その一面だけを、しかも表の面だけを語ったのでは公正なイタリア像は描けない。

イタリアはどういう国なのか、どういう地域であったのか。イタリアはまず古代ローマの中心に位置した地であり、下ってはヨーロッパの地で最初にルネサンスの華開いたところであり、ダンテ、ペトラルカ、レオナルド・ダ・ヴィンチ、ミケランジェロ、ガリレイ等、近代に通じる芸術、文学、科学の祖を生んだ土地であった。フィレンツェは十二世紀から十六世紀の初めまで、沸き返るような躍動の中にあって、世界の幸福を代表する土地であった。北のヨーロッパの地のアンデルセンやゲーテがイタリアに憧れてこの地を訪ね、そこで出会った風光や人間に感動して記したのが、『即興詩人』であり、『イタリア紀行』であったことは言うまでもない。ゲーテは、「私がこのローマに足を踏み入れた時から、第二の誕生が、真の再生が始まるのだ」(『イタリア紀行』)とまで述べている。今次の戦後においては、当時の多くの若者にとって、独特の、強力で魅力的な左翼勢力の存在する国であり、俄かにと見えた文学や映画が興隆し、活発な政治的・社会的発言をする作家、社会の現実をリアルな眼でとらえる映画人たちの出現した国であった。

だが、それがイタリアのすべてではない。イタリアはアルプス以北の諸国に比して近代化に立ち遅れ、ネーション国家としての成立に遅れをとり、ために各国の侵略と支配に喘ぐという過去を持ち、おそらくはそれらのことも遠因となってあのファシズムを生んだ国でもあった。

イタリアが一応の統一を果たしたのは一八六一年であり、ローマを首都としてとも角も近代国家としての体裁を整えたのが一八七一年であるとすれば、例えば一七八九年に大革命を成し遂げ、市民社会の緒を開いた隣国フランスに較べれば大変な立ち遅れようである。鎖国にこだわり開国の遅れた日本の明治維新でさえもが一八六八年である。

ここで触れなければならないのは、「イタリアとは地理的概念にすぎない」と公言して憚らなかったメッテルニヒの反動オーストリアのことはこの際措くとしても、イタリア遅滞の原因の過半をなしたのが、カトリックの総本山ヴァチカンが幸か不幸かローマに位置したということである。ヴァチカンはイタリアの近代統一国家としての成立を一貫して阻害し、抑止しようとした。アルプス以北の地でルターやカルヴァンの宗教改革運動が起きた時にも、イタリアではヴァチカンを主軸とする反宗教改革勢力がこれを圧殺した。結果として、健全な市民社会、統一国家は生まれなかった。

イタリアの思想家マッチョッキ女史はかつて、「イタリア人は彼らの国家に表面的にしか所属していないし、国家を、なんとしてでも擁護すべき基本的な獲得物としては考えていない」と書いた。イタリア人は、イタリア人である前にローマ人であり、ミラノ人であり、ナポリ人であり、シチリア人なのである。

小説という、市民社会の所産である文学形式が十八、九世紀のイギリスやフランスで隆盛を見た時に、これがイタリアでは細々としか生まれなかったのも、この国での市民社会の不在もしくは未成熟ということが深く関わっている。フォスコロやパリーニ、ヴェルガ、またマンゾーニの名を挙げても、これを知る人は多くないだろう。

イタリアの諸都市には、ガリレオ・ガリレイ通りとか、ジョルダーノ・ブルーノ通りとか呼ばれる通りが数多くある。ローマには、異端とされた地動説を唱えてヴァチカンによって焚殺《ふんさつ》されたブルーノの壮麗な像と記念碑が建立されている。だが、これは、イタリアの開明性を示すためというより、むしろ、とも角も成立した統一イタリア国家がヴァチカンの守旧的・反動的な過去を世に暴き訴えるためのものであった。

右に記したような負の遺産は国民語としての言語形成にも影響を及ぼした。かつて、知人のイタリア人ジャーナリストは、イタリア文学をやるということは、例えば一人のイタリア人が中国文学、コリア文学、日本文学を同時に専門とするに等しい恐るべき責務を負うことだといって私を威かしたことがあった。それぞれの地方出身の作家たちの文体がそれほどに違うと言ったのである。

市民社会の未成熟は、市民相互間の呼称にも影を落としている。呼びかけの二人称に、女性三人称の代名詞レイ（lei, 彼女）が用いられる。日本語のあなた（彼方）に近いもので、本来、あなた彼方の高い位置にある人への尊称なのである。市民革命を経なかったイタリアでは、市民某、you とする呼称が生まれなかったとする見解は、かつてさる先達も述べている。

イタリアの正と負の両面を識ることは、その適切な理解に繫がるはずである。

24 サヴィオーリのこと

アルミニオ・サヴィオーリ。私にはいつ思い出しても懐かしい名前である。この名前を思い出すたびに彼のいかにもイタリア人らしいシンパティコな（感じのよい）笑顔が瞼に浮かび出る。髪は黒に近い褐色。背丈は百六十五センチ。肌はやや褐色。ゲルマン人やケルト人の血の混じらない生粋のローマ人の末裔なのである。

彼との出会いは一九六〇年六月。折から東京は安保闘争のさなかにあり、彼はイタリアの「ウニタ」紙から、安保闘争や三井・三池の争議を報道すべく特派員として来日した。そして私は彼の通訳兼案内役を求められたのである。彼は御茶ノ水の山の上ホテルに宿をとっていた。六月十六日、私がホテルに訪ねてゆくと、彼は待ちかねたように部屋から跳び出てきた。その時の彼の応対は、初対面とは思えない開けっぴろげで快いものであった。彼はひじょうに楽しい第一印象を私に与え、この印象はそれから四十年余が経った今日も変わらない。あの時彼が真っ先に求めたのは、何かのワクチン注射をしてもらいたいから医者を探して欲しいということだった。そこで私は彼を連れて神保町に下り、町医者を探してやった。この時の彼は、神保町の古書店街を見て、こんなにたくさんの古書店の並ぶ都市は見たことがないと感嘆しきりであった。私は私で、新聞記者なるものの目の速さに感心した。

関西・中国各地を回った時に、政党機関紙や一般紙の記者から会見を申し込まれ、興味深い質疑応答があった。当時、たぶん彼は三十六歳、私は三十三歳だったから、お互いに若くて体力も気力もあった。しかし、私が驚かされたことがあった。これは東京の街中を駆け回った時もそうだったが、前夜の寝不足から疲れを感じるようなことがあると、彼は近くにあるビルを指してその屋上へ上がろうという。いかにも仔細ありげな物腰でビルに入り、エレベーターを利用して屋上に達すると、コンクリートの上に肘枕で横になり、二十分もしたら起こしてくれと言ってそのまま眠り込んでしまうのである。この短い仮眠から目覚めると彼はすっかり元気を回復している。生来のシエスタの習慣からくるものかと怪しみながら、内心私はそのヴァイタリティーに舌を巻かずにはいられなかった。

広島で原爆病院を見舞って一室に入った折、被爆者のベッドの際に立った彼が、用意してきた花束を渡すのも忘れ、言葉もなく茫然としばし立ち尽くした深刻な姿は、私の印象に深く刻まれた。広島市内の宿に一泊した時に訪ねて来たある政党幹部との彼のやりとりは興味深いものだった。互いの党の長所短所を挙げ、批判し合い、肯定し合い、議論は夕食後から夜半まで続いた。彼の党はユニークな路線を堅持していて、国際的にも共鳴者が多く、私の友人にもグラムシの理論を信奉し、これを日本に紹介し、実践しようとする人が何人もいた。この時の議論もそういうことが中心だった。こうした場を介して私も多くのことを学んだが、若い私も流石に通訳に疲れ果てて、議論の中断を私から求めざるをえなかった。しかし、文学の問題に話題が及ぶと、私も通訳の立場を忘れていつしか議論に参加していた。この宵のことだけではないが、サヴィオーリは文学にも造詣が深く、私などそれまで関心を寄せなかったヴィットリーニやサリナーリといった作家・批評家を知らされ、その後の私の仕事に影響を受けたことは言っておかなければならない。帰国後も彼は私の蒙を開くべく何度か本を送ってくれた。

九州に入って大牟田まで下り、当時大争議の真っ只中にあった三井・三池炭鉱に入った時の感動というか興奮というか、あの時の思いは今も忘れられない。三井の事業所の構内には竹槍を構えた数百人の労働者が隊伍を組んでおり、武装した、これまた数百人と思われる警官隊がそれに対峙しているという雰囲気の中で、急ごしらえの壇上に私たち二人は上がった。そしてサヴィオーリが放った第一声は、「親愛なる同志諸君、私はイタリアから一新聞記者として来たのではありません。共に闘う同志として来たのです！」というものであった。それに応えたのは文字通り万雷の拍手であった。この拍手は彼の言葉が正確に伝わったことを示すものだとして、「おまえの通訳がよかったのだ」と彼はにやりとした。あの時の光景と感動は生涯忘れることはない…、思想・信条がいささか変わった今においてなおである。

一度私は当時自分が住んでいた川崎の家に彼を招いたことがある。川崎駅からタクシーに乗り、市街のはずれに近づくにつれて、彼は車の窓から外の街並みに目を凝らし、「これも日本か」と呟いたものである。東京の丸の内や銀座だけが日本でないことを知ったという、それは呟きであった。彼は明治維新後の日本の急速な近代化、工業化に強い関心を抱いていたから、その上での思いであったろう。夕食では、これという料理も思いつかないのですき焼きを振る舞ったのだが、その健啖ぶりは凄いもので、用意していた牛肉が足りなくなり、家人は慌てて再度肉屋へ走らなければならなかった。なんと彼は一キロの牛肉を平らげたのである。

彼はまた東洋人（モンゴロイド）のいわゆる蒙古斑に興味を持っていて、丁度私のところに一歳に満たない女児がいたので、彼はこの娘の尻の蒙古斑を写真に撮り、帰国後「ウニタ」紙にそれを掲載し、その解説に私の名前をヨリトモとして紹介しているのには笑わされた。俄か仕込みの彼の日本学によれば、ヨリトモは日本人の典型的な名前だったのだろう。成人した娘が写真の一件を知って渋い顔をしたのは無理もない。

この一ヶ月近い共同行動を通じて、サヴィオーリと私の間には深い友情が生まれたと思う。その後、ローマを訪れるたびに私は彼の住居に出向き、あるいは彼が私の投宿するホテルにやって来てくれるなどして必ず相会するようになった。

一度は当時のイタリアでよく見られたフィアット500を駆《か》って彼の生まれ育ったという、ローマ近郊の貧しい農村に案内してくれたこともあった。イタリアの南北問題、南部の貧困も彼のよく口にする話題であった。

その後、世界の情勢は大きく動いて、ソヴィエトを中心とする社会主義国は崩壊し、彼の属したイタリア共産党も左翼民主党と名前を変え、綱領も変えた。二〇〇二年に会ったサヴィオーリは八十歳に近い老人になっていたが、この時は至極健康に見えた。しかし、その口からかつての信念に溢れた言葉を聞くことはなかった。私たちが初めて相会してから四十年、時代は二十一世紀に入っていたのである。

25　ダニエルのこと

かつて横浜港に近い、通称フランス山のすそにフランス領事館が置かれていて、その中にフランス国営の「アリアンス・フランセーズ」というフランス語の学校が併設されていた。この学校は、フランス政府がフランス語とフランス文化の顕揚のために各国に設置していた施設である。私はいっときそこの教師をしていて初級のクラスを担当していた。そこに会話の授業を担当しているフランス人の修道女がいた。小さい学校だから教師間の接触は密だった。授業のことを離れて、雑談を交わすことも多かった。ある時、信仰、キリスト教のことに話題が及び、当時私は若くて一本気でもあったから、いささか無神論的な立場で意見を述べた。当然尼さん先生はむきになってキリスト教擁護論を主張した。しかし私は譲らず、結局議論はらちがあかずに終わった。しかしこういうことについては、聖職者は執拗である。彼らの存在を全否定してしまうような無神論を容認できるはずがない。

日ならずして、修道女先生は同じ教団の男性修道士教師を私に引き合わせた。彼女としてはピンチヒッターのつもりだったろう。しかし男性修道士は闊達で、あまり議論をしたがらず、年齢も私と同じくらいであったので、なんとなくウマが合ってむしろ世間話の方に花が咲き、しかも彼らが労働司祭団に似た教団であることも知って私の彼らへの関心も動いた。

そんなことがあってから間もなく、彼らの教団（といってもごく小さい）が川崎の場末に移ってきたことを知らされた。彼らの活動様式は、布教説教をせず、貧しい人びとの中で暮らし、自らも主として労働者として働くことなのである。例の修道士教師ダニエルもやって来た。背が高く、髪はシャタン、つまり栗色で、眼は青い。生まれはリール、つまり北フランスのフランドルに属する地方である。ゲルマンの血の濃いフランス人である。体は大きいくせに、表情は穏やかで声も優しい。このダニエル君が私にひじょうな関心と好意を示してくれた。私がフランス語を専門にしていることもその理由の一つであったに違いない。私が無神論者であることは二人の友情の妨げにはならなかった。

やがて二人は共同で日本語の本を読もうということになった。ダニエル君の日本語学習の意欲は旺盛だった。すでに彼はかなり日本語の読解力を身につけていたので、漱石の『こころ』をテキストに選んだ。これを二人で一緒に読んで、彼に不明なところを私がフランス語で説明する。私は難しい文章をいやでも頭をひねってフランス語にしなければならない。彼には日本語の、私にはフランス語の学習になる。私が彼らの住居へ出向くこともあったが、彼が我が家を訪れることの方が多かった。彼はたいてい、長い背を折り曲げて自転車でやって来た。

接触を重ねるごとに二人の間の親しみは増し、友情と呼べる感情も生まれた。ある年、私は彼を自分の郷里へ誘った。日本の田舎を見せてやろうというつもりからだったが、今からするとあんな陋屋《ろうおく》によくまあ、と忸怩《じくじ》たる思いを禁じえない。若い頃の私は甚だ無邪気であったらしい。そういえば、ロシア文学者の除村吉太郎や哲学者の甘粕石介といった当時の左翼の大先生たちを郷里の我が家に案内し、宿泊していただいたこともある。これもよくまあという思いを禁じえない。母には気の毒だった。東京の大先生たちを接待するのにさぞや戸惑い、まごついたことだろう。母といえば、ダニエルと私がフランス語で話すのを聞いて目を丸くしていたのを今も鮮やかに憶えている。昭和三十三年頃だった。村の子供たちが集まって来て興味津々といった顔つきで縁側に鈴なりになって肘をつき、髪がブロンドで眼の青い大きな「アメリカ人」に声もなく見入っていた。しかし、郷里へ誘ったものの、私の田舎には見せるべきほどのものは何もない。筑波山へ案内するのが精々だった。近辺の小都市である下妻も貧しい田舎町としか映らなかったろう。あるいは当時の私には日本の貧しさをとことん見せてやろうという、サディスティックな気持ちがあったのかもしれない。しかし私の思惑にもかかわらず、初めて見る日本の農村は彼の目には珍しいものであったかもしれない。母の肝いりで餅を搗《つ》いたが、この日本の土俗的習慣は彼には楽しいものであったらしく、彼が懸命に重たい杵を振り上げている写真が今も残っている。

ダニエルとのこうした交流は二、三年ほど続いたのだろうか。私は彼に心からの友情を抱くようになった。同じ国の、同じ村の、たとえ隣家に育っても友人になれないのに、地球の反対側の、全く異なる文化、異なる言語の地に生まれ育った人物と友人となれるということが何か信じがたい、不思議なことにも思われた。めぐり合わせ、運命というようなことを私は思った。

ところが、思わぬことが起こった。教団の長から、帰国するようダニエルが促されたのである。教団の内部事情は私にはよく分からなかった。ダニエルも詳しくは語らなかった。ダニエルが日本に骨を埋めるつもりでやって来たことは彼の口からも聞いていたし、そうであるからこそあの熱心な日本語学習だったのである。ダニエルは抗議したが容れられなかったという。後で教団の第三者から聞いたところでは、修道士という厳しい生活を送るにはダニエルの性格は脆弱にすぎるというのが理由であったらしいが、私は無信仰者である私との親交がその一因だったのではないかと気をまわさざるをえなかった。

ダニエルは強い未練を残して心ならずも日本を去った。しかし彼は日本へ戻れる日のあるのを期待して、私物をそっくり残していったという。だが、彼は日本へ戻ることはなかった。マルセーユの教団支部にしばらく留まった後、彼は還俗して妻を娶り、プロヴァンスの田舎に質素な居を定め、二人の子供をもうけ、今はかつてのことも忘れたように幸せそうに暮らしてはいる。私は何度か彼の住居を訪ね、そのたびに互いの健在を喜び合ったが、あの時の事情を問うことは敢えてしなかったし、彼も語らないままである。

26 フランス人とイタリア人

何度かの旅の途中で、とりわけ列車の中で出会った人びとについて記してみよう。

マルセーユからジェノヴァ行きの列車は一等車だった。ここで隣席に座っていた初老の紳士は始終新聞から目を離さず、こちらから一度何か問いかけてもウイと言ったきりで、それ以上は話そうとしなかった。身なりもよかったし、容貌からしても中産階級、いわゆるブルジョアジーと思われた。

時は違うが同じ路線を逆に辿った夜行列車の中で、隣席に一見して学生と分かる女性が座ってノートを膝の上に置いて読み耽っていた（20章で触れたあの老婦人との出会いの時の、もう一つのエピソードである）。フランス国鉄がお得意のストをやり、乗客は仏伊国境のイタリアの町ヴェンティミリアで足止めをくい、数時間放置された挙句、夜の十時近くにやっと列車が動くというアナウンスがあり、人びとは我れ勝に車内になだれ込んだが、マルセーユまで行き、そこで待ち人に会わなければならない私は、通過し停車する駅名も分からず、何時にマルセーユに着くかも知れず、パニックに近い状態に陥っていた。そこで遠慮しながら傍らの女学生に問いかけたのだが、彼女はろくろく返事もしてくれなかった。そして途中の駅でさっさと降りていった。

アヴィニヨンからパリ行きのTGV《テージェヴェ》（フランス高速鉄道）に乗った時、これも一等車の二人掛けのシートだったが、隣席の三十歳前後の青年は、これまたパリまでの四時間一言も話さなかった。私の性癖なのか、隣席している人と長時間無言でいることに堪えられない。十七歳からフランス語を学び、フランスを愛してきた者にとって、これはやはり幻滅だった。書物で知ったフランスと現実のフランスはまるで違っていたし、フランス小説の中の登場人物たちと現実のフランス人とはまるで別人種だった。ホテルのフロント係りの男も銀行の窓口嬢も決して愛想よくはなかった。こうして私のフランス（人）像は徐々に変わっていった。しかし、今のそれが正像であって、これまでのそれは幻像だったのである。長年幻を追ってきた自分を愚かと思い、恥ずかしいと思った。

だが、それはすでに何十年か前のことである。別のフランス人もいたことも言っておかなければならない。何十年も昔のことだが、やはり列車内で私と日本人の友人とが交わしていた会話を向かいの席にいた中年のフランス女性が「あなたたちは日本人か」と問いかけてきた。聴けば彼女はかつて日本で暮らしたことがあり、私たちの話す言葉の中にゲタとかミズといった知っている単語を聞き分けてそうと判断したのだという。ここから話が弾んで、自分はパリに住んでいるが、二、三日後のクリスマスに招待するという。これは互いの時間の都合で実現しなかったが、これなどはフランス旅行での数少ない楽しい思い出の一つである。

イタリアでは少し違った。フィレンツェのホテルではマネージャーがロビーまで出てきて、自分たちフィレンツェ人はエトルリア人の末裔だと称し、ローマ人との比較や攻防、ヨーロッパ人とアジア人の対比などについて私たちと長々と議論したし、レストランのボーイや酒店の店員などは、私がイタリア語を話すと、なぜ、どこで習ったのかなどと興味と好意をもって問いかけたりした。

誰もが言うことだが、総じてイタリア人は愛想がよい。列車のコンパートメントで会ったりすると、先方から話しかけてきて話が弾む。難しげに本を開いていた学生までが口をはさんでくる。パリのホテルのフロントの男に、この近くで安くてうまいレストランはないかと尋ねたら、「安ければまずい、うまければ高い、これが法則だ、トーキョウでは違うのか」と答えられたのと思い合わせると、天と地の開きが感じられる。この違いは、近代以降二つの国と国民が辿った歴史に由来するものだろう。

すなわち少なくとも近世以降、フランスはヨーロッパの先進国としてイギリスと覇を競い、フランス革命を達成し、ナポレオンを生むなどして、いち早く近代国家を創設し、その結果二十世紀初頭まではフランス語はヨーロッパの共通語の観があり、民衆の意識の底にもそのことがある。それに対して、イタリアは近代化に立ち遅れ、フランス、オーストリア、スペイン等の侵略と支配を受けるなどの屈辱を味わい、近代統一国家を実現したのはようやく十九世紀も後半になってからである。この違いが両国の民衆の意識と態度に反映しているのではないだろうか。

27　パリのメトロで

何十年か前のパリである。パリ北郊のサン・ドニの町を訪ねての帰路、セーヌ河畔の宿に戻るべく、メトロに乗った。時は晩秋の夕刻だった。メトロの車内は混んでいて、私は吊革につかまって立ち、ぼんやりと思いに耽っていた。私の戻る宿は古びた小さなホテルで、乱暴に歩くと床がきしんだ。しかし由緒ということからいえば、まことに由緒あるケ・ヴォルテールというホテルで、かつてボードレールがここを定宿とし、ここで作品のいくつかを書いたのだ、とはホテルのオーナーらしく、しかもしっかりとフロントを仕切っている老婦人の弁であった。ホテルの小さいロビーには、たしかボードレールの肖像画が壁面に掛けられていたと思う。ボードレールといえば『悪の華』『パリの憂鬱』…などと思うともなく思っていた私の目が、私の左肩近くにかざされている一冊の本の上に落ちた。車内で本を手にして読み耽っているのは当然フランス人らしい中年の女性である。私は顔を動かさずに視線だけをその本に向けた。本のサイズはポケット・ブック（livre de poche）で、開かれているページには既視感《デジャ・ビュー》（déjà vu）のようなものがあった。上等な振る舞いとはいえないが、さあらぬ態で瞳を凝らすと、クララとミケーレという名が読めた。この時私はほとんど確信していた。私がその何年か前に翻訳したアルバ・デ・チェスペデス『禁じられたノート』なのである。しかも深い愛着を寄せていた作品である。

私は一瞬迷い、躊躇した。しかしなんという偶然だろう。パリのメトロの中で、その本に読み耽っている人に会うとは！　その思いはためらいに打ち克った。「失礼ですが、マダム…」と私はその人に声をかけた。流石にその人は驚いたように東洋人の私を見返った。「私は日本人ですが、実はその御本を日本語に翻訳した者なのです。それで…」。夫人の顔からは戸惑いが消え、了解の表情が浮かんだ。信用してくれたのだ。「私はその本が大好きなのですが、やはり面白いですか？」私の質問は間が抜けていたかもしれない。が、夫人は「ウイ、とっても」と答えてくれた。そして「この作品はフランス国営放送で連続テレビドラマとして放映されて好評だったのです」とも。「ああ、そうだったのですか…」とさらに私は何か言おうとした。だが、メトロの駅区間は短い。ほどなく彼女は「じゃ、ここで、オールボワール」と言って去った。それまでの間、傍らに、一見して東洋人らしい私を怪しみ咎めるような老婦人の目があることにも私は気づいていた。あのようなことはきわめて稀であるが、私を敢えてあのように振る舞わせたのは、事の稀少性の他に、異邦人であることからくる一種の開放感であったかもしれない。

ついでに、この作品について触れておきたい。作者、アルバ・デ・チェスペデスは日記体または書簡体の小説を得意とする作家で、彼女の作品はこの形式によるものが多い。十七世紀フランスのモラリスト、ラ・ブリュイエールが、「この種の作品においては女性は男性を凌ぐ」と述べているように、日記、書簡体小説は、繊細で感じやすい神経を持つ女性に相応しいジャンルと言うべきかもしれない。『禁じられたノート』は、中年にさしかかったヴァレリアなる女性の十一月二十六日から翌五月二十六日までの、六ヶ月間の日記からなる小説である。秋のある日曜日、夫ミケーレの煙草を買いに、とある店に入った「わたし」は、店先に積まれている黒いノートに目をとめる。それは「わたし」が昔学校で使っていたのと同じノートであった。「わたし」はこのノートが無性に欲しくなる。これは大人に売ることは「禁じられたノート」だという店の主人の言葉にもかかわらず、「わたし」はこのノートをむりやりに買って帰る。「わたし」は初めからこのノートに魅せられていた。買ったからには日記をつけなければならないと「わたし」は思う。日記をつけるにはそれに値する生活の実体がなければならない。

こうして「わたし」はそれまでの自分の生活の空虚さに気づく。ノートの呪縛が「わたし」の生活を規制し始める…こうしてすでに中年にさしかかった「わたし」の密かなアバンチュールが生まれ、恋が、逢引が生じてゆく。「わたし」は目に見えない力に引きずられるようにして変わってゆく。一方、すでに大学生である息子と娘の問題がそれに交錯する。息子や娘にはそれぞれの人生観、恋愛観があり、それに相応した生活と恋愛の現実があり、それを介して浮かび上がる現代のドラマがある。

要するにこの作品のテーマは、親と子、母と娘という縦軸と、妻と夫、妻と愛人という横軸とによって組み立てられており、それらを通して愛の実体が仮借なく追求されている。ここには、夫婦の愛、男女の愛についても、親子の愛についてもありきたりのオプティミズムはない。これと類似の問題を扱った作品には、我が国でも、例えば石川達三の『愛の終わりの時』があり、さらにかつて「第三の新人」と呼ばれた人びと（安岡章太郎、吉行淳之介、庄野潤三、遠藤周作、小島信夫等）も同じようなテーマの作品を書いた。ほぼ同一の時期に、ヨーロッパと日本とで似たようなテーマを扱っているわけで、これは単なる偶然の一致として見過ごすことのできない事柄である。『禁じられたノート』はその中の固有名詞を変えれば、そっくり日本の当時の現実であった。メトロの中のフランス婦人もそういったテーマに魅せられて、あの本に読み耽っていたのであろう。

この作品はイタリアではドラマ化して上演され、フランスではメトロの中の女性が述べたように、フランス語に翻訳されて、国営放送によって連続テレビドラマとして放映された。だが、日本ではこの作品は大した書評も得られず、ほとんど注目されることなく終わった。

28　中国青年との出会い

アヴィニヨンで乗車したTGVは単調《モノトナス》なフランスの平原を四時間ほど疾走して、パリのガール・ド・リヨン駅に着いた。重たい旅行鞄を引きずって駅頭に出ると、タクシー待ちの長い行列ができていた。待つこと三十分、やっと順番がきてタクシーに乗り込み、「ソルボンヌ・ホテル」といい、アドレスを告げた。イタリアのシチリア島、ローマの知人、ヴェローナの作家、南仏プロヴァンスの知人を訪ねての後のことだった。ヴェローナの作家、ドゥジの歓待を受けた時の話はすでに記したが、ここではその時の旅の終わりのエピソードを書いてみたい。一九九四年の夏である。

周知のようにヨーロッパの都市はどんな細かい短い通りでも名前がついている。タクシー運転手が必ずしもその通り名を知っているとは限らない。そう思って、ソルボンヌ大学の先、リュクサンブール公園の向かい側と告げたのだが、それでもタクシーは少し迷い、運転手は地図を取り出し、目を凝らした挙句にやっと目指すホテルに辿り着いた。思ったとおり、細く短い路地に面した小さいホテルであった。フロントも小さく、係りは一人だった。私の表情や口調が固かったのか、係りの応対も冷たかった。三階の何号室と指定されて傍らのエレベーターに乗り込もうとした時、係りが「ムッシュウ、オークボ!」と言って床を指さした。私の財布が落ちていた。こういう時、私はいつも粗忽である。粗末で小さなエレベーターで三階に上がり、指定された部屋に入った。小さいがまあまあ清潔な部屋で、窓の先にリュクサンブール公園の緑が広がっていた。

久しぶりのパリであり、午後もまだ早かったので、荷物を片づけると早々にホテルを出た。表通りはサン・ミッシェル大通り、通称ブル・ミッシュである。空は晴れて風があり、街路樹のマロニエの葉は青々としていたが、街がなんとなく埃っぽかった。方角を南にとり、セーヌ河の方に向かったが、目新しいものもなく、程なくサンジェルマン大通りと交叉する地点に着いた。すぐ先はセーヌ河、シテ島である。辺りに並ぶ書店に入ってみたが、これという本も見つからなかった。この時不図、ずっと昔一泊しただけで退散したホテル・モンブランを思い出した。トイレもない見すぼらしい部屋に辟易したのだった。近くに中国人の食堂があって、私が日本人と見ると「ヤキギョウザ?」と日本語で声をかけてくれたものだった。だが、この時訪ねた折にはホテルも食堂も見つからなかった。あれからの二十余年という歳月を思わずにいられなかった。サンジェルマン大通りに入って「ドウ・マゴ」のコーヒーでも飲もうかとも考えたが、早朝からの旅で少し疲れてもいたので、ブル・ミッシュを元来た方へ引き返して、リュクサンブールの際まで辿り着き、何とはなしに公園へは入らずに、右へ斜めに回る路地に入った。二十メートルも行くと、思いがけずに右側に、つまり公園に面して、古書店があった。

勿論私は入り込んだ。「ボン・ジュール」と声をかけると、入口近くのカウンターに座っていた女店員も明るい返事を返してきた。他に客はいなかった。棚をずっと見渡して少し奥へ入ると、意外なことにイタリア書がずらりと並んでいる一画があった。イタリア原書に、イタリア書の仏訳本、それにフランスのイタリアニストの著書。私は興奮を押さえるようにして一冊一冊に目を凝らした。ある、ある、モラヴィアもパヴェーゼもプラトリーニもカルヴィーノもある。だが、それらは私がすでに所有しているものだった。さらに目を移すと、イタリア・ワインの銘柄〝エスト！　エスト!!　エスト!!!〟ではないが、あった《エスト》！　あった《エスト》!!　あった《エスト》!!!、かねて探していたマリオ・リゴーニ・ステルンの作品や、ミラノで会ってきたオッティエーロ・オッティエーリの作品も一緒に並んでいたのである。マリーア・アントニエッタ・マッチョッキの“De la France”（フランス論）もあった。マッチョッキは女性学者の国会議員でマルクス主義者であり、やや「異端」とされて当時のＰＣＩ（イタリア共産党）を逐《お》われ、この時にはソルボンヌで教鞭をとっていたらしい。私はずっと以前に彼女に東京で会って話をしたことがあり、“Pour Gramusi”（グラムシ論）と題した彼女の著書（フランス語）を献辞付きで贈ってもらったこともあった。小柄で風貌も衣服も地味な婦人だった。それはとも角、その他、共にフランスのイタリアニストのドミニック・フェルナンデスやジャン・ノエル・スキファーノの著書なども見つかった。それらを抱えてカウンターに持って行くと、店員は「イタリア文学が専門ですか。それなら○○街に○○という、より専門的な書店がありますよ」と親切に教えてくれたが、「残念ながら明朝日本へ発たなければならないので…」と言って礼を述べた。

すっかり満足した私は買った本の包みを抱えてリュクサンブール公園に入り、少し疲れも覚えたので、空いているベンチを見つけて腰を下ろし、大きく息を吸った。広々とした公園内のせいか、さっきまでは濁っていると思われた空気がひどく旨く思われた。快い疲れを覚えて目をつぶり、しばし瞑想した。一ヶ月余を費やしたイタリアとフランスの旅のことであったか、こうしてまたパリにいることの感慨であったか、今はもう憶えていない。

その時、私の掛けているベンチの反対側の端に一見して東洋人らしい青年が腰を下ろした。学生らしい。しばしためらった後、「日本人ですか?」と私はフランス語で問いかけた。「いいえ、中国人です」と青年は答えた。そして、傍らの書物の包みを見たせいか、「プロフェスールですか?」と逆に問いかけてきた。こんな風にして私たちは話し始めたのだが、私のフランス語が少し錆びかけているのに対して、彼の方は現役であり、私よりもよどみなく話した。聞けば上海の出身で、三年前からパリ大学で経済を学んでいるという。「じゃ、上海ブルジョアの息子だね」と私が笑って言うと、「そんなことはない、小商人の倅です」といい、中国の社会が意に染まず、フランスに留学しているという。しかし今の中国社会について多くは語りたがらなかった。日本の東京大学へ入りたかったが、うまくいかなかったのでフランスへ来た、というようなことを言ったと思うが、この記憶は定かではない。日本のことやフランスのことをあれこれ話し合ってから、私が「袖擦り合うも他生の縁」ということをいかがわしい漢文にして手帳に書いて示すと、それでも彼は理解してくれて、「仏教的思想ですね」と言った。私は独り旅で退屈だったし、この出会いを、それこそ他生の縁、貴重なものに思ったので、彼を夕食に誘ってみた。「近くにいいレストランがあったら案内してくれないか」と私は言った。彼は喜んで、「メルシー、ダッコール（賛成です）！」、ただしこれから教室でデバ（ディベート）があるので、それが終わる午後九時なら私のホテルへ参上できる、と言った。そして、急ぎ足で大学の方へ歩み去った。私はそれを見送ってからやおら腰を上げ、ホテルに戻った。

約束の時間がきたので部屋を出てロビーに降りた。九時きっかりに青年はやって来た。外はすでに夕暮れである。先に立って歩く彼について行くと、パンテオン広場に出た。その広場に面してレストランはあった。中クラスの店である。あいにく店は満員だったが、ボーイが店の外に席をしつらえてくれた。真っ白いテーブルクロスも掛けてくれた。他の客に気を使う必要もない。初夏の宵のこととて気温は丁度快く、広場を見渡すこともできる。普段はつましい私だが、こんな時には気が大きくなって、料理の名前は忘れたが結構高価な品と、ワインはボルドーの〝ポイヤック〟を注文した。いつもは質素に暮らしているのだろう、青年は旨そうに食い、かつ飲んだ。何を話題にしたか、飲み食いの席の常で、たわいのない内容だったのだろうが、話は弾んだ。政治のことは避けて、中国文明のこと、日本への佛教東漸のこと、漢字のこと、漢音・呉音のことなどに話は及んだ。青年はそういう話題に対応できる十分な知識を持っていた。そのうちにしたたかに酔って、話の終わりの方は憶えていない。二、三時間も店にいたろうか、最後によろめく足取りで立ち上がったことだけは鮮明に自覚している。街灯のあまりない薄暗い路地を、青年に支えられるようにしてホテルに辿り着き、玄関前で青年と別れた。フロントの係りは昼間の白人から黒人に変わっていた。黒人は「ボン・ソワール、ムッシュー！」と、白人とは打って変わって愛想がよかった。時計はすでに夜半を回っていた。部屋に戻って一息ついてから、手にしていた手帳を開いてみると、俛根明という姓名とアドレスが、中国人らしい達筆で記されていた。翌朝、ホテルを辞し、タクシーを呼んでシャルル・ドゴール空港に向かった。以来、帰国してから私は中国青年に手紙を書かなかった。一期一会、ああいう出会いにはそれが相応しいのだと思っていたからである。

29　ブカレスト某年

折から、季節は秋で、ある日、屈託のない足どりで街中をぶらついた後、昼食をとるために、とある小さなレストランに入った。ブカレストの、割と繁華な通りの一角である。テーブルが十ほども並び、客が二、三十人も入れば満席になってしまう、そんな貧弱な店である。時刻は正午を回ったところで、空席はなかった。どの席の客も忙しげにフォークとナイフを動かし、あるいは賑やかに談笑している。見回した私の眼は、片隅の二人用の小さなテーブルに男が一人で向かっていて、その前の席が空いているのを見てとった。空いているのはその席だけである。一瞬迷ったが、背に腹は替えられない。私はそのテーブルに歩み寄って、男に、よろしいですか、と声をかけた。男は愛想よく、「どうぞ」と答えてくれた。そこまでは英語である。彼の席に割り込んだという負い目があって、私は、自分を名乗り、日本人で、フランス語を話すと告げた。ルーマニア、とくにブカレストは伝統的にフランスの文化圏に属し、フランス語のよく通じる都市である。果たして相手は、ほほうという表情で頷き、自分はオランダ人で、毛織物のバイヤーであり、テオという名だと名乗った。オランダ人で、テオ。とっさに私は、ゴッホの弟のテオを思い浮かべた。オランダ人で、ゴッホの弟であり、その唯一最良の理解者であったテオ。オランダ人でテオ。私に連想できるのは彼しかなかった。

ここで私はまた迷った。ゴッホの同国人とはいえ、毛織物のバイヤーだという。ゴッホの話など持ち出してよいものか。しかしオランダに関して私にできる話題はこれしかない。オランダ人で、テオ。あの画家のゴッホの弟と同じですね、と私は言った。すると案に相違して相手は大きく頷き、そうですよ、と満足げに答えるではないか。私の胸を軽い興奮が走った。相手はあらかた食事を終えていたが、私はこれからである。そこで、ブカレストに入って以来、馴染みになり、連日愛飲していた、ルーマニア産のブドウ酒〝ムルハトラール〟を私は注文し、相手にも注いだ。多忙な職業の人だから、食事が終わればすぐにも席を立つところだったろうが、彼は立たなかった。こうして私とテオはグラスを傾けながらゴッホのことを話し始めたのだった。人を職業で判断してはならないことを思い知ったのはこの時である。この商人はゴッホを愛し、ゴッホについて通暁していた。

ゴッホがたくさんの手紙を書き、そのほとんど全てが彼のただ一人の理解者であり支援者であった弟テオ宛てのものであったこと、それが『書簡集』として文学的にも高く評価されていることはおそらく周知であろう。そう、我がバイヤー氏もそれを承知していた。話は、ゴッホの作品についてよりも、弟テオとの関わり、二人の間に交わされた書簡のこと、そしてさらにはゴッホとゴーギャンとの関係のことにもなった。しかし二人の対話をここにシナリオのように書き写すわけにはゆかない。ゴッホには、例えばセザンヌの忍耐も時間もなかったと私が言うと、そうかもしれない、しかし弟テオは兄ゴッホの画家としての天才を早くから確信していたし、そうだからこそあらゆる無理を押しても、世間から理解されない兄を援け続けたのだ、と答えるのである。ゴッホが精神を病んで自殺したことに話が及ぶと、彼は、弟テオは兄の自殺の後に狂死したのだから、精神病の素地は彼にもあったのだ、兄弟はそういうところまで共通していた、言うならば同じ魂を共有していたのだ、と彼は表情を曇らせた。そして、ゴッホが精神を病んでいたことは事実だが、弟宛ての彼の手紙は少なくとも狂っていないし、彼の描いた世界は狂気の世界ではない、とオランダ人バイヤー氏は、オランダ人ゴッホについて熱っぽく語るのである。

ワインが切れた。私は手を挙げて、〝ムルハトラール〟をさらに一本運ばせた。気がつくと、客席はまばらになっている。周囲の席も空になっている。私たちは話しやすくなった。どこかの画家のことに気炎を上げる二人の会話は傍らの人には訝しいものだったろうからである。

と、この時、レジで勘定をすませたらしい人がくるりと体の向きを変えて私たちのテーブルの方へ歩み寄ってきた。顔を上げて見ると、眼鏡をかけた、初老の人物で、その人が軽く腰をかがめて、「さっきから面白そうな話をしておいでだが、割り込ませて頂いて宜しいか」というようなこと、流暢なフランス語で話しかけてきたのである。改めて見ると、背広はややくたびれているが、知的な感じの、いかにもインテリらしい人物である。その人は席に腰を下ろす前に、ポケットを探って名刺を差し出した。葉書を半分にしたくらいの大判の、ペン字のような細い、イタリック体で記された名刺である。私はしかし、名刺を読む前に、「どうぞ、どうぞ」と答えていた。その人は傍らの椅子を引き寄せて私の右側に座った。その間にすばやく名刺に目を走らせと、古書店主、ミヤウセスクーと記されている。なるほど、と私は半ば合点がいった。古書店主なら多くは知識人である。一瞬、沈黙が落ちた。何を話すのか。寸秒を置かず、その人が口を切った。

「ゴッホ兄弟の話は感動的ですが、ゴッホとゴーギャンの関係はそれにもまして感動的で、そして劇的ですね」。

話はゴッホとゴーギャンの関係に移った。バイヤー氏はやや白けた表情を見せている。古店主の言葉を受けて私は、ゴッホとゴーギャンの共同生活からゴッホの耳切り事件に至るエピソードは一応聞き知っているが、詳しくはどうなのか、と水を向けてみた。するとM氏（以下、そう記す）は、それこそ話したいことなのだ、というように語った。

――さっきお話の、ゴッホの弟テオですが、彼に宛ててゴーギャンは手紙を書いているのですね。この二人の天才的画家が、アルルで共同生活を始めていたことは先刻ご承知のとおりですが、やがてこの生活は破綻しますね。で、その手紙の中でゴーギャンはこう書いています。結局私はパリへ帰る他ない。ヴァンサン（ヴィンセント・ゴッホのこと）と私とでは、平和に暮らすことは不可能なのだ。気質が違いすぎる。…別れるのは辛いが、別れは必要だ、と。

二人の別れの話はあったとしても、ゴッホの耳切りは唐突で異常にすぎる、とこれは私のはさんだ言葉である。

ゴッホは、アルルを去るという決心をゴーギャンから伝えられた時、悲しみに胸が打ち震えたに違いなく、その日の夕方ゴーギャンを殺そうとする（この時、ゴッホはもはや正気ではなかった）。彼は剃刀を手に握って、広場を歩いて行くゴーギャンの後をつけ、躍りかかった。

ゴーギャンはその時どう対応したか。

これはゴーギャン自身の述べているところだが、その時振り向いたゴーギャンの眼がよほど怖いものだったらしく、ゴッホは意志が砕けたように足を止め、そのまま走り去った。そして家に戻ると、ゴッホは手にした剃刀で自分で自分の耳を切り取り、封筒に入れてとある娼家に届けたという。そう、この時ゴッホの精神は完全に錯乱していた…。

ゴッホにもゴーギャンにもずいぶん詳しいのですね、という私の言葉に、M氏は、古本屋で暇であり、本はなんでもあるので絶えず何かを読んでいる、と答えたものである。そして彼は、自分が古書店主であることを改めて述べ、その所在を詳しく教えてくれた。後日私はその古書店を訪ね、それが「ミハイル・サドヴェアヌー」という、ブカレスト屈指の古書店であると知ったと同時に、パリでも東京でも容易に見つけられなかった稀覯本を入手するのだが、それにしても、その店主なる人物とこのようにして出会い、語り合ったということ、これはまさしく奇遇であったとしか言いようがない。

この本の入手については、後に記したい。

後半、ほとんど沈黙を余儀なくされた我がバイヤー氏は、それでも機嫌よく立ち上がると、テオですよ、テオ、お忘れなく、といい、手を振って立ち去っていった。

以下はこの時の対話とは関係がないが、ゴッホとゴーギャンの悲劇的な決別は、当然にヴェルレーヌとランボーの、同じ悲劇的な、というより悲惨な別離を思い起こさせる。ヴェルレーヌとの「いかがわしい」共同生活の後、ランボーはこの先輩の詩人を見捨て、どこかへ旅立とうとする。ヴェルレーヌはそれを怒って、あるいは悲しんでランボーをピストルで撃つ。結果、ヴェルレーヌは、精神病院ならぬ刑務所に送られる。ランボーはこの時を境に、詩を捨てアフリカかアラビアのどこかの僻地へ流れ去る。ゴーギャンが、ゴッホとの別離の後に南太平洋の孤島タヒチへ去ったように。思わずにいられないのは、ヴェルレーヌにはゴッホのような、ランボーにはゴーギャンに似た魂があったのだろうということである。つまり、ゴッホとヴェルレーヌとは、ソフトな、あまりにソフトな、愛に飢えた心、ランボーとゴーギャンには、硬い心、理知的で清澄な心があったろうということである。ゴーギャンはゴッホを評して、「この、バイブルに焼かれて混乱している画家の言うに言われぬ優しさ」と書いているそうである。

上記四人の画家と詩人の死にざまを記せば何かを語ったことになるだろうか。ゴッホは一八九〇年、ピストル自殺。ゴーギャンは一八九八年、自殺未遂、一九〇三年、ラ・ドミニカ島で孤独裡に死亡。ヴェルレーヌは一八九六年、施療院で死亡。ランボーはエジプト、アラビア等を彷徨の後、一八九一年、送還されたマルセーユの施療院で死亡。

この旅の折に私が滞在したのは、ブカレストで最も由緒あるホテルの一つと言われ、それらしい風格を備えたハヌル・マヌク・ホテルであった。季節は秋の十月から十一月で、郊外へ出れば、鮮やかに黄葉した森が、ヨーロッパの秋特有のあの黄金一色の世界をくり広げていた。

そんなある日、私は、先にレストランで出会った人の古書店を訪ねようと、旅にある人間の屈託のない足どりで教えられたとおりの道順で街中を歩いて行くと、その店は容易に見つかった。古風な造りの、大きな店である。ガラス戸越しに中を窺うと、店内に積まれた書籍の量も風格――古書店を愛する向きにはこういっても御理解願えよう――も貧しくはなさそうである。いくぶんためらいがちに、古風な木製の重たい扉を押して中に入ってみると、客は一人もいなくて、先日出会った人物が奥のテーブルを前にして座っている。私は近寄って挨拶をした。主人は東洋人である私を勿論憶えていて、相好を崩して迎えてくれた。しかし多くは話そうとせず、客である私の邪魔をすまいとする配慮が見てとれた。

四周の書架には、ルーマニア語の本を別にすれば、フランス語の本が目立つ。ルーマニア語がロマン（ス）語系の言語の一つで、ルーマニアがバルカン半島北部というその地理的位置にもかかわらず、伝統的にフランスの文化圏に属していたからである。そういえば、（その後のルーマニアの運命を予告していたような）ゲオルギウの『二十五時』もフランスで出版されたし、フランスの代表的戯曲作家となったイヨネスコもルーマニアの出であったはずだ。…そんなことを思うともなく思いながら、最初に手にとったのは“histoire du cognac”（コニャックの歴史）と題された、黄色い表紙の薄手の本であった。目次に目を通し、ペラペラとめくってみて買うことに決めた。この本は今日まで結局読まずじまいで、書架の隅に押し込められたまま埃をかぶっている（コニャックではないが、ルーマニアでは、テオ氏やここの店主と飲んだ〝ムルハトラール〟というワインが旨かった。ピノ・グリ（Pinot gris）系の赤ワインで、ほどほどのタンニンと渋味がきき、コクもブーケもあった。これを飲んでいる時は、独裁者チャウシェスク時代のルーマニアだったが、結構楽しかった）。

ところで、実はコニャックの本の後に、思いがけない本が私を待っていてくれたのである。壁面その他の棚とは別に、大きな升《ます》のようなコーナーが店の中央部を占めていた。普通の書店であれば新刊書の平積に使われるところだが、そこでは平積みではなくて、文字通りの古書が背を上にして敗残兵の隊列のように雑然と並んでいるのである。格別の期待もなしに、それでもざっと目を走らせながら背文字の行列を追ってゆくうちに、一冊の本が私の眼を不意とその方へ引き寄せた。むしろ、私の目を射たというべきかもしれない。といっても、美装の本ではない。それどころか背のとじ糸がほつれて分解しかけている本である。背文字もかすれている。にもかかわらず私の目を射たのは、かすれておぼろになったその背文字だった。"Boccace" と辛うじてそれは読めた。反射的に手を伸ばしてその本をとり、眼を近づけると、さらに "Henri Hauvette" と著者名が判読できた。この瞬間に私は、自分が今手にしているものが今や稀覯本となった本であることを確信していた。「J'ai fait une trouvaille」（掘り出し物だ）と私は思わず店の奥に声をかけた。主人は近づいてきて、なるほど、と頷いた。店の品が客を喜ばせたことに満足している表情であった。店には他の客が二、三人入って来ていたし、私はいくぶん興奮していたので、主人と多くは語らず、代金を払い、再会を約して店を出た。

『評伝ボッカッチョ』の原書。
1914年初版。

予定していた散策を打ち切って、ホテルの自室に引き返すと、今しがた求めてきた本を卓上に置いた。フランスのイタリア文学研究家として知られるアンリ・オヴェットの『評伝ボッカッチョ』である。版元はパリのアルマン・コーラン社、一九一四年初版本である。出版されてすぐに購入されたらしく、表紙の左隅に、ルーマニア人らしい「……cu」という署名と、その下に1914/3という日付が、整った繊細な書体で記されている。一九一四年三月といえば、第一次大戦勃発のまさに前夜ではないか…。一八七〇〜七一年の対プロシア戦以来半世紀近く戦乱を忘れ、しかし近づく動乱の影に怯えていたかもしれないパリの、カルティエ・ラタンかどこかの書店で、ルーマニア出身のインテリ青年が買い求めた本だったのであろうか。それとも、バルカンの一国ルーマニアの首都ブカレストで、西ヨーロッパの文学に心惹かれる若者が遥かな昔のイタリア・ルネサンスに想いを馳せながら手にとったものだろうか。この本を読んだその人物の感想はどんなものだったのであろうか。この書を彼はどのように用いたのであろうか。いずれにしても、その日から六十数年（私が入手した当時で）の歳月が流れている。どうしてこの本は彼の書架を出て、どのような経路を辿って、あの古書店の片隅に眠ることになったのであろうか。六十年の歳月の間にはさまざまの激動と波瀾があった。第一次大戦、ロシア革命、ヨーロッパでのファシズムの台頭、そして第二次大戦、ルーマニアのナチス・ドイツ加担、対ソヴィエト戦と敗北、その後に来た社会主義体制、共産党の一党支配政治、とりわけあのチャウシェスクの恐怖政治…。インテリ青年としての彼は、この乱世をどのように生きたのであろうか。ある時は右の、ある時は左のイデオロギーの嵐をどのように凌いだのであろうか。あるいはその嵐に薙ぎ倒されてしまったのであろうか。

最初に購入されてから六十数年を経て、乱暴に扱えば忽ちばらばらに分解してしまいそうなこの古書を前にして、異国のホテルの一室での私の想念はいつ果てるともなかった。

以来、この本は日本人である私の書架に収められ、時々は机上にお出ましを願うこともあった。しかし先にも述べたようにいかにも古く傷み疲れた本である（すでに表紙の背は剝がれ落ちていたから、セロハンテープを貼りつけて応急処置を施した）。この本に出会った時に、これまでの長い年月をどこで、どのようにと思いめぐらしたのに、気づけばその時からでもさらに二十年近い歳月が流れてしまっていた。「一九七七年十一月十一日、ブカレストにて」と自分が記した文字を目にするたびに感慨に耽った。それまで私は、この本にどのように接してきただろうか。一度『デカメロン』の翻訳をし、そのための解説その他に本書の記述を利用したことはあった。だが、それ以上に〝活用〟することはしなかった。そう思い至ると、傷んだ表紙の片隅に記されたサインと1914/3という日付とが私を咎めているように思えてきた。ここでまた思いは、この本を最初に購入した人の方へと向かった。

新評論、1994年刊。

年齢を推定すれば、その人が存命であろうとは思えない。そうとすれば、それはどういう死だったのだろうか…。めぐる思いは果てしない。

一九一四年という歴史的な年に刊行され、今や誰とも知られない人に、いずことも分からないところで買い求められ、知る術もない経路を辿ってブカレストの古書店の隅に眠っていて、ある時偶然に一日本人である私の手に移ったこの古書は、書架の一冊として事もなげに、物言うこともなく、我がかたえにあった。

そして今から十数年前の一九九三年、私は何かに促されるようにこの本を翻訳してみようと思いたった。本書の翻訳は昭和初期以降、森田草平氏をはじめ何人かの人が試みながら完成に至らなかったと聞いていたが、その作業は予め覚悟した以上に困難であった。二十世紀初頭のフランス語の語法は、当然ながら今日のそれとは微妙に違っていた。その他、ラテン語、俗ラテン語の混用にも当惑させられたが、友人、知人らの援けを借りるなどしてなんとか乗り切ることができた。しかも、訳稿を出版社に渡し、校正を終えて後、私はヨーロッパへ出かけたのだが、新たな校正刷りが私の滞在するプロヴァンスの友人宅にまでFAXで送られてくるという始末であった。

しかし、とも角も、本書は一九九四年、私が入手してから十七年後、フランス語版刊行から八十年後に日本語版として刊行されたのである。

30　壊れた友情

悲しい結末で終わる旅もある。一九七二年だったと思うが、友人の児童文学者Nから一緒にヨーロッパへ出かけないかとの誘いを受けた。私もヨーロッパは久しぶりだったので話はすぐに決まって、それなら一度フランスへ行きたいとかねがね言っている知人の画家Tがいるから彼を誘おうと私は考えた。話すとTは喜んで同意した。Tは私より数年年長で、寡黙で温厚で友情に厚く博識な人だった。絵を描く傍ら古書店を営んでいて、当然書物に詳しく、彼に案内されてあちこちの古書店を回り、稀覯本に類する古書を見つけたことも一再ならずあった。一方のNは、明るく能弁で人見知りなど全くしない人物だった。

ともあれ、こうして私たちの旅は始まった。彼の地の友人、知人を訪ね歩く、二ヶ月ほどもかけようとの旅程だった。パリを振り出しに、シャルトル、アンジェ、リヨン、アヴィニヨン、マルセーユと旅は続いた。とくにアンジェでは、私の友人の両親が大きなホテルを営んでいて歓待を受けた。夕食では、ホテルではなしに、私邸に招かれ、一家全員と共に食卓に着くのである。友人の父君は地下のワイン蔵からボルドーの年代物の高級酒を出してきて、当然ながらそれについての講釈をする。招かれた私たちは一知半解ながらもそれに相槌を打たなければならない。また、欧米人にとっては食卓は賑やかな対話の場でもある。Nはフランス語は全く解さないのに、身振り手振りで自在に思いを表現するのだが、Tの方は固い表情のまま黙然としている。これには私も困惑した。何で不機嫌なのかと問いたげなホスト側への弁明にも窮した。こうした雰囲気の中で、ついにTは、招待の席には列りたくないと言い出したのである。

いきおい、NとTとの間も、とげとげしいものになった。互いに相手の挙動を容認できなかったのである。私の困惑はもちろんTにも通じて、私と彼の間もぎくしゃくしたものになった。同じようなことは、アヴィニヨン郊外で大農園を経営する一家に招かれた時にも起きた。こうして、忘れもしない、マルセーユの安宿の一室での三人による話し合いが始まったのである。三人ともベッドの端に腰を掛けていた。私はイタリアが旅行の主目的だったし、Nもさらに旅行を続けたいという。Tはこういう旅には疲れたという。そもそも気性の全く相反するNとTの間には初めから反目があったのである。私は最初からそれを予見すべきだったのだ。結局、私とNはイタリアへ足を伸ばし、Tはパリへ引き返し、ロンドンを経由して帰国するということになった。外国語を解さないTの単独行を私は大いに危惧したが、最早いかんともしがたかった。さらに、貴重な友人であったTとの長年の友情もこれで終わりになるだろうとの予測も当然あったが、これまたなす術がなかった。

私とNが二人で先にイタリアへ向けて発つことになり、Tはそれでもマルセーユの駅頭まで見送ってくれた。イタリアへ入ってからは、ジェノヴァ近郊のキアヴァリという小邑《しょうゆう》に住む、元東京イタリア大使館員であったヴィドマール氏らの歓待を受けて一週間を過ごし、ミラノでは出版社モンダドーリやボンピアーニ等を訪ねて編集員らとも歓談し、新刊の書籍を手に入れた。フィレンツェでは、ホテルのマネージャーと文化論を戦わせ、ローマでは、旧知の親友サヴィオーリ宅を訪ねて、それこそイタリア式の、明るく楽しいもてなしを受けて私たちはほとんど有頂天だった。Nがあの天才的な社交性を十二分に発揮したことは言うまでもない。しかし私には、独り帰路についたTのことが喉につかえた小骨のように気になっていた。

日本に帰ってから私は何度かTに手紙を書き、旅先での確執をほぐそうと努めたが、彼からは結局応答がなかった。マルセーユ駅頭での別れの時が最後となって、以来二人はついに顔を合わせることがなかったのである。

それから十年ほど歳月が流れて、ある日突然にTが死んだことを知人から知らされた。晩秋の冷たい雨の降った夜の明けた朝、あるスーパーの駐車場の片隅に濡れそぼり、凍えたようにして倒れていたという。生涯家庭を持たず、世捨て人同然に生きたTらしく、半ば以上覚悟の死であったと覚しく、懐中には事ある時には連絡して欲しい友人、知人のリストが秘められていたとのことだが、その中にも私の名は無かったのである。

31

果たされなかった約束二つ

三十余年前のパリで偶然に美術評論家江原順こと下川英雄に逢ったことはこの本の七つ目の章で記したが、書き忘れたことがあったので追記する。

下川はその晩モンパルナスで待ち会わせをしようと言ったが、彼にはもう一つ目論みがあった。メトロでモンパルナスの一画にヴァヴァンという駅があって、そこで私たちは落ち会った。夕刻だった。飲みに行く前に紹介したい人がいるという。明るい表通りからちょっと入ると周囲に木立に包まれた小暗いアパルトマンの並ぶ地区があった。そこに彼の知人の中国人画家が住んでおり、そこへ案内したいのだと彼の言葉は謎めいている。あまり立派とはいえない建物に入り、中国人画家なる人のアパルトマンに着いた。

案内を乞うて招じ入れられたのはこれまた質素なルームだった。と、そこには主《あるじ》の中国人の他に、西洋人の女性がソファーに掛けていたが、紹介されるよりも前に立ち上がって手を差し伸べ、「カルラ・ヨッポロです」と名乗った。西洋人らしい闊達な物腰の中年女性で、その名前と口調から、イタリア人であることを私はすぐに悟った。下川から私に相手が何者であるかの説明があったが、先方はすでに下川から聞いていて、私の素性は知っているらしかった。中国人の住居であるから、当然のように中国の酒が振る舞われた。招興酒だったと思う。慣れない酒でもあり、夕食前でもあったから、酔いの回りは速かった。酔えば気も楽になり、口も軽くなった。そんな雰囲気の中で、このイタリア女性が語ったのは次のようなことであった。彼女の夫はベニヤミーノ・ヨッポロというイタリアの作家であり、いくつかの作品を書いたが、"La doppia storia"（二重の物語）という作品を最後として最近死亡した。モンダドーリ社から出版されて評判も良い作品なので、日本語にも翻訳できないものか……。下川からも是非そうしてやってくれと懇望された。この女性はいかにもイタリア女性らしく陽気で多弁であった。いささか強引ですらあった。私はその勢いに押され気味で、自信はなかったのに、とに角といった具合で、七六〇ページの部厚いその本を受けとった。彼女は本の見返しに、西洋人らしく大仰に「大いなる尊敬と親愛の情をこめて」という意味のイタリア語文を書き込み、カルラ・ヨッポロと記し、アドレスと電話番号まで書き添えた。その傍らに、私が後で備忘のために書き込んだ、「江原順の友人、モンパルナス近傍の中国人画家宅にて、一九七二年一二月」という文字がある。

その後、二人で街中へ出て痛飲したことは前に書いた。彼の馴染みらしいバールに入り、始めはボルドーを、その後コニャックをしこたま飲んで泥酔した。タクシーで帰ったのだが、ほとんど前後不覚で、車を降りる時、財布の中身を全部つかんで運転手に渡してしまったらしく、「メルシー、ムッシュー」と叫んだ運転手の声が耳朶《たぶ》に今なお新たである。翌朝財布を開いてみたら、果たせるかな中は空っぽであった。

それ以後、下川とは会う機会がないままに三十年が流れ去り、二〇〇二年四月、「朝日新聞」の「惜別」という欄で彼がベルギーはブリュッセルの客舎で孤独裡に死んでいたことを知ったのである。一方、委託された本の方は、私の努力と誠意が足りなかったためだろう、訳されないまま憮然として書架に立ち尽くしている。何かの折にあの時のことを思い出すたびに、私はやはり疚《やま》しい思いを覚えずにはいられない。

似たような、しかしもっと切ない話はもう一つある。これもやはり昔のことである（というより、先に書いたNやTとのヨーロッパ旅行の話だから、下川とパリで別れた後のことである）。ヨーロッパへ出かけようと準備をしているところへ、イタリアから一通の手紙が届いた。差出人の名前には憶えがない。封を開いてみると、「親愛なるオークボ、私を憶えているか、かつて東京のイタリア大使館でのパーティーの席で会ったウィドマールだ、実はお願いしたいことがあって手紙を書いたが…」という文面である。しかし私の方では名前も顔も思い出せなかった。私はフランスから鉄道でイタリアに入り、ジェノヴァを経て南へ下る計画であり、ヴィドマール氏のアドレスはジェノヴァ南方の小都市キャヴァリであるので、早速返事を認《したた》め、こちらの予定を知らせて、どうせなら直接お会いした方が宜しかろうからキアヴァリへ立ち寄ってもよいと書いた。

約束の日、時間どおりにキアヴァリの駅のプラットホームに降り立った私をヴィドマール氏と彼の友人らしい、共に初老というより老人というべき二人が出迎えてくれた。そしてヴィドマール氏は開口一番、「何語で話しましょうか?」と問いかけた。いかにも元外交官らしい応接である。私はイタリア語よりフランス語の方が楽だったので、ではフランス語で、と答え、以後数日の滞在の間、ほとんどの会話はフランス語で行われた。氏は宿泊すべきホテルも駅近くにとっておいてくれた。私はその厚遇に感動し、心を開いた。ホテルの部屋に入って氏の話を聞くと、氏の知り合いに日本の学校でイタリア語を教えていた女性がおり、"La Barbara bianca"(白い野蛮人)というタイトルの日本礼讃の本を書いて、それを是非日本でも出版したいと望んでいるので、適当な翻訳者が必要であり、私宛に例の手紙を書いたのだということであった。差し出されたその本を手にとって眺めた。著者は無名である。ざっとめくってみた感じでは、書きぶりも内容も素人っぽいものであった。しかし、とに角できるだけ努力してみましょうと答えて私はその本を受けとった。それだけで氏は喜んでくれた。

キアヴァリはいかにもイタリアらしい、リグリア海に面した美しい小都市である。名勝の地ポルトフィーノへも案内された。ヴィドマール氏の私邸へも招かれた。私たちを迎えるためであったろうが、軒先に大きな日本提灯が吊されていたし、屋内にも掛け軸その他日本の工芸品が備えられていた。庭には日本の柿の木が植えられていた。この地方で名産だという小ぶりの栗を焼いたもの、つまり焼き栗に白ワインを馳走になったが、この二つは相性がよくとても旨かった。

夕暮れの海岸のプロムナードを氏らと一緒に散策していると、折から教会の晩鐘が鳴り、リグリアの海と街は夕映えに美しかった。私は不意に旅の感傷に駆られ、「鐘が鳴る、鐘が鳴る、人びとは急ぎ我が家へと向かう、だが我れは旅人、帰るべき家もなし…」とヴェルレーヌを気取ったような文句を口ずさんだ。それをヴィドマール氏が小耳にはさんで、いい詩だ、もう一度繰り返してくれ、と言って手帳に書きとめ、翌々日の地方紙に載せると言ったのにはいささか慌てた。エレベーターにたまたま同乗したホテルのメードが、私たちの話しているフランス語を聞いて、自分はアルジェリア人でフランス語を話すと話しかけてきて、以後ホテル滞在中、ワインその他を街へ買い出しに行くとかの雑用を足してくれるということもあった。ヴィドマール氏の友人も在東京大使館に勤務の過去があり、若い日本の女性を妻にしていた。その彼が若い妻の挙動に絶えず目を配っているらしいのが分かって、いかにもイタリア男らしいと内心甚だおかしかった。

一週間ほど滞在してホテルを出るべくフロントへ出向くと、料金はすでに払われているという。この過剰な接待は嬉しかったが、同時にひじょうに困惑もした。だが、キアヴァリというあまり知られない小邑《しょうゆう》は私には忘れがたい、懐かしいところとなった。

帰国して余程経ってから、K君という縁戚の者が訪ねてきて、料理を習いにフランスへ行きたいので誰か彼の地の人を紹介してくれという。私は、何をどう思ってのことか、例の本の著者に紹介状を書いたのである。女史は当時スイスのチューリッヒに居住していたのだが、我がK君は外国語を全く知らないはずなのに、どこをどう通ってか、チューリッヒの女史宅に辿り着いたという。その時の両者の対面、対話を思いやると私は戦きに似た思いを抱かずにはいられない。K君は外国語を全く解せず、女史も日本語がほとんど駄目だったそうである。結局K君は適当な紹介は得られずに女史宅を辞したらしい。後に女史から手紙が来て、この一件にも触れ、「ワタシバカデス、バカデス、ナニモデキマセン」とここだけ日本語で書かれていた。私は私で、申し訳ない、無分別なことをしたという慚愧の念に耐えなかった。

さて、例の本の翻訳・出版の件だが、著者が全く無名の上に、日本滞在記という内容が今一つ、ということで出版社は容易に見つからなかった。さればといって、他の場合と違い、この本については私には重い借りがある。ついには、女史の教え子だという、四国の某大学の教師をしているX氏にまで助力を乞い、一度は上京までしてもらったが、やはり成果は上がらなかった。そうこうする間にも、例の本は私の机上に置かれたままで年月が過ぎ、私が最終的に断念した時には、あのヴィドマール氏はすでに故人になっていた。氏があのように私を厚遇してくれたのは、氏の人柄の良さによるところもあったろうが、あの本の日本での出版を期待してのことであったのは言うまでもない。裏切りという苦い思いが胸中を何度も去来した。そしてキァヴァリは懐かしい町であると同時に苦渋の思いを誘う町にもなってしまったのである。

*本稿は「草思」（草思社、二〇〇四・八）に掲載されたものである（一部修正）。

32

N君へのレクイエム

手元に一枚の写真がある。N君と私と、私の娘とその友人の四人が写っている。四人とも表情は明るい。服装から見て季節は初夏、場所は湘南海岸のどこかである。海風のせいか、太陽のせいか、四人とも少し目を細めて眩しげである。二十年ほど前のものと思われる。ここに死の影はない。だが、この中から二人の自殺者が出たのである。娘の友人については言及を憚るが、N君については記しておきたい思いがある〔なお、このN君は先の児童文学者Nとは勿論別人である〕。

私が川崎市に移り住んだのは昭和三十年頃だったと思う。先にも記したが、この頃私は職がなく、これから何をもって身を立てようかと思い惑った挙句、自分には外国語しかないのだからと思い定め、職を探す傍ら、あれこれ習作めいた翻訳を始めて間もなく、不図した偶然からイタリアの小説（正確にはノンフィクション）を見つけて翻訳し、友人の助力もあって無名にもかかわらず出版に漕ぎつけた。ところが、予想に反してこれがベストセラーになった。小説は左翼系のものだったが、当時はこういうものを受け入れる読者が多数いたのである。書評もたくさん出て、高名な作家から文章を誉められたりして、私はいささか自信を持った。

そんな折に、街にあったサークルのようなものから誘いを受けて出席してみた。私の名前を知っている人もいたと思うが、こういう席での発言が苦手の私は終始ほとんど沈黙していた。下町の人びとの話題にうまく調子を合わせられないということもあっただろう。

それから旬日を経ずして、N君という人が母親に伴われて、細身の体をすぼめるようにしてやって来た。先日のサークルに出席していたので、とN君がどもりがちな口調で弁解めいたことをいい、それを引きとって母親が、「実はこの息子がX大学を受けたいと言っているのですが、どう思いますか」と問いかけてきた。そう聞かれてもそれに答えられる見識は私にはない。しばし窮した挙句、彼の経歴などを尋ねた後、「無理じゃないですか」と私としては思い切って答えた。母子は落胆して帰っていった。息子のN君は、年齢にしては薄い髪の頭を垂れ、来た時よりも一層背を丸くして去っていった。この時が私とN君との個人的な最初の出会いである。

その後、しばしば彼はやって来るようになった。話してみると、彼は左翼思想の、文学好きの青年で、私とは話が合った。私の住居は、狭いリビング・キッチンと小さい部屋が二つという粗末な家だったが、私は自分の仕事部屋にいつも招じ入れた。彼はその頃から乏しかった髪に手をやっては広い額を隠すようにするのが癖で、少し出目がかった眼をやや伏せがちに、北海道訛りの混じった言葉で話した。…じゃない、というのを…でないというのが印象的だった。札幌の北方の田舎町出身で、「北海道の生粋のプロレタリアですからね」と半ば照れながらも胸を張ることがあった。北海道出身の詩人小熊秀雄と小説家小林多喜二が彼の自慢で、プーシキン、ネクラーソフ、マヤコフスキー等の名も知っていて、小熊は彼らの影響を強く受けているのだなどと話したりもした。多喜二に『東倶知安行』という作品があるが、というと、「その倶知安の近くですよ、僕の生まれたのは」といいもした。

そんな話をしながらも彼は私の貧しい書架に絶えず目をやり、これと思う本を抜きとってページをめくり、感想を呟くこともあった。私の書架にはフランスとイタリア関係の本が多かったので、彼はそれにも好奇の瞳を凝らし、フランスのレジスタンス系の文学についてあれこれ質問を向けてくることもあった。今の読者にはほとんど忘れられたが、アラゴン、エリュアール、ヴェルコール、さらにはサルトル、カミュ等の名前と作品が話題に上ったこともある。別に矛盾するとは思わないが、プロレタリアをもって任じながら、彼は知的、文学的、思想的好奇心の強い男であり、工場労働者であることに甘んじていない風があった。しかし、眼高手低というか、彼の理解はその関心にともなっていないように思えたことも事実である。

当時、私も貧しかったが、彼の一家も貧しかったと思う。一度だけ彼の住居に招かれたことがある。当時、とくに下町では普通だった木造のアパートの一室に彼は父母と暮らしていた。父親が居合わせたが、秋田出とのことで、いかにも東北人らしい朴訥《ぼくとつ》な感じの初老の人だった。夏のことで、大きなスイカを割って振る舞ってくれた。西日を防ぐ簾《すだれ》の垂れた部屋で、私は赤いスイカを頬ばったのだが、N君は照れたように両膝を揃えてかしこまっていた。

当時の下町では、夏の夜の商店街は賑やかだった。どの店も夜まで開いていて、大人も子供も浴衣姿で通りをぞろぞろと歩いている。N君は夕食がすんだ頃にぶらりとやって来て、その頃私の十歳の息子と五歳の娘を連れ出すのである。子供たちは喜んでついていった。無上に優しい上に、金魚すくいで遊ばせたり、アイスクリームを買ってくれたりする。彼の懐は豊かではなかったろうに。私は若く、子供たちは幼くあどけない。下町の商店街がやがて大型スーパー店に呑み込まれてしまって街がさびれる以前の、遠い日の思い出である。

正月には、彼は大島か結城かと思われるような着物をりゅうと着込み、真新しい足袋にこれまた真新しい下駄を履いて現れた。服装に頓着しない私はほとんど普段着のままで彼と一緒に駅前の繁華街へ出かけて、古本屋をのぞいたり、折から広場で催されていた日本大太鼓の乱れ打ちに感嘆したりしたのだが、はた目には奇妙な二人連れに映ったことだろう。私は自分の服装の無頓着、だらしなさは棚に上げて、彼のおしゃれに一寸した違和感を覚えたのも偽りのないところである。プロレタリアと自称しているくせにとか、金はどう遣り繰りしているのだろうなどと余計なことにまで気を回したほどである。

この間に私の仕事もどうやら軌道にのって、いくつかの出版社との関係も密になり、とくにイタリアの大作家モラヴィアとの関わりができ、彼の作品を何冊か翻訳し、訳も悪くないということで文庫本にも収められるようになると、私の名も多少は世間に知られるようになり生活もいくぶん楽になった。息子も小学校を了える年になり、娘も小学校二年生になるのを潮時と見て、苦しい時代を十五年間過ごしたこの町を去り、湘南の海近い町に転居した。私は四十三歳だった。これでN君との交際も遠のいてしまうはずだったが、偶然にか、彼の方も川崎市西部の、小田急線沿線の、市営住宅に引っ越した。それでも双方の住居は近くない。電車、バスを乗り継いで一時間半はかかる距離があった。

私はまだ若かったから、仕事が詰まっている時には、朝食後すぐ二階の書斎に入り、昼食後も休むことなく仕事に戻り、夕食後も夜半近くまでテーブルに向かっていた。若くて体力気力があったせいもあるが、その頃取り組んでいたモラヴィアの作品の翻訳が楽しかったのである。モラヴィアの作品はテーマも文体も私の性に合っていた。『軽蔑』『無関心な人びと』を手始めに、『ローマの女』『孤独な青年』『めざめ』『二人の女』等々、次々と原稿用紙のマス目を埋めてゆくのが楽しかったし、紡ぎ出す自分の日本文も不満ではなかった。新聞や雑誌等からもエッセー等の注文がくるようになった。

ところで、相互の住まいが遠くなってもN君の来訪は途絶えなかった。むしろ、海沿いのこの町が気に入ったのか、以前よりも一層頻繁になったかもしれない。いや、他に理由があったのである。彼は大手電器企業のクレーン工だったらしいのだが、彼の思想のせいか、組合活動をにらまれたのか、会社を解雇された。口にはしなかったが、それは彼には大きな打撃であったに違いない。やって来て玄関口に立つ時の彼の物腰にそれは現れた。一層広くなった額を隠すように手をやり、細身の体をかがめるようにして入ってくる。心なしか笑顔にも翳りが見えた。それでも生来の彼の優しさと登山で鍛えたという体力には変わりがなく、一泊した朝、二、三キロ離れた鎌倉山の丘の上のフランスパン屋まで走って行き、私の好みのバケットを抱えて三十分ほどで帰ってきて一同を驚かせたりした。その間にも職探しをしていたらしいが、世はバブル期の好況が去って、不景気の坂を転げ落ち始めた時期であり、彼の自負に見合った仕事は見つからなかった。あっても、スーパーやコンビニのパートがバイトであったりした。それが「自覚的プロレタリア」を自負する彼の心を傷つけたことは想像に難くない。この頃からである、それまでもいくぶん世間離れしていた彼の挙動に心なしか異常が見られるようになったのは。

始めに記したように、彼は左翼青年（というより最早中年であったが）であり、マルクス主義を奉じていた。私もいわば左翼であり、学生時代前後にはかなり派手なことをした過去があった。しかし相次いで明らかになった社会主義国（共産党独裁国家）の理想とはあまりにかけ離れた現実を知って私の心は冷めた。これは別に書かなければならないが、〝プラハの春〟を主導したドプチェク以前のチェコに長く滞在し、この国の知識人に友人が多く、こうした人びとから想像も及ばないような方法で極秘情報を得て、チェコのみならず東欧諸国の現実を知悉する先輩がいて、この人から聞かされる話は、ソヴィエトをはじめマルクス主義を建前とする国家に対する私の思いを一段と冷却させた。そしてその冷却した心情でN君に対するようになった。N君ははじめ私に抗った。

ある時二人の間であらまし次のような議論をしたことがある。マルクス主義に根ざして樹立されたはずのソヴィエト体制への批判を私が口にすると、N君は、「じゃあ、日本の現実はどうなんですか。

どうして労働者はこんなに貧しく、どうして失業者はなくならないのですか。それを解明しているのが『資本論』であり、『剰余価値学説史』ではないのですか！」。私は『資本論』をまともに読んだこともなかったし、マルクスの経済学にも通じていなかったが、それでも答えた。「マルクスが『資本論』を書いたのは十九世紀の中頃だろう。その最後の巻が出たのは十九世紀の末だった。ところがその頃にはすでに資本主義は、マルクスが見ていた頃とは大幅に姿を変えていた。独占資本が成立し、列強の世界分割が始まり、軍備の大拡張が行われるようになった。だが、同時に、少なくとも欧米諸国では社会政策が行われるようになり、また実質賃金も上がって、労働者の生活はかなり改善されたし、農民や中小生産者の没落も多少とも緩和されるようになった。恐慌はその鋭さを失い、経済は多少とも安定的に働くようになった。一体こういう変化を前にして、マルクスが『資本論』で説いた、中産階級の分解、労働者階級の絶対的窮乏化、恐慌の激化等々といった資本主義の法則性はどういうことになるのかね」。

古い話で、このとおりに整然と答えたのではないはずだが、これに対してN君はレーニンの『帝国主義論』を持ち出したりしたが、彼の言うところは最早整合性を持たなかった。私とて今日の日本の体制を弁護するつもりは毛頭なかったが、彼の「盲信」を崩すためにはこういうレトリックも用いざるをえなかったのである。こうして彼が次第に私に折伏された形になったところに、夢にも思わなかったソ連続いて東欧社会主義圏の崩壊が起きた。これはN君にはほとんど致命的だった。プロレタリアとしての誇りを失い、職を失った彼は途方に暮れただろう。生きる支えを失ったといってもいい。

私はフランス語とイタリア語を専門とし、それを職ともしていた。日頃私の仕事を好奇の目をもって見ていたN君は、今度は唐突にもフランス語を学びたいと言い出したのである。私には何か一つ外国語の素養がなければ独習は無理だと分かっていたが、彼の希望を止めることはできなかった。彼には失ったものへの精神的代替物が必要だったのである。こうしてN君は彼の大好きな丸善書店へわざわざ出向き、フランス語の教科書と田辺貞乃助著の部厚い文法書を買い入れ、おまけにリンガフォンまで買い込んでしまったのである。だが、彼の独習は遅々として進まなかった。そのことは時々やって来て私に向けられる質問によってすぐに見てとれた。一方、彼の職探しもはかばかしくなかった。得体の知れない仕事を見つけては一週間でやめ、また同じような仕事を見つけてすぐやめるという風で、ついには職探しも断念したかに見えた。

彼が衣装、身なりに異常に気を使うことは始めに触れたが、ある正月にはタキシードとも何ものとも私には判別のつかない服と、イタリア製の靴という出で立ちで玄関に現れて私共を仰天させたことがある。また、当時二十歳くらいだった私の娘に食事をおごるといって御茶ノ水の駅頭で待ち合わせたのだが、そこへ彼は上下真っ白のスーツを着込み、イタリア製の靴を履いて颯爽と現れたこともあるそうだ。そのまま山の上ホテルの高級レストランに入り、高価なビフテキを食べさせてくれたらしいが、娘は恥ずかしさに耐えられず、できれば逃げ出したかったが、それもならず、穴があれば入りたい心境で、折角のビフテキも喉を通らなかったという。しかし、それもこれも今や全く空虚となった彼の心の代替行為だったのである。

私は長年のワイン愛飲家なのだが、それが彼に感染して彼もひとかどのワイン通を気取るようになった。時々ワインを下げてやって来ては、これはボルドーの何々であるとか、ブルゴーニュの銘醸だとか言うようになった。しかし私はそのたびに彼の懐を案じなければならなかった。

N君の、少なくとも常人とは異なる、いかにも彼らしいエピソードがいくつかある。私は果物の少ない時代に育ったせいか柿が好きで、それも富有柿のような名の通った高級品ではなく、ずっと小粒でピンポン玉ぐらいの大きさの、それでいて無性に甘い、今にして知るのだが、禅寺丸という名の柿が好みだった。この柿はみてくれが映えないので商品にはならず、農家の庭先に実るままに放置されていて、私たち子供は勝手にそれをもいで食べることができた。ところで、N君の移り住んだ川崎市西部一帯は柿生《かきお》さらには王禅寺という地名の残るとおり、その種の柿の名産地であり本場だった。そこで何かの折に、できたらあの柿を見つけてきてくれないかと彼に頼んだことがあった。彼は二つ返事で引き受けてくれたが、柿は容易に届かず、秋も大分長けた頃、彼から小さいダンボール箱の小包が届いた。開けてみると、一つひとつ、高価な桃か何かのように紙に包まれた禅寺丸が十個ほど入っていたが、どれもこれも干しブドウのようにしなびてしまっていた。そして、手紙が同封されていて、時機を失したために容易に見つからず、やっと近くの寺の境内に見つけて和尚に頼んで獲らせてもらったもの故、宜しくご賞味あれ、と記されていた。彼ならではのこの善意が、私は無性に嬉しく、そしてそれ以上に悲しかった。

彼の「傑作」はもう一つある。私の息子は中学生の頃からジャズのマニアで、とりわけ大切にしていた何枚かのレコードがあった。ところでN君は政治以外にも文学、絵画、音楽、およそ芸術と名のつくものには一家言（?）を持っている愛好者だった。その彼が息子の留守中に拙宅にやって来て、息子が秘蔵していたレコードの一枚を取り出してプレーヤーにかけて神妙に聴き入った後、レコードを真空管アンプの上に無造作に置いたのだが、それがいけなかった。レコードは真空管の熱で皿のように変形してしまったのである。彼も流石に、これはまずいことになったと思ったらしく、肩をすぼめ、髪の薄い頭に手をやってしきりに恐縮した。この彼の詫びようには独特の趣があって、彼の不注意をも咎められずにしまうのだった。しかし、後でこの椿事《ちんじ》を知った息子は、中学生の少年であったから、もう二度と手に入れられない貴重なレコードを台なしにされて辛そうに泣いた。

彼の我が家での「活躍」にはもう一つある。当時の我が家の風呂はガス釜がついていて、コックをひねって点火する旧式のものだった。親切心だったのだろうが、彼が点火しようとしたものの、機器が不調だったのか彼の操作がまずかったのか、ガスが噴出してから点火まで数秒かかり、たまったガスが爆発したのである。幸い大事には至らなかったが、ガス機器は勿論壊れてしまい、新式のものに替えなければならなかった。しかしそんなことよりも、忘れられないのは、身も世もあらぬように両肩をすぼめ、頭を垂れて何やらもぐもぐと詫びる彼の姿態である。

元来がエキセントリックだった彼の挙動が目に見えて異常を示すようになったのは彼が五十五歳ぐらいの時だったろうか。文学や思想の知識について誇大なことを口にするようになり、プルーストやヴァレリーやドストエフスキーのことなども口走るようになった。正直いって、私は彼のそういう話題には辟易することがあって、適当にあしらうこともあった。しかしN君はそれに対して腹を立てるとか不機嫌になることは決してなかった。それが私を後悔させた。その後しばらく彼の来訪は途絶え、電話も掛けてこなくなった。

珍しく数ヶ月ぶりで現れた彼は、「精神病になってしまったよ」と事もなげに言った。なるほどその表情には翳りが濃くなり、顔もやつれていた。躁鬱病で代々木の病院に入院し、今は通院しているという。驚く私に「なあに、医者がいいからすぐに治る」とも彼は言った。それからもそれまでよりはずっと長い間をおいて現れたが、以前よりは元気がなく、口数も少なくなった。ある時、「手首を切ったんだよ」と言って袖をまくって見せた。そこにはカミソリの痕らしい三条の傷痕があった。三度やったということらしかった。私は言葉がなかった。そんなことがあってから何ヶ月かして、『蔵原惟人全集』全十巻を彼は送ってきた。彼の思想形成に大きい影響を与えた著作であろうし、彼としては大枚を投じて求めたものであったに違いない。私はその本の小山を前にして呆然とし、暗然とした。最後に来訪したのは二〇〇一年の秋だったろうか。以前よりもさらにやつれていた。鬱状態の中を無理してやって来たのか、元気がまるでなく、口数も少なく、長居することなく、すぐに帰ると言った。私は彼の体調を思って無理に引き止めることをしなかった。送って出て、バス停の近くにあったラーメン屋に入り、安ラーメンを一杯食べさせてバスに乗せた。

あくる年の正月には彼からの年賀状がこなかった。いつも怪しげなフランス語混じりの賀状がきていたから、私はおやと思い、病が重いのかなと案じた。春になった頃、妹と称する人から電話が入り、

「兄宛に戴いた年賀状の中に、大久保様のものがありましたので、母がこの方にはずいぶんお世話になったのだよ、お知らせしなくては、と申しますのでお電話したのですが、実は兄は昨年亡くなりまして…」と告げられた。「何の病気で」と問いかける私に、その人は「それが…」と口を濁した。愚問であった。慌てた私は彼の一家の連絡先も墓所の所在も尋ねないでしまった。後で私は息子、娘からこのふつつかさを泣いて責められた。

彼の敬愛した作家小林多喜二は特高に虐殺されたが、その信念を失うことなく死んだ。死後多くの人びとから愛惜された。その名は文学史にも残るだろう。だが、家庭を持つこともなく青春の歳月を捧げ、それを敬愛したために職を奪われたそのソヴィエトからは裏切られ、資本主義日本からは見捨てられ、失意の果てに心の病を得て誰からも知られることも惜しまれることもないN君の死は、多喜二の死よりもさらに無残で悲惨であったと言わなければならない。

＊本稿は「現代詩」(飯塚書店、一九六四・九)に掲載されたものである(一部修正)。

33 優しい丘への道

チェーザレ・パヴェーゼの自殺をめぐって

チェーザレ・パヴェーゼは日本ではほとんど知られず、わずかに最近、『新しい世界の文学』の中で、『美しい夏』と『女ともだち』が紹介されるにとどまるが〔当時〕、彼をぬきにしては現代イタリア文学を語ることは不可能とされるほど、イタリアでは重要な作家である。

パヴェーゼは、一九〇八年に北イタリア、ピエモンテ地方の、ブドウ畑と葦が茂る丘陵地帯の僻村に生まれ、四十二歳の一九五〇年の夏、トリノのあるホテルで自殺を遂げた。それまで二十余冊の著書と二十数冊の訳書とを出していた。彼が残した作品は詩、評論、小説で、丁度その小説の一つに対して、イタリアで最も重要とされる文学賞であるストレーガ賞が授与された直後に彼は死んだのである。

栄光の最中にどうして自殺をしなければならなかったのか？　当時人びとは、それについてのいくつかの外的理由を考えた。私も数年前、「新日本文学」にいささか曖昧なことを書いたことがある。まず、彼が人間連帯の場として選んだ共産党を脱党したことから考えられた、政治上の幻滅という憶測である。さらにまた、アメリカ人女優を相手とした恋愛の破綻ということもまことしやかにささやかれた。しかし世間は、自殺後間もなく発行された、一九三六年に始まる彼の日記 "Mestiere di vivere"（生きるという仕事）の始めの数ページを読むことによって、実はパヴェーゼが早くも二十八歳の当時から、性的不全という意識にとりつかれて自殺を考えていたことを知るのであった。

六歳の時に父を失ったパヴェーゼは母の手一つで育てられたが、この母はピューリタンで、厳格な気性の女性だったところへ、未亡人になって以後の生活の苦難がその傾向を一層助長したとみられるふしがある。今日の心理学の説によれば、かつては身体組織の障害とみられていたものが、実は幼少時のこの種の教育や躾けに起因している。パヴェーゼの生活と作品の鍵である無力感の原因も、右のような母の躾けにあったもののようである。無意識のこの固定観念が、彼のいくつかの恋愛行為の中でも、抑止体の役割を果したといえよう。

パヴェーゼの無力感は、ドストエフスキーの癲癇《てんかん》に比することができる。すなわち、その身体組織の複合体としての全体にその無力感を結びつけることなしには、鼻の形や髪の色について語るようには語れないのである。

早くも十四歳の時に、パヴェーゼには最初の異様な出来事が起こっている。少年パヴェーゼは、オルガという名前の同級の女生徒に密かな思慕を寄せるに至ったが、その意中を少女に打ち明けることは到底できなかった。この恋は一種の強迫観念であった。これを逃れようとして、彼は友人たちとポー河に沿っての長い散歩を毎日のように試みた。ある日、脇腹に何か赤い文字が書かれているボートの前で彼は不意に足を止めた。彼は忽ち顔面蒼白となり、そのまま気を失った。書かれていた文字は「オルガ」であった。

十七歳のパヴェーゼは、今度はキャバレーの踊り子に恋をした。約束に従って、彼はその少女が働いているキャバレーの戸口の近くで少女の帰りを待った。しかし待てども待てども少女は現れない。こうして彼は、折からの雨の中を実に六時間待った。少女は他の求愛者と一緒に、別の戸口からとっくに立ち去ってしまっていた。この結果、彼は肺炎になり、二ヶ月間床に就かなければならなかった。それから数年後、彼はその生涯の最大の恋をする。相手の女性は、ここで詳しく触れることはできないが、パヴェーゼの伝記の中で重要な意味を持つ「しわがれ声の女」である。しかし結局この女性もまた、彼にそれと知らせずに他の男と結婚してしまう。要するに、彼の男性としてのこれらの敗北は、幼少時代から引き継いだ内面の敗北主義に由来しているものと考えられる。

けれども、パヴェーゼを弱い人間と考えるのは当たらない。彼はありったけの力を振りしぼって、死の誘惑、彼自身が用いた言葉を借りれば Il vizio assurdo（不条理な悪癖）と闘ったのである。彼は、その時代の最大の作家の一人であり、最も勇気のある知識人の一人であった。そしてトリノの進歩的書籍の発行で知られた出版社、エイナウディ書店の文学部門責任者の職責を果たしながら、ファシズム体制の只中で、メルヴィルからフォークナーに至る、主として一九三〇年代のアメリカ作家の作品を翻訳し、イタリア人大衆に紹介した。彼の翻訳は、文体の完璧と解釈の厳密という点で優れていた。またその翻訳には、彼の扱う作家たちの国籍からくる政治的意味があった。パヴェーゼは生命力に溢れたアメリカの当時の文化情況を、一つの発見物として紹介し、それをファシズム体制下のイタリア文化の空白に対置しようとしただけでなく、死に瀕したイタリア文化を蘇生させようと図ったのであり、文学と社会との間の関係、そして社会的アンガージュマンと政治的アンガージュマンとの間の関係を明らかにしようと企画したのである。

参考までに、パヴェーゼが翻訳したアメリカ文学の作品の主要なものを次に列挙してみよう〔『　』内は翻訳書名〕。一九三一年、シンクレア・ルイス作『弊社社員レン氏』、一九三二年には彼が最も傾倒した作家の一人であるメルヴィルの『白鯨』とシャーウッド・アンダーソンの『暗い青春』、一九三四年、ジェームス・ジョイス作『ディーダラス』、一九三五年、J・R・ドス・パソス作『北緯四十二度』、一九三七年、同じくドス・パソス作『大金』、一九三八年には閨秀詩人ガートルード・スタイン作『アリス・B・トクラスの自伝』、ダニエル・デフォー作『モル・フランダーズ』、一九三九年、ディケンズ作『デーヴィッド・コッパフィールド』、一九四〇年、ガートルード・スタイン作“Three lives”（三つの生活）、メルヴィル作『ベニト・セレノ』、一九四一年、クリストファー・マーレイ作“The Trojan horse”（トロイの馬）、一九四二年、フォークナー作『村』…。以上に見るように、彼が扱ったのは必ずしもアメリカ作家だけではないが、ともあれ発行の年度から明らかなように、パヴェーゼはイタリアの読者の視界を広げようという一貫した意図のもとに、捲むことなく翻訳を続けたのである。今日のイタリアのリアリズム文学が、パヴェーゼと、もう一人のアメリカ文学紹介者エリオ・ヴィットリーニを介して伝えられえた一九三〇年代を中心とするアメリカ文学にひじょうに多くを負っているのは、すでに周知のことである。

さらにまた、パヴェーゼはさまざまの反ファシスト・グループに参画するのをためらわなかったため、一九三五年には南端のカラブリアへ数ヶ月の流刑に処されたこともある。しかし、それ以後も反ファシスト・グループとは常に密接な関係を持ち続けた。ところが、決定的な時に、すなわち身を挺して困難に立ち向かわなければならないような時に、パヴェーゼは逡巡し、後退したのである。こうして、彼の政治における振る舞いと恋愛における振る舞いとの間には、奇妙な類似が成り立つことになる。

一九四三年三月七月、独伊枢軸の頽勢が決定的となるに及んで、回生策を探していたイタリアの指導層は国王を促してムッソリーニを逮捕させ、連合国と単独講和を結ぶ。しかし、これに怒ったドイツ側は忽ち北イタリアを占領してしまうという事態が生ずる。こうして第二次大戦の終末を飾る、ドイツ軍に対するイタリア国民のレジスタンス闘争が展開することになる。パヴェーゼの友人の大半もレジスタンスに参加する。その中には、彼の教え子である十六歳のガスパレ・パイエッタも混じっていた。この少年に対してパヴェーゼは、「ドイツ人を殺さなければ、立派なイタリア人ではありえない」と日頃教えていた。それなのに、当のパヴェーゼはレジスタンス軍に参加することなく、丘に抱かれた故郷の村に身を隠してしまい、以後一年と八ヶ月、イタリア開放が実現されるまで、村を出ようとはしなかった。トリノに戻ったパヴェーゼは、友人の多くが戦闘で死に、ガスパレ少年も戦死したことを知る。彼が共産党に入党するのはそれから間もなくのことだったが、これは一種の贖罪行為とみなすこともできよう。

この件については、おそらく最も優れたパヴェーゼ伝の一つである"Il «vizio assurdo»"（不条理な悪癖）の著者、ダヴィデ・ラヨロの言葉を引用しよう。

「私の家まで送ってきてくれたある夜、彼〔パヴェーゼ〕は、共産党に入党するつもりだと私に打ち明けた。私はしばらく黙っていた後、そのことは急がずにもっと考えた方がよいだろうとだけ答えた。彼は私に分かったと答え、以来そのことには触れなかった。後になって私は、彼がやはり入党したことを知った。しかも彼の所属しているのは、彼の教え子だった、ガスパレ・パイエッタの名を冠した細胞であることも知った。〔…〕彼が、共産党へ入党することによって、戦死したガスパレ少年や他の友人たちのヒロイズムに相応しい自分になろうとしたのであることは確かである。彼の政治参加は、レジスタンス闘争の期間における彼の逃避の償いの一手段であり、さらに、人間とのふだんの接触を打ち立てるための一方法だったのである。それは、事の意味を十分にわきまえた上で彼が行ったところの、その生涯における最も重大な決意の一つだったのである。〝生きるという仕事〟（同名の彼の日記が一冊になって出版されている）を学ぼうとして彼がすがった最後の手段だったのである」。

こうしてパヴェーゼは、コミュニストたらんとして涙ぐましいばかりの努力をした。自由の問題をめぐって少なからぬインテリ党員が脱党した時にも、パヴェーゼはその人びとに対して批判を向けることをためらわなかった。

しかし、所詮イデオロギーもまた彼の精神を救うことはできなかったようである。先に見たように、彼は思想的であるよりは感情的な契機から共産党へ入党したのであった。ためにパヴェーゼは共産党からも離れ始めた。それはパヴェーゼにとっては、あらゆる人間的接触が不可能となったことを意味するものであった。パヴェーゼは当時の日記に書いている。「私は自分の無力を凝視する。自分の無力を骨の髄まで感じる。私はある政治責任の中へ身を置いた。それは私を打ち砕く。答えは一つしかない。自殺だ」。しかし、始めに触れたように、パヴェーゼはこのためだけに死んだとは考えにくい。徐々に訪れたパヴェーゼの死への、これはいわばとどめの一撃だったのである。

パヴェーゼの伝記を読んで気づくのは、彼の全作品が、彼における欠如と躓きについての、弁明の努力に他ならないということである。その小説は、長編も中編もすべて、男女結合の不可能とサド・マゾヒズム的ヴィジョンが主調となっている。男女相互における本質的な伝達不能の結果、男女は攻撃的な暴力の関係を余儀なくされる。女とは何よりもまず肉体である他ない。露わで粗野で、不透明な、意識を有する石である他ない。この肉体を、強姦によって、残忍さによって、殺害によってたたき潰す以外に、男にとり何が残されていようか？　パヴェーゼは彼の最後の作品『月とかがり火』の中で次のように書いている。

「ある日が来るだろう。その日には、男は何かに触れるために、自己を知らせるために女を絞殺し、眠っているその顔にピストルを撃ち込み、スパナーでその頭を打ち砕くだろう」。

「女たちは男を狂わせる。しかし彼女らはそのために重い代価を支払うことになる。ある者たちは自殺し、他の者たちは殺害される。そして、それを免れた女たちは、愚かしい結婚の卑俗の中へ、愚考の中へ沈んでゆく」。

彼の「日記」の中の、次の言葉は意味深い。

「愚かでない女たちは遅かれ早かれ敗残者に出会い、彼を救おうと努力する。彼女はときおりそれに成功する。しかし、愚かでない女は健全な男をとらえてそれを敗残者に仕立てる。彼女はそれには間違いなく成功する」。

パヴェーゼの作品の世界の中の、すべての人間関係が、攻撃的暴力の刻印を押されているわけではない。愛の強烈なテーマとは別に、友人関係の微温的なテーマもある。そこでは、友人たちに囲まれた生活がある。夜、友人たちと打ち連れて、宿から宿へ、丘から丘へと歩き回る。空しい休暇、出口のない彷徨。パヴェーゼは仲間たちとのこの流動的な関係を「軽薄さ」と呼びつつも、これを鮮やかに描いている。

パヴェーゼの小説の中での唯一の出口は、あらゆる人間から離れ、都会を去って、田舎に身を潜め、優しい丘に囲まれた土地で密かな夢想に耽ることである。田舎での孤独は心和む孤独であり、小麦畑を見つめる男は人間関係から隔てられたことを少しも嘆く必要はない。さらに、田園は、パヴェーゼにとっては幼年時代を過ごしたところである。したがって、作品を書き進めるごとに、彼が「自然」と「過去」のあの二重のテーマを展開させたのも不思議ではない。プルーストのように、彼もそれを神話に仕立てさえした。彼は述べている。幼少時の田園世界は、「唯一の絶対的な価値が、自然に因果関係から開放し、現実の環境から隔離する」事件の宝庫をなしている、と。それらの出来事を回想し、それらの意味を深めることが、パヴェーゼには唯一の〝生きるという仕事〟として映るようになってゆくのである。

あらゆる人間は、その人が幼少時から引き継いだ独自の世界に生きている。その人の行うあらゆる行為は、ひじょうに古い何かの礼式のくり返しに他ならない。かかる哲学は、パヴェーゼの性的、社会的抑制を合理づけ、禁錮者としての彼の条件を逃れるために、彼がその気になればできたはずのあらゆる努力を前もって無視するのに役立った。彼は人生の豊かさと多様さを、現実世界から過去の世界へ、外面の世界から内面の世界へ、人間に共通な対立と抗争の舞台から個人意識の保護された舞台へと移した。この哲学は、おそらく彼が生きることを援け、彼の不幸を小さくするのに役立ったに違いない。しかしこれは危険な手段であり、一種の時期尚早の引退であり、ほとんど公然ともいうべき自殺行為である。

瞑想的な思索とひじょうに美しいページが残されている。いつなんどき杜絶するかもしれない、低い、しゃがれた、執拗な声が残っている。パヴェーゼは、アミエルやボードレールやキルケゴールやドリュ・ラ・ロシェルと相通ずるものを持つ詩人作家であり、現代の典型的な証人である。彼の作品は、客観的な認識（愛、他人）と主観的な喜悦（孤独、死）とに向かっての二重の請願とみなすことができる。彼の作品は、精神的人間の拒否であると同時に賞揚であり、純粋にリアリスティックな文学と純粋に個人的な文学との交接点に位置している。それは現代詩の流れの中で彼の占める位置の大きさを意味することがらである。

今世紀〔二十世紀〕のイタリア作家の中で、パヴェーゼは、ピランデッロ以来、最も非ナショナルで、最もインターナショナルな作家であり、おそらく本国においてと同じく、あるいはそれ以上に、広汎な読者を外国において持つことのできる唯一の作家であろうと思われる。

34 カミュの墓

*本稿は「忘れられたカミュの墓　終焉の地求めた南仏　頼み難い人の運命」の題で「朝日新聞」（二〇〇五・六・三〇夕刊）に掲載されたものである（一部修正）。

南仏アヴィニヨンから東へ二十キロほど入った小邑《しょうゆう》に四十数年来の旧友ダニエルが住んでいる。かつて横浜「アリアンス・フランセーズ」校での同僚の修道士で、帰国後還俗し、エクサン・プロヴァンスのリセで教鞭をとった人物である〔前出〕。パリに出かけたのを機に、いわば旧交を温めるといった思いで、二〇〇五年の五月の中旬、その館に宿を乞うた。

五月から六月にかけてはこの地方が最も艶やかな装いを凝らす季節である。友人は最早決して若くはないのだが、連日車を走らせてくれた。豊かな緑野を貫く道路は広く、舗装も申し分なく、信号はごくごく稀である。疾走する車のフロントにポプラの花の綿毛が淡雪のように降りかかる。紺碧の空を背景に無数のアマツバメが飛び交い、ようやく枝葉が茂り始めて緑濃くなったブドウ畑が果てしなく広がっている。

プロヴァンスでもリュベロンと呼ばれるこの地方を経巡ったいち日、ルールマランという小村に入った。この村にあるはずのアルベール・カミュと、そしてアンリ・ボスコの墓を訪れるためである。しかし、戸数わずか百戸足らずと見た村落なのに、墓地は容易に見つからず、車は細い野道を何度かUターンした挙句にようやく辿り着いたのは、村営かと思われる質素な墓地であった。だが、墓地に入ってすぐに見つかると予想したカミュの墓はこれまた容易に見当たらず、墓地をうろついた果て、やっと目に入ったのは、麗々しい他人の墓の蔭に身を潜めるようにうずくまっている小さな墓石であった。巾七十センチ、縦五十センチほどの平たい墓石で、その表にはただ ALBERT CAMUS 1913~1960 とだけ刻まれている。しかも長年の風雨に晒されて、その文字も最早定かではない。墓石を囲むラヴェンダーの茂みがせめてもの救いであった。

カミュの墓石を訪ねて。2005年5月23日、リュベロン地方ルールマラン。

戦後文学の寵児であり、ノーベル賞に輝いた作家の墓としては、質素というよりあまりに粗末と見えた。パリも目抜き、モンパルナスの墓地に立つサルトルの墓と較べてもあまりに貧しくないか。だが、傍らのフランスの友人の理解は違った。カミュの生い立ちと生きざまを知る者ならこの質素さに驚くことはない、サルトルの墓こそその信条にそぐわぬモンダーン（世俗的）ではないかと彼はいい、カミュのために祈るといって墓石前で十字を切った。それにしても、そのカミュの墓に詣でる人の絶えてないとみえるのはなぜなのか。日本風にいうなら無縁仏さながらである。

ここで思い浮かべたのは、かつてカミュとサルトルの間に生じ、世に知られた論争のことであった。それはカミュの評論『反抗的人間』が一九五一年に刊行されたのを契機にして発したものである。論争の内容は複雑だが、敢えて要約すれば、カミュがマルクス主義、ソ連流共産主義を批判したのに対して、サルトルはむしろ西欧の資本主義、植民地主義をこそ批判すべきだ、としたところにある。この時の応酬では、論争に長けたサルトルにカミュが屈した形になったことは否めない。カミュが『嘔吐』と『壁』を、サルトルが『異邦人』をそれぞれ高く評価したのも今は昔、次第に軋みがちだった二人の交友に終止符が打たれたのもこれを機にしてであった。その折のカミュの傷心は想像に難くない。それに加えて、ノーベル賞受賞後もこの賞をめぐって文壇やマスコミの間に毀誉褒貶がかまびすしく、パリの文壇に愛想を尽かしたカミュがプロヴァンスはリュベロンの奥の村に終焉の地を求めようとした、これは私の憶測である。そして、そんな世界を疎み僂むかのように、一九六〇年一月、カミュは、他ならぬルールマランからパリへの途次、世間には不条理ともみえた自動車事故による死を迎えたのである。

アンリ・ボスコの墓はカミュのそれから数区画離れたところに見つかった。これも簡素なものではあったが、その墓石の縁には訪れた人が一つずつ置いていくらしい小石がうず高く積まれていた。ボスコはカミュに較べればずっと地味な作家だが、それでも『ズボンをはいたロバ』『少年と川』その他十編余が邦訳されている。アヴィニヨンに生まれ、プロヴァンスの風光と人間をこよなく愛して叙情味豊かな筆致で描いた作家・詩人として人びとに敬愛されていることが窺えた。

人の運命、作家の人気・評価の頼みがたさを思わされた墓参ではあった。

*本稿は「myb」No. 6(みやび通信、二〇〇五・一一)に掲載されたものである(一部修正)。

35 日本でのカミュ

二十年ほど昔、所用でアルジェリアに数ヶ月滞在したことがある。主としてアンナバ(旧ボーヌ)で過ごし、わずか旬日をアルジェで過ごした。アンナバはチュニジア寄りの、地中海に面した港町であり、アルジェリアでは主要都市の一つである。アルジェリアは砂漠の国というイメージが強いが、国の北部すなわち地中海沿岸地方は結構緑が豊かで、農耕もかなり盛んとみえた。かつてのローマ帝国時代にこの地方が帝国の穀倉の一つであったこともさこそと頷けたものであった。アンナバから南へ、まだ平野の続く一帯を二十五キロほど下ったところにモンドヴィという小邑《しょうゆう》がある。殊更言うまでもない、カミュの生まれた町である。折角のアルジェリア滞在なので、某日、この街を訪れた。車は頑強なランドローヴァーで、途中砂丘のうねる一帯もあり、この地方の先住民ベルベル人の集落なども見かけたが、一時間も経たずに難なくモンドヴィに着いた。一万五千人ほどの人口で、一応街らしい体裁も整っていた。アンナバ平野の南端に位置するらしく、辺りにはブドウ畑とタバコ畑が広がっていた。

カミュの祖父が、フランス北東部のアルザスからこの地に移住したのが一八七一年と年譜に記されていることから察すると、普仏戦争でフランスが敗れ、アルザス地方がプロシア領となるのを嫌って、当時仏領のアルジェリアにコロン（入植者）として移住したものと思われる。カミュの父はモンドヴィのブドウ園で働く農業労働者で、母は地中海マジョルカ島の生まれ、全く文字の読めない人であったという。一九一四年（カミュ一歳）に第一次大戦が勃発すると、カミュの父はアルジェリア部隊の歩兵として召集され、北仏はマルヌの戦闘で重傷を負って間もなく死亡した。残されたカミュの母は、生計の立たなくなったモンドヴィを去って、アルジェの貧民街に移住した。こうして、母子家庭の極貧の生活が始まったのだが、こういう境遇がカミュの人格形成にどんな影響を与えたかは容易に想像することができよう。

私はカミュの専門家ではない。一介の読者でしかない。ただ、たまたま今年〔二〇〇五年〕の初夏、プロヴァンスのルールマランにカミュの墓を訪う機会があり、また、アルジェリアのカミュの生地を二十年ほど前に訪れたという、いわば因縁が重なったことから、この小文を認《したた》めたまでである。

一介の読者として深い感銘を受けたのはやはり『異邦人』である。『異邦人』の邦訳は、「新潮」一九五一（昭和二十六）年六月特大号に一挙掲載された。私はまず「新潮」を読んだ。これが文庫に入ったのは、一九五四（昭和二十九）年だったと思う。この雑誌「新潮」はぼろぼろの状態になりながらも今も書架の隅にある。冒頭の、「きょう、ママンが死んだ。もしかすると、昨日かもしれないが、私にはわからない…」（窪田啓作訳、新潮文庫）という一文は今も脳裏に刻まれて消えることがない。フランス語をかじっていたので、この後、フランス語でも読んだ。ガリマール社の二百十一版である。"Aujourd'hui, maman est morte. Ou peut-être hier, je ne sais pas." このフレーズも忘れようにも忘れられないものになった。『異邦人』の訳者は銀行員とのことだったが、達意の文章だった。一回目は違和感なく、むしろ流暢な文章に魅せられて読んだ。しかも、一回読んでそれっきりとするにはあまりに衝撃的な内容の作品だったし、文庫本で百四十ページという小冊子である。二度、三度と読むうちに次第にこの訳文に対する不満、違和感のようなものがたまっていった。達意の文章に紛れて最初は気がつかなかったが、誤訳が多いのである。急いで断っておくが、翻訳に誤訳はつきものであり、宿命ともいえる。Traduttore traditore（翻訳者は反約者）を持ち出すまでもない。しかし、この銀行員氏の訳文には肝心な語句や単語についての奇妙な訳語が多すぎた（一例を挙げれば、sels を〝塩〟と訳しているが、ここでは〝気つけ薬〟なのである）。そうとする思いは周囲の友人たちにも共通のものであった。当時明治大学の学生だった倉橋由美子なども、講義で『異邦人』（L'étranger）を読んでいて、K教授がその翻訳の中の誤訳にしきりに触れたと、どこかに書いていた。K教授とは木庭一郎、すなわち中村光夫である。後に、中村光夫が"L'étranger"の新訳を出した時に、私も友人らもさてこそと頷いたものである。ただし、その新訳は同じ新潮社の『新潮世界文学』の中に収められたものの、文庫本になることはついになかった。窪田訳は今日まで健在である。その間の事情についても、出版社の内情についても私は関知しない。なお、その文庫本にしても、一九六六（昭和四十一）年の二十六刷からは解説が訳者ではなく白井浩司に代わっている。その経緯についても私は知らない。

ルールマランのカミュの墓前で、フランスの友人ダニエルは合掌して祈り、カミュの信条を知るなら墓の質素さは当然と思えるはずだ、といい、「"L'étranger"を読み直してみろよ」と、私に迫ったものである。帰国してから読み直してみると、「太陽がまぶしかった」せいで殺人を犯したムルソーが収監されていた時に、「御用司祭」がしばしば彼を訪ねてくる。その司祭をムルソーは激しく罵るのだが、暗愚とみえた（そんな風に書かれていた）この司祭の目に涙が溢れていたのである。そこのところを、白井浩司は『小説の変貌』の中で、「司祭の頑固な愚直さをあばきたてたあとで、カミュが付記したこの数行を、私は大変に意味深いものに思う。その涙によって、司祭には人間性が与えられた。ムルソーに対する若干の理解を含んでいるようなこの涙は、カミュの、以後の作品にさりげなく挿入される、キリスト教的なものへの接近を暗示している」と書いている。同感であった。我がフランスの友人（カトリック）のカミュへの共感もこの辺りに関わっていたのであろう。

『異邦人』の邦訳が雑誌「新潮」に発表された直後の一九五一年六月十二日から十四日までの「東京新聞」に、広津和郎の「カミュの『異邦人』」が掲載された。これは、「『異邦人』を読む」と題して「新潮」誌上に『異邦人』と共に掲載された阿部知二と三島由紀夫の「感激的な称賛」（臼井吉見）への反発として書かれたもので、そこに見られるのは『異邦人』に対するほとんど徹底した無理解、否定であった。旧世代（当時）の広津和郎にとっては、不条理などという観念も語句もなかったのだろう。これに対しては、同じく「東京新聞」の同年七月二十一日から二十三日の三日間にわたって、中村光夫が反駁の文を書いた。その中で中村光夫は、「氏〔広津和郎のこと〕のムルソーに対する攻撃は、全く既成道徳の通り一遍の常識をでず、そこらの頑固親爺が倅に向かって近頃の若い者は、と説教するのとまるで選ぶところがありません。…齢は取りたくないものです」と痛烈なものであった。若者の私がどちらの所説に喝采を送ったかは記すまでもないだろう。

なお、一時流行語になった観のある〝不条理〟という言葉については、私の敬愛したモラヴィアが、「不条理という言葉を有り難がるいわれはない、世界が複雑で無意味に見えるのは、世界を外側から認識できないからであるにすぎない。不条理とは認識する人間の側の衰弱を反映したものである」と述べていたことをこの際付記しておきたい。

36　スタンダール断章

私は若い日にスタンダールに傾倒し、深く影響もされたが、スタンダリアンであることはついになかった。この「断章」は、そんな私の、せめてもの「償い」といった思いからまとめてみたものである。

「スタンダールのことを話し出せば切りがあるまい。これ以上の讃辞は私には考えられない」(『リュシアン・ルーヴェン』への序文、ポール・ヴァレリー)。

「私は壁画を描いているが、スタンダールはイタリア風の彫刻を作った」(バルザック)。

因みに、バルザックは画家でいうならブリューゲル、スタンダールはミケランジェロであろう。バルザックは社会の事実を書いたが、スタンダールは読者の想像力を尊敬した。作曲家、演奏家の如く

に。スタンダールはフランス人の怜悧を嫌い、イタリア人の情熱を愛した。モンマルトルの墓地の彼の墓碑には「アルリゴ・ベイレ、ミラノの人。生きた、書いた、愛した（Visse, Scrisse, Amò）」とイタリア語で刻まれている。スタンダールの本名はアンリ・ベール、フランスはグルノーブルの人である。

彼は、心理を抉り、情熱を描いた。家具、衣装、風俗は人間の情熱より遥かに早く古くなる。スタンダールに重要なのは、事件の描写ではなく心理の描写である。多くの事件がたった一ページで語られるのに、マチルドへのジュリアンの遊びの気持ちが愛に変わる過程は百ページにわたって書かれている（『赤と黒』）。

スタンダールがこの作品を百年早く書きすぎたと言ったのは、手法のためでもあると同時に思想のためでもあった。手法とは心理を抉るそれであり、思想とはジュリアン・ソレルのそれであり、ナポレオンについてのそれである。

以下はスタンダールに関わる読書の余滴である。

一　「人は小説によってしか真実に到達できない」

これはスタンダールの言葉であるはずだが、今は典拠を思い出せない。しかし、人は自伝や日記においても粉飾や隠蔽を避けられないのであれば、人間心理の内奥は小説によってしかとらえ描くことができないということについては多言を要しないだろう。

二　スタンダールの嘘

「スタンダールは『赤と黒』の舞台を、彼の一度も行ったことのないブザンソンに一部移し、〔…〕外部描写の正確さを無視することが時々あった」（エレンブルグ『ふらんすノート』）。

「芸術は嘘である。嘘であるが、真実を会得させるための嘘のフォルムである」（ピカソ）。

その意味でなら、芭蕉も嘘の大家である。「あらとおと　青葉若葉の　日の光」の句は、春まだ浅く、日光の山々は新緑に程遠い季節の頃の作であることが知られているし、他の多くの句についても同様である。荷風の『断腸亭日乗』についても、日記の体裁をとりながら多くの虚構を交えていることも周知のところである。しかもこの『日乗』は荷風の数多くの作品の中でも最高の傑作とさえいわれている。

ルの手紙）。

三　イタリア人の情熱、イタリア表記のこと

「その昔、イタリアの人びとが恋愛に対してどんな大きな関心を持っていたか、ご存じのことと思います。しかし、復讐（Vendetta）もそれに劣らず十六世紀のイタリア人が大切にした情熱であったことはご存じないかもしれません」（一八三五年十一月二十五日付、ロマン・コロン宛のスタンダールの手紙）。

イタリア人の情熱については、最も知られるものとして、『パルムの僧院』の、ファブリス・デル・ドンゴの例で十分であろう。あるいは、『ミナ・ド・ヴァンゲル』のミナ。復讐については、『イタリア年代記』の中のいくつかの短編。

ついでに記せば、スタンダールの作品の翻訳、とくに『パルムの僧院』のそれでは、イタリアの固有名詞（地名、人名）がフランス読みのまま罷《まか》り通ってしまっている。パルムはパルマ、ファブリスはファブリツィオであるべきだが、大家の訳によってこうなり、それが定着してしまっているので是非もない。この点については、ゲーテの『イタリア紀行』の訳者相良守峯が、「現今ではそれぞれ本国の呼び方に従う方が適当となったので、〔…〕原則的に現地読みに書き改めた」と、その解説で述べている。

なお、同じ趣旨のことは、スタンダリアンであった小林正も、その訳書『カストロの尼』（角川文

庫）の「解説」の末尾に、「スタンダールの原文に出てくるイタリア語のフランス読みはすべてイタリア語に戻し、カトリック用語はイタリア語ないしラテン語に改めた」と記している。この訳書は一九五二（昭和二十七）年刊である。一九五〇（昭和二十五）年頃にはこの人の講義に連なっていたが、この件についてとくに聞いた記憶はない。いずれにせよ、小林が、フランス語表記→イタリア語表記について、桑原武夫、生島遼一訳について違和感を覚えながらも殊更に声を大にしなかったのは、斯界《しかい》の先輩に対する遠慮があったからだと憶測する他はない。しかし、その小林にしてからが、同訳書の中で、イタリアではポピュラーな名前であるCesareを、チェーザレではなくチェザーレと表記していることについては複雑な感慨を抱かざるをえない。Elenaはエーレナと正しく表記しているのに。辞書が不備であった時代の瑕瑾というべきか。

イタリア的情熱については、スタンダールの盟友メリメにも、コルシカその地を舞台にした『カルメン』『マテオ・ファルコーネ』『コロンバ』等の作品がある。

四　スタンダールの仮面

文頭に挙げたスタンダールの墓碑銘については、ドイツの作家ツヴァイクが、「嘘八百の文字」「死の前でさえ、彼は仮面を被っていたかった。死に対しても彼は尚且つロマンティストの仮装をしたのであった」（『スタンダール』）と述べている。スタンダールは『エゴティスムの回想』の中でも、この墓碑銘のことを考え、つけ加えて述べている。「私はこのグルノーブルが大嫌いだ。ミラノに来たのは一八〇〇年の五月、私はこの町が大好きである。〔…〕ここを故郷と思うが、それは、ここで初めて生きる喜びを知ったからだ。ここで晩年を送って死にたいものだ」。

五　「三一致の法則」

スタンダールは、一八二三年に刊行された評論『ラシーヌとシェークスピア』において、古典劇の要求する「三一致の法則」(Régle des Trois Unités：演劇において、一＝劇の筋は一つ、二＝行為は一日、三＝行為の展開は一ヶ所)を作者の想像力を縛るものとして強く批判し、作家にはもっと自由が与えられるべきであると述べた。『赤と黒』その他の作品はその主張の実践である。

六　スタンダールのイタリア語、フランス語

スタンダールは、イタリア語について次のように述べた。「イタリア語は話すためよりは専ら歌うためにできているのだから、侵入してくるフランス語の明晰さに対しては音楽をもって抵抗する他はないと思う」(『恋愛論』第四九章)。この時代からフランス語がイタリアに「侵入」していたということにも感慨を覚えるが、因みに、そのフランス語については、次の一文を引用したい。

「総じてフランス語の表現には個人がその好みに応じて自由気ままに処理することのできる範囲が狭く、個人と時代を超えて一定した秩序の支配が強い。これはフランス語が日本語や英語よりも遥かにはっきりと話し手乃至書き手から独立し、外在的な一個の文化的秩序として機能していることを意味する」（加藤周一『芸術論』）。

七　スタンダールのイタリア

「イタリア人には北欧人的な自己抑制や、真偽を問わず形式や規制に従うことに慣れた外国人を生き返った思いにさせる、自由な伸びやかさと率直さがある。ここには仮面を被った人間はほとんどいない」（『イタリア年代記』）。

ゲーテやアンデルセンがイタリアに憧れて、彼の地を訪ね、彼の地で出会った風光と人間に感激して書いたのが、『イタリア紀行』であり、『即興詩人』であることは言うまでもない。ゲーテは、「私がこのローマに足を踏み入れた時から、第二の誕生が、真の再生が始まるのだ」（『イタリア紀行』一七八六年十一月一日）とまで述べている。

八　スタンダールの嫌ったフランス

文頭にも記したように彼はフランス人の怜悧さを嫌った。ロマン・コロン（後出）によれば、スタンダールは一八四〇年、オリエント問題に関してフランス政府のとった態度に抗議してフランス国籍を棄てた。この時以来、彼はフランス人であることをやめ、彼の生涯の最も幸福な日々を過ごした都市ミラノを改めて自分の祖国とすることを宣言した。

「パリの劇場でフランス精神なるものを見うけると、大声で畜生！　畜生！　畜生！と怒鳴りたくなる」（『エゴティスムの回想』第六章）。

「美貌などというものにはフランス人は絶対に左右されない。皮肉でそういうのではない。フランスでは、たとえ美貌を持たない娘でも讃美者に事欠くことはない。われわれフランス人はなかなかの分別者なのだ」（『チェンチ一族』）。

ただし、フランスのために（？）付言すれば、スタンダールが嫌ったのは、フランスそのものではなく、彼が敬愛したナポレオンの没落後にフランスを支配したブルジョアジーの社会であり、風俗だった。すなわち、一八一五年以後の、復古王制と七月王制の世紀に対する告発であり批判であった。ナポレオン没落後の体制の中で、イタリアの小都市チヴィタヴェッキアの領事というさえないポストに甘んじなければならなかったスタンダールの憤懣をも、そこに読みとるべきだろう。

もっとも、『パルムの僧院』『イタリア年代記』その他の作品は、チヴィタヴェッキア在任中に、職務を怠ってイタリア各地、とくにローマの教会を経巡って得た古文書を基にして書かれたものなのである。シェークスピアのイタリアものがそうであるように。しかし当時は、書く側にも読む側にも、盗作とか贋作といった意識はなかった。和歌、俳句などでも先人の用語、語句を取り入れた、いわゆる本歌取と同断である。

九　スタンダールのワイン

スタンダールがワインについて語っていることはあまり知られていないだろう。

「あのすばらしいブドウ酒がないとしたら、私はこの有名なコート・ドール以上に醜い土地はないと思うほどだ。〔…〕シャンベルタン、クロ・ヴージョ、ロマネ、サン・ジョルジョ、ニュイといった不滅のブドウ園の名前がしじゅう目につく。これほど輝かしい名があるものだから、結局みんなコート・ドールに親近感を持ってしまう。〔…〕ナポレオンの失墜を一八一一年に予告した彗星のブドウ酒を知らぬ者はない」（『ある旅行者の手記1』山辺雅彦訳）。念のために付言すれば、一八一一年はワインの当たり年で、また彗星が現れた年なのでこの名がついた。スタンダール自身この彗星を目撃し、同年八月三十一日の日記にその模様を詳しく書き留めている。

さらに、「〔コート・ド・〕ニュイのブドウ酒が有名になったのは、一六八〇年にルイ十四世が病気になった時以来である。医師団が国王の体力を回復するため、ニュイの古酒を薬としてすすめた。このファゴンの処方がきっかけで、ニュイに小さな町ができたほどであった。厳密にいえば、コート・ドールはヴォーヌで終わると教わる。〔…〕食事の席でブルゴーニュ人は、酒の品評会よろしく長所短所を論じ合うことに熱中して、田舎ではあれほど無作法とみなされる、退屈な政治の話題が完全に隅に追いやられてしまったからである」（同上）。因みにこの作品は『スタンダール全集』（全十二巻、人文書院）には収録されていない。

十　路上の死

よく知られたスタンダールの一語であるが、彼はある友人に宛てて、「路上で死ぬのもわざとでなければ滑稽ではないと思います」（Il n'est pas ridicule de mourir dans la rue, si celle n'est pas exprès）と書いた（一八四一年四月十日、ローマ）。そして、あたかもこの言葉で自分の死を予告したかのように、それから一年後の、一八四二年三月二十二日、パリ滞在の折、外務省の門を出てブルヴァール・デ・キャプシーヌ通りを二、三歩行ったところで、卒中の発作に襲われて路上に倒れた。その二十分後にロマン・コロン（スタンダールの従弟。スタンダールの死後、彼の草稿を整理・編集して、出版に力を尽くした人物）が駆けつけた時には、スタンダールはすでに一言も発することができず、わずかな身振りすらできずに、六時間後の二十三日午前二時頃、ヌーヴ・デ・キャプシーヌに続くヌーヴ・デ・プティ・シャン通り七十八番地、現在のダニエル・カサノヴァ通り二十二番地のナント・ホテルで息を引きとった。スタンダールらしい最期というべきかもしれない。彼の最期の場所は今でもホテルになっていて、パリ・モンダンという名にはあまり相応しくない少し暗い感じのこの小さな二ツ星のホテルの壁には、「アンリ・ベール、スタンダール、この館にて一八四二年三月二十三日死す」(Henri Beyle Stendhal est mort dans cette maison le 23 mars 1842) と記されている。

十一　カミュとスタンダール

若き日のカミュは読書ノートの中で、「スタンダールを読んで得ること、それは表にあらわすことに対する軽蔑である」(『直感』高畠正明訳) と書いている。これはスタンダールの重要な一面を語ると同時に、仮面に執着したカミュ自身をもよく語っている。同じノートでカミュはまた、「なんという個人の客観性があることか、それこそ僕が学ばなければならない手本だ」(同上) と書いている。『異邦人』にはその投影が見られる。

十二　スタンダールと大岡昇平

作家でありスタンダリアンであった大岡昇平は、『外国文学放浪記』の中で次のように書いている。

「〔大学を〕卒業してから小林秀雄や河上徹太郎の手引きで、批評文の形で文学的な夢を綴っていましたが、忘れもしない昭和八年の二月、『パルムの僧院』にガンとやられてしまった。スタンダールなら何でも読んだ中学生の頃、新潮社の佐々木孝丸訳『赤と黒』を読んだ。〔…〕或る本を読むことが、生涯の事件となることはあるもので、小林秀雄は〔ランボーの〕『地獄の季節』をそう呼んでいますが、これは僕の『パルムの僧院』にも当て嵌ります。籠っていた室の窓外の下北沢の冬の外光をよく覚えています」。

『わが文学生活』（大岡昇平）を書架より探し出して読む。初回は一九八一年六月一日、二回目は一九八五年一月九日、今回は二十年の歳月をおいて三度目ということになる。とくに、「スタンダールとマルクス」の項を読む。ここで読んだのは、大岡昇平の見たスタンダールというよりも、むしろスタンダリアン大岡昇平の風貌である。この本は対談形式で質問者に大岡が答えるという具合になっている。

質問者が、「スタンダールをやっていらっしゃると、どうしても十八世紀のイデオローグを見直さなければいけないから〔…〕」と問うと（ここで十八世紀のイデオローグとは、ディドロ、モンテスキュー、ドルバック、ヴォルテール等である）、大岡は、「そうです。だけど、当時は本がないからね。〔…〕フランス革命だって箕作元八の『フランス大革命史』と『ナポレオン時代史』と、それからジョレスの『革命史』〔"Histoire socialiste de la République française"（フランス大革命史）〕、そんなものしかなかった。スタンダールはエルヴェシウス〔十八世紀の仏哲学者、百科全書派〕のことを一番いうのだけれど、鎌倉や神戸にいたんじゃ、本が手に入らない〔…〕」と答えている。

質問者から「近代の超克」座談会について問われると、「近代の超克なんて、なに言ってやがんだい、と思っていましたよ」と答え、あの座談会で中村光夫だけが一人ぜんぜんのっていないが、と水を向けられると、「あの時に近代の超克ラインに入らないのは、意志の力が必要ですよ。頑張っているな、と思いました。〔…〕あそこで発言しなかったのは中村光夫にとっては大変プラスですね」と述べている。

あの（戦争）時代にスタンダールをやることで、孤立感はなかったかと問われると、「いや、僕はすでに文壇外にいましたし、モンテスキューで割り切っていたから孤立感というものはなかった。〔…〕ヴィルテュ〔ヴィルトゥ＝Virtu，徳性、勇気〕というやつね。これがまたスタンダールの好きな言葉でしてね。〔…〕スタンダールはルネサンスのベンヴェヌート・チェルリーニのようなならず者にも（これを）認めるんですよ」、戦争中に何を読んでいたかということに話が及ぶと、「僕の方はモンテスキュー（『法の精神』）の他に、マルクスを読んでいました。『〔ルイ・ボナパルトの〕ブリュメール十八日』とか『フランスにおける内乱』とか〔…〕。僕の戦争観は大体あれで出来上がったんですね」、文体の上で影響を受けた作家はと問われると、「スタンダールです。何でもスタンダールより師匠はいないですよ。〔…〕あの『野火』の運命的な感じはスタンダールの、とくに『パルムの僧院』の特徴です」と答えている。

以上の簡単な引用からも、スタンダリアンにして、『レイテ戦記』『ミンドロ島ふたたび』『野火』『俘虜記』『武蔵野夫人』等々の作者の面目躍如たるものがあるだろう。

『新潮日本文学小辞典』の中で、江藤淳は大岡昇平を評して、「左翼思想の狂乱怒濤にまき込まれなかった」とか、「ついに左翼思想とは無縁であった」とか述べているが、これこそまさに牽強附会の説であることは上記の数行からも明らかである。

ことのついでに中村光夫について付記する。

中村光夫のような人でも間違いは書く。『小説入門』の、「バルザックとスタンダール」の項目の中で、「[スタンダールが] 晩年にローマ近くのチヴィタヴェッキアという街の領事になったのも、イタリーに対する愛からで、そこで生涯を終わったのも望むところであったでしょう」と書いている。もちろん、この二つの事とも事実と違う。しかしまた、「ポール・ブールジェ、モーリス・バレス、アンドレ・ジイドのような〔…〕作家が、テーヌなどの刺激でスタンダールを読み返し、〔…〕人間の内面を深く抉るのに心を動かされたので、以後フランスの小説は現代までスタンダールの影響のもとにあるといってよいのです」とも書いている。

なお、全くの余談ながら、中村光夫は、文学思想的にも、文体的にも、またフランス語学的にも、私が最も敬愛し、影響された批評家、文学者である。

十三　スタンダールとバルザック

スタンダールがすでに『パルムの僧院』をはじめとしていくつかの作品を発表していたにもかかわ

らず文壇からも世間からも全く認められず、チヴィタヴェッキアの領事という閑職にあって鬱々たる日々を過ごしていたことは先に記した。その一八四〇年の九月、バルザックの『ベール氏（スタンダール）試論』が「パリ評論」に発表された。バルザックはすでに『人間喜劇』の大半を書き終えていて、文壇の大家であった。「ベール氏は一章一章に崇高さが炸裂する本を書いた。彼は人が通常ほとんど偉大な主題を見出すことの稀な年齢にあって〔…〕真に卓越せる人士にしてはじめて鑑賞しうる如き作品を生んだのである。〔…〕劇の巧妙、完璧、明晰にはただ舌を巻く他はない。空気は画面に漂い、一人として不要な人物はいない〔…〕」。

スタンダールが任地チヴィタヴェッキアでバルザックのこの論評に接した時の驚愕と歓喜は想像に難くない。バルザックの論説は『パルムの僧院』に対するひたすらな感激と称賛に貫かれており、作家的共感の稀有な例を示している。スタンダールがいみじくも述べたように、「かつて一人の作家が他の作家から受けたためしのない驚くべき論評」であった。

ところが、当時毒舌家として知られた批評家サント・ブーヴがこれに難癖をつけ、バルザックのこの論評を金で買われたものだとした。これは無論根拠のない言いがかりであった。後世、哲学者でもあり批評家でもあって、文学ではスタンダールとバルザックを愛読し、『スタンダール』という著書も残したアラン（一八六八〜一九五一年）が、「バルザックの見事な批評が金で買われたものだと想像すること自体下劣である」と述べ、サント・ブーヴを「文学の下僕」と罵ったのはもっともである。

十四　スタンダールと絵画

スタンダールには『イタリア絵画史』という著作がある。これはスタンダールが作家的生涯の最初に手がけたものであり、最も長い年月をかけて仕上げた著作であって、彼の盛名と共に今日では名著として通っているが、刊行当初は、さまざまの批判や非難さえもが浴びせられた。例えば、ピエル・マルティノ（当代の著名な美術評論家）は、「『イタリア絵画史』は四分の三ちかく他人の本からの抜書きから成っている」と書いた。これがこの時代の大方の評価であったろうと思われる。しかし、例えば我が国の桑原武夫などは、「『イタリア絵画史』は、学術的研究書としてではなく、スタンダールの一個の芸術作品として読まれるべきものである。今ここに一つのきわめて大きな小説があると仮定して、もしその中に主人公がイタリア絵画史についての自分の見解をこのような形で述べたとするならば、ここに指摘される盗用ないし不正確の罪は、ことごとく消え去るのではなかろうか」と述べた。これは、この書に対するほぼ世界共通の理解を代表する解釈である。

まさしく、この著書がそういうもろもろの欠陥と弱点を責められるにもかかわらず、それを相殺してあまりある独創性を持っていることは知るべきであろう。これは、小説『パルムの僧院』や『イタリア年代記』その他についても同様にいえることである。セザンヌも、親友ゾラに宛てた手紙の中で、これを名著であると称賛して読むことをすすめ、手元になければ貸してやる、とまで言っている。

余談であるが、このことからも察せられるように、セザンヌは文学についても深い素養を持っていた。当然、少年時からの親友であるゾラを理解することでも人後に落ちなかった。しかし、この二人の仲はゾラの『制作』と題した作品を契機にして破綻する。この作品は、自分の仕事と才能に絶望して自殺する画家を主人公にしたものであるが、セザンヌは、この画家のモデルが自分であることを見てとり、この画家の描き方、そして才能がありながら挫折する画家を憐れむ友人の涙に、おそらく深く傷つけられて、自分の才能に関するゾラの理解の限界をはっきりと感じとった。そしてゾラから『制作』を贈られて礼状を書いた後、ゾラとの交渉をぴたりと絶ってしまい、二度と会うことをしなかったのである。一方は画家、もう一方は小説家という十九世紀の偉大な二つの才能の友情と破綻の、これは痛ましいエピソードである（ゾラとセザンヌの友情破綻については、小林秀雄『近代絵画』に拠る）。

十五　スタンダールと音楽

「音楽を愛する文学者は決して少なくないが、スタンダールの場合は全く独特の愛し方である」（高橋英郎）。スタンダールは、『ハイドン、モーツァルト、メタスタージオの生涯』という著作を残しているのだが、音楽愛好家スタンダールについて書くのは、どんな短文といえども気が重い。筆者に音楽の素養が欠けているからである。已むなく泥縄式に『スタンダール全集』をめくってみると、高橋英郎の解説があって、上記のスタンダールの著書については評価がさまざまで、とくに音楽家の側からのそれは冷たいものがあったらしい。ベルリオーズは、「スタンダールというペンネームで、音楽について実に勘にさわる愚劣なことを書き散らしたベールとかベエルとかいう男」とにべもないし、サン・サーンスは、「『ハイドン、モーツアルト、メタスターシオの生涯』には音楽についての市井人（ブルジョア）の意見がみられる。〔…〕この本は馬鹿馬鹿しくて十ページと読むに堪えない」とこき下ろしている。これに対して、作家モーリス・バレスはベール支援に立ち、「何よりも彼は、音楽における肉体的な喜びをわれわれに指摘してくれたのだ」と述べた。だが、私にはこの論争に参加するつもりも能力もない。

ただ、スタンダールが「モーツァルトやチマローザの一曲を聴くためならば十里の泥濘《でいねい》も遠しとしない」（『アンリ・ブリュラールの生涯』）と述べていることや、「〔モーツァルトとチマローザの〕どちらかを選べといわれたら、いっそのこと絞首刑になった方がましなくらいだ」（同上）と述べていることは記しておきたい。

なお、この小文の（一）に「人は小説によってしか真実に到達できない」という寸言の典拠を思い出せないと書いたが、これについては思いがけないところでその出典を見い出すことができた。「私は若い時に一種の歴史であるいくつかの伝記（モーツァルト、ミケランジェロ、他）を書いた。今はそれを後悔している。〔…〕われわれは最早「小説」によってしか真実に到達しえない」（『文学論集』）。

十六　スタンダールのナポレオン

スタンダールとナポレオン、ではない。スタンダールのナポレオンである。スタンダールには『ナポレオン伝』と題された著作がある。スタンダールは親類の有力者、ダリュ伯を介してナポレオンの生涯と密接に結びついており、ナポレオンの戦役に従って全ヨーロッパを駆け巡った。その『ナポレオン伝』の中で、「彼はナポレオンというただ一人の人物を敬愛した」（Il respecta un seul homme : NAPORÉON）と書いている。スタンダールの著作には、ほとんど例外なくナポレオンの影がさしている。ナポレオンに対するそれほどまでの執着に対しては、友人のメリメでさえも首をかしげたほどであった。

スタンダールより少し若いバルザックは、仕事部屋に置いたナポレオンの胸像に「彼が剣で行ったことを私はペンで行うのだ」と記し、ヴィクトル・ユゴーは、ナポレオンに革命時代の軍人であった父親の面影を求めたが、スタンダールはナポレオンの時代を自分の生涯として生きたのである。

しかし、スタンダールとてナポレオンを全面的に無条件に支持していたのではない。ナポレオン体制が大革命の救済であると同時にその圧殺、したがって王政復古の準備であったという、スタンダールのナポレオンに対する基本的な考え方は最後まで変わっていない。スタンダールの生涯はナポレオンへの共感と同時に反発の歴史として要約できるのではないか。「ナポレオンと共に没落し」、「最早屈辱しか存在しない」フランスを棄ててミラノの人となったスタンダールは、考えてみれば生涯を通じてナポレオンを意識し続けたのであり、その生涯はナポレオンとの緊張関係によって成り立っていたのだといえるだろう。そして、それでもなお最後に付記したいのは、スタンダールは『赤と黒』や『パルムの僧院』の作家であると同時に、あるいはそれ以上に『ナポレオン伝』の作者だということである。

十七　アランのスタンダール

アランは二十世紀の人であり、その著『スタンダール』によってこの「死後の作家」(écrivain posthume)を改めて世に知らしめた批評家である。この本は我が国では、当時まだ若年の大岡昇平が翻訳し、大阪の創元社から一九三九(昭和十四)年に出されている。私はこの本を一九六〇(昭和三十五)年のある日、古書店で見つけている。後に作家として大成した大岡昇平だけあって、訳は悪くない。ただし、イタリアの固有名詞の表記は少々怪しい。さらにまだ若い大岡はスタンダール理解について自信がなかったのか、自身の解説は付していない。その代わり、巻頭にルネ・ラルクの「序」がついていて、その中で『恋愛論』が一八二二年に刊行されて、十一年後にこの本が十七冊売れたとスタンダールが述べた、と記されている。アランはこの本の末尾にこう書いている。

「『赤と黒』と『パルムの僧院』のどちらを取るかと私はよく自問したものである。またある時はこの二つの小説と『谷間の百合』（バルザック）の間で迷った。無益な設問だ。私はスタンダールがチマローザとモーツァルトについて言った言葉をそのまま繰り返す。「いつも後で聴いた方が少しいような気がした」（『アンリ・ブリュラールの生涯』三十八章）」。

十八　モームそしてテーヌのスタンダール

サマセット・モームはスタンダールの私的な側面、プライバシーに関わる面を書いている（『世界の十大小説』）。とりわけその欠点、短所、不行跡を容赦なく列記する。果ては、「スタンダールは「幸福の追求」（recherche du bonheur）に全生涯を費やしたが、幸福とは、意識して求めない時が最も実現しやすく、失って初めて分かるものであることをついに知らないでしまった」と書く。だがそれは人間としてのスタンダール評であって、モームはここで、スタンダールを通して人間一般を語っているのであり、これこそ優れた作家の語り口というものではないか。

作家としてのスタンダールとなると、モームの口調は次第に変わる。「テーヌの論文に始まり、スタンダールについては膨大な量の文章が書かれているが、彼が十九世紀フランスの生んだ三大小説家の一人であることは大方の人びとが意見の一致を見ている」。ところが、その後に、モームは続けて書く。「「創作能力という」この才能を、スタンダールはほとんど全く欠いているのである。自分の頭でプロットを考え出すことが、どうやらできなかったらしい」」、「スタンダールは、創作能力にはさして恵まれていなかった。〔…〕〔ところが〕数多い小説家の中で、おそらく最も創造的なのが彼なのである。〔…〕自然はこの俗悪な道化師に、物事を正確に観察する驚くべき才能と、猥雑で気まぐれで奇怪な人間の心を見抜く鋭い洞察力とを与えたのである」と。

モームは、『赤と黒』のジュリアンの心の動きの描写の見事さを称えているが、それに劣らず、レナール夫人の心理の展開の描き方を絶賛している。「レナール夫人は小説家が写し出すのに最も困難を覚える種類の人物であるが、この作品では実に見事に描かれている」とモームは述べている。「〔レナール夫人の心の動きについての〕その辺りの叙述はまさに名人芸の感がある。彼女は文学作品に描かれた最も感動の深い人物の一人である」とこれもモームの言である。

この後モームは、ジュリアンとレナール夫人の心理の描写について立ち入った入念な分析を行っているが、ここではそれには触れない。とに角、モームははじめスタンダールをけなすと見せかけて、実はこの十九世紀の心理主義作家を最高に称えてみせたのである。

また、スタンダールの文体についてモームは、スタンダールはシャトーブリアンが流行させた華麗な文体を嫌い、できるだけ平明に正確に書こうと努めていたことを紹介し、これは周知のことだが、筆を執るに当たっては自分の表現を簡潔、的確なものにするために、いつもナポレオン法典を一ページ読んだことにも触れている。

スタンダール評価の契機を作ったのは、これまた周知のようにイッポリート・テーヌであり、私のこの小文においても一項を立てるのが本来であるが、文章の成り行き上そうならないでしまった。

テーヌは、その関心を、スタンダールの心理的な鋭さと、抜群の洞察力と、その考え方の新鮮で独創的な点に向けた。『赤と黒』に対するテーヌの評価こそスタンダール再興の嚆矢となったもので、「スタンダールが事件を描いたのは、事件そのもののためではなく、作中人物の感情、その特異な性格、熱情の変化が引き起こす範囲内に限られている」という指摘はまことに適切である。

十九 エレンブルグ

イリヤ・エレンブルグはかつてのソ連時代の作家であり、その名から窺えるようにユダヤ系であったし、そのせいかあらぬか、大のフランス贔屓《びいき》であり、フランス人以上にフランス人であったような人である。スターリン時代のソ連で、どれほどか居心地悪く生きたことであろう。そのエレンブルグに『ふらんすノート』という小著があり、その中に「スタンダールと現代」という一章がある。その書き出しは、「一八二九年のある秋の夜、世間にあまり名の知られていないフランスの一作家が、長編小説〔『赤と黒』〕を、それなくしては世界の大文学も、私のささやかな人生も考えることが難しい長編小説を書こうと決心した」というものである。以て、スタンダールへのその傾倒ぶりも察しえようというものである。

この小著で興味を引かれることの一つは、スタンダールのほぼ同時代の作家たちの、スタンダールへの好悪を手際よく記していることである。それをここに略記してみる。まず、ヴィクトル・ユゴーだが、彼は、「私は『赤と黒』を読もうとしてみたが、四ページ以上はどうしても読めなかった」と書いている。ゲーテは『赤と黒』に歓喜し、バルザックは『パルムの僧院』を世紀最良の小説と呼んだが、しかしゲーテはスタンダールの小説における「細部描写の異例さと真実らしさの欠如」に戸惑いもし、バルザックは『パルムの僧院』の作者の文体には我慢がならなかった。では、『ボヴァリー夫人』のフローベールはどう評しているだろうか。「『赤と黒』を読みましたが、私の考えでは、これは書き方もまずいし、人物の性格の点でもあまりはっきりとしていない作品です」。これがフローベールのスタンダール観である。そもそも、この二人は作家としての有りようが全く異なっている。フローベールは『ボヴァリー夫人』の執筆に約六年を費やしたのに、スタンダールは五十二日で『パルムの僧院』を書き上げている。ロシアの文豪トルストイはどうか。「私は他の誰よりもスタンダールに負うところが多い。彼は私に戦争がどんなものか理解させてくれた。彼以前に誰が戦争を実際あるがままの姿で描いただろうか。〔…〕戦争について私の知っていることの全てを、私は誰からよりもまずスタンダールから知ったのだ」。では、大著『ルーゴン・マッカール叢書』の著者エミール・ゾラはどう評しているだろうか。ゾラは、スタンダールが現実を無視していると考え、スタンダールが衣服も家具も描いておらず、主人公たちの社会的位置を示すものをほとんど書いていないと指摘している。そして「彼〔スタンダール〕は現実を自己の理論に服させ、現実を自己の社会的概念に従って示したのだ」と評し、主観主義の誤りを犯して現実を無視するスタンダールはリアリストではなかったと述べている。十九世紀ロシアの卓越した批評家であり、西欧志向の強かったベリンスキーは、フランスの作家たちについての著書の中で、ジョルジュ・サンドには九度、デュマには十八度、ジャンには十七度…触れているが、スタンダールについては一度も触れていない。

当のエレンブルグはどうであったか。「私は今まで何度も『赤と黒』を読み返してきた。スタンダールから私はずいぶん多くのことを学んだように思う――作家としてもだが――それ以上に人間として。〔…〕スタンダールのことを、したがってアンリ・ベールのことを、師に対して生徒の抱く感謝の気持ちを持って考えている」。彼はそう述べた上で、スタンダールの手法については、「読者は多くのことを想像し、自分の想像力によってテキストを補足し、自分の体験から推《お》して物語中の主人公たちを解釈する。アンナ・カレーニナが一人でないように、ジュリアン・ソレルも一人ではなく、読者の数だけいるのである」、「スタンダールは読者の想像力に対して深い敬意を払っていた。彼は、〝観客の想像力が作り上げる絵〟について語り、作品の中に広い余白を残しておいた」と語っている。スタンダールにとって、これ以上の理解者がいるだろうか。

エレンブルグはまた、作家と政治との関わり、政治思想の功罪について触れ、スタンダールとバルザックを比較して次のように述べている。「バルザックは王党派・保守主義者であり（ただし、バルザックの作家の眼は彼の政治信条を越えて当時のフランス社会を的確にとらえていたことは言っておかなければならない）、スタンダールは共和派・進歩主義者、一方はブロンド、他方はブリュネットであった」、「政治信条は作家にとって、遠景を見分けるのに役立つ望遠鏡ともなるが、近くにあるものまで非現実的な色に染める色眼鏡ともなる。政治への情熱はスタンダールにあっては『赤と黒』を書く上で助けになった。しかし、バルザックにとっては同じ政治への情熱が妨げとなった、彼は歪められた色で事象を眺めたからである」、と。バルザックにいささか辛すぎるとの感もあるが、本質的には妥当な評価といえるだろう。「死後の作家」(écrivain posthume) スタンダール、以て瞑すべしではないか。

跋に代えて

―― 1 ――

私はもともとフランス語を学んだ。学校以外にアテネ・フランセにも通った。本文中でも触れたように当時アテネ・フランセは神田駿河台の文化学院に間借りしていた。ヌヴー（甥）カンドー（その伯父は有名なカンドー神父）からは、フランス人のフランス語を学んだ。敗戦直後、昭和二十年代ほぼ前半の頃である。机を並べる人は、太い赤色鉛筆で各行真っ赤になるほどアンダーラインを引き、余白には訳語を隙間なくぎっしりと書き込んいた。敵わないな、と思ったのを今も忘れない。

私はとくにスタンダールに関心を持っていた。周知のようにスタンダールは、「怜悧」な（と彼はいう）フランス人を嫌って、情熱に生きるイタリア人を偏頗なまでに愛した。スタンダールは勿論フランス人である。スタンダールのイタリアニズムに、若年の私は感染した。

私は若い時から、文章は明晰でなければならない、と愚直なまでに思い込んでいた。そんな折にたまたま読んだ、「明晰でなければ、私の世界は崩壊します」という、バルザックに宛てたスタンダールの言葉は心に沁みた。

当時、やはり駿河台にあった日仏会館等で読んでいたのは、フランスの新聞「ル・モンド」の週一回の文芸欄や同じくフランスの「レ・タン・モデルヌ」「ユーロープ」等の月刊誌だったが、そこにはイタリアに関する記事が目立った。デ・シーカやロッセリーニ等のネオレアリズモ映画についての紹介もさることながら、戦後イタリア文学に関する紹介や書評がほとんど毎号に見られたといってよい。

こうして私は、モラヴィア、プラトリーニ、パヴェーゼ、カルヴィーノ、バッサーニ、モランテといった作家の存在を知った。いずれもファシズム体制下で、これと闘い、あるいは沈黙してきた作家たちである。私の強い共感が彼らに寄せられたのは至極自然な成り行きであった。

イタリア語を学ぼう、と私は思った。フランス語とは兄弟語であり、類似するところは多い。多少とも身につけたフランス語の知識も役に立つだろう、とそんな楽観もあった。

まず、独習を始め、テクストとして、岩波書店の『イタリア語入門』(野上素一著)や『伊語会話文典』(O・ヴァカーリ著)に拠った。あまり出来のよい文典とは思えなかったが、当時には他に格好のものはなかった。パリで出ていたフランス語によるイタリア語文典も買った。日伊協会の講習会にも通ってみたが、講師の講義に飽き足りず、すぐにやめた。

同じくフランス語を学んでいて、やはりイタリアに関心を持つ友人が数名いた。その中には社会科学を専門とし、とくにアントニオ・グラムシに強い関心を寄せ、その著作を読み解き、いずれその著作集を翻訳したいと考えている者もいた。こうして、この数名でイタリア語学習会が作られた。会場は一定せず、どこかの図書館であったり、喫茶店の片隅であったりした。これがどのくらい続いたのか、今では確かな記憶はないが、あまり長くは続かなかったと思う。各自の専門と関心が違うため、テクスト選びに不都合が生じたのも一因であったかもしれない。あるいは、それぞれが仕事を持って、余暇を割けなくなったためかもしれない。

私にとって何よりも幸いであったのはモラヴィアとの出会いである。第二部巻頭にも記した、マリーナ・セレーニの『喜びは死を超えて』の後、ヴァスコ・プラトリーニの『現代の英雄』『貧しき恋人たち』やアルチーデ・チェルヴィの『七人の息子たち』等を訳出したり、雑誌「新日本文学」にイタリアに関わる小文を寄せたりしていた。しかし、イタリアニストとして私は依然無名であった。そんな折、朝日新聞学芸部（現文化部）から電話が入ったのである。すでに一九六七年であった。用件はイタリアの作家アルベルト・モラヴィアが来日している、ついてはその通訳兼ガイドをお願いしたい、ということである。通訳にもガイドにも全く自信はなかったが、それでも折角のこの申し出を断ることはできなかった。そうして私はモラヴィアと、随伴してきたダーチャ・マライーニと共に、浅草、鎌倉、金沢等を巡って数日を過ごした。

モラヴィアは鎌倉では、この地の産品である漆器類には一顧だにしなかったし、金沢では、小さな東京でしかない、と興ざめした顔を見せ、浅草では、パチンコに興じながら、料亭「今半」に着くと疲労の色を隠さなかった。

こうして私はモラヴィアの知遇を得た格好となったが、私がそれを幸いとするのは、単にそのことのためだけではない。その後私は彼の作品の多くを翻訳し、またこの作家、作品について新聞等に寄稿することにもなるのだが、とりわけ言いたいのは、作者と翻訳者の、いわば相性ということについてである。文章と感性の相性といった方がよいのかもしれない。敢えて繰り返して書くが、かつて北川冬彦は、アルチュール・ランボーの詩の訳業について、堀口大学と小林秀雄のそれを比較して、「翻訳の対象となる詩人〔作家〕と訳者との間に親近感がなければ、その翻訳が人を惹きつけるわけがない。堀口大学氏にはランボーの労作訳業があるが、ランボーについては小林秀雄氏のそれには遠く及ばない。ランボーの精神状態を堀口大学氏は理解してもその精神を体験的に訳業に盛ることは〔氏には〕不可能だからである」〔本書一〇九頁〕と書いた。我れ人共に、口幅ったいと思うところではあるけれども、モラヴィアの作品〔最初は『軽蔑』だった〕に接した時の思いは、ああ、この人の文体そして感性は自分に似ているなというものであり、つまりは北川冬彦のいう親近感を覚えたのであった。幸い、すでにモラヴィアとの面識もあった。出版社も見つかった。狭くて陽の射さない仕事部屋で、私は仕事に夢中になった。食事の時間も惜しみ、夕食後も夜半まで作業に没頭した。モラヴィアの思うところ、感じるところが、手に取るように理解でき、納得できた。筆の渋滞は起こらなかった。三ヶ月ほどで訳了した。出版社に訳稿を手渡したのが一九六四（昭和三十九年）の夏、刊行されたのは同年十一月であった。

ところが、自分ではいささか自信のあるつもりであった訳文にもかかわらず、翻訳『軽蔑』は若干の書評は得たものの、売れ行きははかばかしくなかった。

それに続くようにして、『無関心な人びと』を訳した。知る人ぞ知る、これはモラヴィアの高名な処女作である。一九二五年、十七歳の時に、彼はこの作品を書き始め、二八年にそれを書き上げる。「私は何の教育も受けることなしに作家になった。そして同時に言葉と事実というものを発見した」と後年彼は述べる。この翻訳は、出版社が大手だったことも与って、かなりの反響もあり、世評も悪くなかった。こんな風にして、さらにモラヴィアの作品を私は翻訳し、モラヴィアやイタリア文学に関して新聞等に寄稿する機会も持てるようになった。

ここで思うのは、著訳者と出版社との関係のことである。ヨーロッパやアメリカでは、ライターとエディターの関係は、一度結ばれれば、余程のことがない限り、ずっと続くのが普通のようである。例えばモラヴィアの場合であるが、二、三の例外を除いて、他はすべてポンピアーニ社から出版されている。ボーヴォワールがどこかで書いていたところでは、ポンピアーニは反動的で不愉快な人物とされているのだが、進歩的、左翼的なモラヴィアがどんな風にしてポンピアーニと関わりを持つに至ったのか、その経緯については私は知らない。一方、モラヴィアの作品のフランス語版は一、二の例外を除いて他はすべてパリのフラマリオン社から刊行されているし、英語版はそのほとんどがペンギンブックスに収録されている。

しかし、日本ではライターとエディターとの間にこういう安定した関係が確立されていない。著名な作家などの場合には例外も見られるが、とくに翻訳書の場合には、そういう関係は皆無に近い。唯一といってもいいのは、サルトルの著作と人文書院の関係ではないだろうか。日本の出版社は相手がどんな作家であっても、ちょっと見程度に手を出してみて、気に入らなければすぐに手を引っ込めてしまう。つまり扱おうとする作家に対する認識も愛着も持っていない。翻訳者はしばしば途方に暮れて、また別の出版社探しにあくせくしなければならなくなる。これから翻訳の仕事に携わろうとする人には、この辺りの見極めも肝要であることを、老婆心ながら訴えておきたい。

翻訳に関してさらにいうなら、何語であれ、最近では辞書も格段によくなったし、外国語にじかに接する機会も手段も著しく増えた。人びとの会話の能力もかつてとは比較にならないほど向上している。けれども、それだけでは優れた翻訳家であることはできない。今や、外国文を読むことは多くの人ができる。だが、肝心なのは日本語の能力である。それを身につけるためには、多くを読むしかない。優れた文章家の文章を多く読むしかない。文章のセンスというものは、ある程度音楽のセンスに似ていて、天性の分もあると思うが、学習によって、もし弱点があるなら、それを克服できるというものではないだろうか。そして、これは無い物ねだりめくが、自分とウマの合う作家を見つけ出し（ランボーと小林秀雄の場合のように）、一貫してそれに喰らいつく意志と根性のようなものが必要かと思われる。

モラヴィアに戻ると、この作家の知遇を得たことは、先に記したように、私には大きな幸いであった。その後、ローマを訪れる機会があると、テーヴェレ河に程近いルンゴ・テーヴェレの彼の住居をつとめて訪れるようにした。三度ほど訪れたことがあると思う。その都度老作家は快く迎えてくれ、私のぎごちないイタリア語にもかかわらず、時にフランス語を交えるなどして応接してくれた。ある時は（一九八二年だったと思うが）、「先日来訪してくれた際に、渡すのを忘れたから」といって、丁度手元に残っていた『いやいやながらの〝参加〟』を、折から私の宿泊していた、ボルゲーゼ公園、ピンチオ門近くのホテルまで届けてくれたこともあった。不自由な足を引きずってのその行為に、私は勿論深く感謝し、ヴェネト通りのレストランでの夕食に私の方から誘わせてもらった。モラヴィアは粗食だった。ワインもあまり好まなかった。ワインの注文にうるさい私を見やる、いささか憮然たるいつものあの表情も忘れがたい。

モラヴィアは二十世紀後半を代表する作家の一人であったといっても異論は出ない

だろう。彼の数多くの作品を通して、一九三〇年代から世紀末に至る時代の流れを私たちは辿ることができる。

一九一〇年前後に日本で生まれ、イタリアのファシズム期に成人して、そういうイタリアを承知で、あるいはそれを受容してイタリア学を選んだ人びとがいたとすれば、彼らにとって、ファシズム崩壊後の急転したイタリアは馴染みにくく、居心地の悪いものではなかったかと私は思う。ファシズム期に、これに抗し、あるいは逼塞《ひっそく》していた作家や思想家たちが戦後俄かに颯爽と躍り出た時には、我が国のそういう人びとは、この新しい状況への対応に大いに戸惑ったはずである。戦後のイタリアが、語るに足り、紹介するに足る多くを持っていたにもかかわらず、彼らが多くの仕事をなしえなかったとするならば、少なくとも一因はその辺りにあったのだろう。

その点では、一九四五年の敗戦を十歳代後半で迎えた私たちは幸運だったといえる。私たちは無論ファシズムと関わったことはなかったし、それとはほとんど正反対の戦後日本の雰囲気の中で成人した。戦後イタリアの文学・思想の潮流を、魚にとっての渓流の如く、鳥にとっての春風の如く、至極当然のものとしてこれを受けとめ、そこに身を浸すことができたのである。

―― 2 ――

本書は、私のささやかな生涯と仕事について、ここ数年おりに触れて書きためたものの他に、すでに新聞、雑誌等に発表した小論類をまとめたものが、幸いに書肆の賛意を得て一本になったものである。

私は昭和という年代の劈頭に生まれて昭和をまるまる生きた。文字通りの昭和の子供である。平成以降の年月は私にとっては人生の余白でしかない。自分を二十世紀の子といってもよいかと思う。大恐慌が全世界を震撼させようとしていた一九二七年に生まれ、二十世紀が終わった二〇〇〇年には私の齢はすでに七十歳を過ぎていた。

思えば、私の幼少年期は苛酷な時代の中にあった。一九四五（昭和二十）年の敗戦に至るまでのほとんどの時期、私の国は野蛮で暴虐な政治によって支配されていた。十五年戦争と呼ばれる戦争が間断なく続き、国民は貧しく辛く生きていた。若者は次々に戦場へ駆り出されて死んだ。

農村はとりわけ貧しく、疲弊していた。農地の多くは地主によって占有され、農民の多くは土地を持たず、自ら田畑を耕しながら、その日の糧にも窮することがあった。そんな時代の真っ只中に、私は関東の僻村に生まれた。この時期の記憶を綴ったのが、我が故郷に関する第一部六編である。しかし、貧しくともひもじくとも、子供は健気であり、楽しむ術を知っていた。正月もお盆も村祭りも無上に楽しく嬉しかったし、数キロ離れた町の大社の、年に一度の大祭には、初めてもらった五十銭銀貨を握りしめ、胸を躍らせながら出かけて行った。夏には村はずれを流れる川での水浴び、スイカ泥棒、秋の十五夜には巻き藁《わら》（新藁を縄でぐるぐる巻きに固く縛って、径五〜十センチの棒状にしたもの。軸にサトイモの茎を入れた）を作り、二、三人ずつに分かれて家々の庭をたたいて回った。月明かりの夜に、あちこちでポンポンという音が響いた。冬には手製の凧を上げ、グライダーを飛ばせ、どこかの家の庭先で独楽回しに興じた。二キロほど先に鬼怒川の土手が見え、その彼方には紫紺の筑波山が遠望されて、春には、文字通り「一面の菜の花、一面の菜の花、一面の菜の花、一面の菜の花」、そして蓮華の海と化した広い田野の中で、兎のように、子犬のように遊び回った。それでも遊び続ければ、小学唱歌「朧月夜」にうたわれた世界が幻のように浮かび出た。そんな時、何とはなしに不安になった子供たちは、急に別れてそれぞれの家に向かって走って帰るのだった。衣食その他すべてに過分に足りながら、誘拐、殺害等の危険にさらされ、果ては子殺し、親殺しといった、かつては思いも及ばなかった犯罪に巻き込まれ、登下校もままならない今日の子供たちに比べれば、昭和初期の子供たちは、たとえひもじくとも貧しくとも、野の小鳥のように自由で幸せだったのかもしれない。そんな日々の断片を記した。

仕事については、私は不運であり、しかも幸運であったと思う。イタリア文学という世界に脇道から入ったために、その世界での知己は少なかった。その点では人並み以上の努力や苦労を強いられた。しかし貴重な友人もいた。それが大きく与って、ある程度の仕事ができた。その友人のほとんどが今は亡い。
　他のところでもくどすぎるほど書いたが、モラヴィア、そしてその作品との出会いも、私にとっては大きな幸いであった。それがなかったら、この辛気臭い仕事を続けることはできなかったかもしれない。作家の没後、ローマを訪ねてその墓を探して詣でたのも、その一途な思いがあってのことだった。ローマのほぼ中央部に位置するその墓地には、天を突くような糸杉が縦横の通路に沿って聳え、その下に蹲《うずくま》るようにして墓はあった。墓は質素だった。高さ一メートルにも足りない墓碑には、ただ、「MORAVIA PINCHERLE CIMINO」と名前のみ記されていた。ついでに記せば、スタンダールの墓も勿論訪ねた。その墓は、パリのモンマルトル霊園の中にある。その墓碑に、私が何度か触れた、あのあまりに有名な一文、「生きた、書いた、愛した」（Visse, Scrisse, Amò）が刻まれているのだが、その墓はモラヴィアのそれに較べるとはるかに壮麗なものであった。だが、それはスタンダール本人の意思に拠ったものではなかったろう。

二〇〇六年七月

大久保昭男

ヤ行

ラ行

タ行

マ行

マウレンシグ，パオロ［MAURENSIG，Paolo］ 163-5
『狂った旋律』(1996／草思社 1998) 163-5
マライーニ，ダーチャ［MARAINI，Dacia］ 103,104,122,126-9,146,149,277
『ヴァカンス』(1962／角川書店 1971) 126
『声』(1994／中央公論社 1996) 126

モラヴィア，アルベルト［MORAVIA，Alberto］ 78,82,97-112,114,120-51,157,158,170,194,221,222,248,276-81,285
『いやいやながらの“参加”』(1980／三省堂 1984) 108,112,132,135,281
『王様は裸だ』(1979／河出書房新社 1981) 108,112,130,131,142
『仮装舞踏会』(1941／角川書店 1966) 100,107
『金曜日の別荘』(1990／文藝春秋 1992) 112,123,124
『軽蔑』(1954／至誠堂 1964，同社新書版 1965：角川書店 1970) 98-100,102,105,121,124,131,220,278,279
『孤独な青年』(1951／角川書店 1970) 100,107,222
『新ローマ短編集』(1959／角川書店 1977) 107
『反抗』➡モラヴィア『ふたりの若者』
『豹女』(1991／草思社 1995) 112
『夫婦の愛』(1949／角川書店 1970) 107
『不機嫌な作家』(1978／合同出版社 1980) 108,112,131
『二人の女』(1957／集英社 1967) 105,106,131
『ふたりの若者』(『めざめ』1944,『反抗』1948／左2書収録版 角川書店 1970) 107,222
『無関心な人びと』(1929／早川書房 1965：角川書店 1970) 97,98,100,131,133,134,144,146,220,279
『めざめ』➡モラヴィア『ふたりの若者』
『目的としての人間』(1964／講談社 1967) 108,110,112,131,132
『モラヴィア自伝』(1990／河出書房新社 1992) 102,112,123,124,136-43
『ローマ短編集』(1954／角川書店 1976) 107
『ローマの女（上・下）』(1947／角川書店 1971) 102,107,131,222
『わたしとあいつ』(1971／講談社 1972：同社『世界文学全集』所収 1975) 108,110
モランテ，エルサ［MORANTE，Elsa］ 120-5,127,140,141,276
『アンダルシアの肩掛け』(1951／『グリーン版世界文学全集』Ⅲ-18 河出書房 1965) 120,121

『サルトル対談集Ⅱ』（日本側編集／共訳　人文書院　1970）　132

セレーニ，マリーナ［SERENI，Marina］　88，90，92，277
『喜びは死を超えて』（1954／弘文堂　1961）　87–93，277

タ行

チェスペデス，アルバ・デ［CÉSPEDES，Alba de］　189，190
『禁じられたノート』（1952／早川書房　1968）　189–91
チェルヴィ，アルチーデ［CERVI，Alcide］　277
『七人の息子たち』（1956／弘文堂新社　1961）　277

ドゥジ，ジョヴァンニ［DUSI，Giovanni］　157–62，192
『裏切られた夫の手記』（1966／草思社　1995）　162

ハ行

バッサーニ，ジョルジョ［BASSANI，Giorgio］　109，276
『金の眼鏡』（1956／『現代イタリアの文学』6 巻所収　早川書房　1969）　109
パッティ，エルコレ［PATTI，Ercole］　100，108
『さらば、恋の日』（1967／角川書店　1970）　100

プラトリーニ，ヴァスコ［PRATOLINI，Vasco］　82，94，95，111，194，276，277
『現代の英雄』（1949／三一書房　1962：早川書房　1969）　94，277
『貧しき恋人たち（上・下）』（1947／至誠堂　1963：新日本出版社　1979）　95，277
ブランカーティ，ヴィタリアーノ［BRANCATI，Vitaliano］　98
『美男アントニオ』（1951／早川書房　1966）　98

ベヴィラックァ，アルベルト［BEVILACQUA，Alberto］　98
『ある愛の断層』（1966／早川書房　1968）　98
ベロンチ，マリーア［BELLONCI，Maria］　108
『ルクレツィア・ボルジア』（1939／河出書房新社　1983）　108

ボッカッチョ，ジョヴァンニ［BOCCACE，Giovanni］　110
『デカメロン』（1348–53／角川書店　1974）　207
ボッファ，ジュゼッペ［BOFFA，Giuseppe］　116，117
『ソ連邦史（全 4 巻）』（1976／共訳　大月書店　1979～80）　116–9

人名（文人、芸術家、思想家・研究者）・書名索引

■大久保昭男関係／訳書・著書　＊丸括弧内は、原書刊行年、邦訳出版社名、邦訳刊行年の順。

ア行

アルベローニ，フランチェスコ［ALBERONI，Francesco］ 165
『他人をほめる人、けなす人』（1994／草思社　1997） 165

ヴィットリーニ，エリオ［VITTORINI，Elio］ 82, 113, 114, 178, 234
『政治と文化』（1946／『全集現代世界文学の発見』11巻所収　学芸書林　1970） 113
ヴォルポーニ，パオロ［VOLPONI，Paolo］ 98, 108
『メモリアル』（1962／新潮社　1969） 98

オヴェット，アンリ［HAUVETTE，Henri］ 206-9
『評伝ボッカッチョ』（1914／新評論　1994） 206-9
大久保昭男 113
『現代イタリアの文学（全9巻）』 98➡バッサーニ『金の眼鏡』
『世界短編名作選（イタリア編）』（共編訳　新日本出版社　1977） 151
『世界文学史』（共編著『世界文学全集』別巻　講談社　1993） 110-2
『全集現代世界文学の発見（全14巻）』➡ヴィットリーニ『政治と文化』
『ソヴィエト印象旅行』（三一書房　1962） 96

カ行

グラムシ，アントニオ［GRAMSCI，Antonio］ 116-9, 178, 277
『愛と知よ永遠なれ（全4巻）』（1965　カプリオッリョ，セルジョ［CAPRIOGLIO，Sergio］編／共訳　大月書店　1982） 117-9
クルーラス，イヴァン［CLOURAS，Ivan］ 108
『ボルジア家』（1987／河出書房新社　1989） 108

サ行

サルトル，ジャン＝ポール［SARTRE，Jean-Paul］ 79, 132, 135, 140, 220, 241, 242, 280
『否認の思想』（日本側編集／共訳　人文書院　1969） 132

著者紹介

大久保昭男（おおくぼ・あきお）

1927（昭和２）年、茨城県結城郡西豊田村（現八千代町）に生まれる。現在、神奈川県鎌倉市在住。東京大学文学部卒。イタリア文学者。イタリア・フランスの文学・思想の翻訳、評論を専らとする。処女訳書はM．セレーニ『喜びは死を超えて』。主要訳書にA．モラヴィア『無関心な人びと』『軽蔑』『目的としての人間』『ローマの女（上・下）』『モラヴィア自伝』、V．プラトリーニ『現代の英雄』『貧しき恋人たち（上・下）』、J．P．サルトル『否認の思想』（共訳）『サルトル対談集Ⅱ』（共訳）、H．オヴェット『評伝ボッカッチョ』、I．クルーラス『ボルジア家』。主著に『世界文学史』（共編著）。［出版社、刊行年は巻末索引参照］

故郷の空　イタリアの風　（検印廃止）

2006年８月15日初版第１刷発行

著　者　大久保昭男
発行者　武市一幸

発行所　株式会社 新評論

〒169-0051　東京都新宿区西早稲田3—16—28
http://www.shinhyoron.co.jp

TEL 03（3202）7391
FAX 03（3202）5832
振替 00160-1-113487

定価はカバーに表示してあります
落丁・乱丁本はお取り替えします

装幀　山田英春
印刷　新栄堂
製本　清水製本プラス紙工

INBN4-7948-0706-6 C0095

Printed in Japan

社会・文明

人文ネットワーク発行のニューズレター**「本と社会」**無料配布中。当ネットワークは，歴史・文化文明ジャンルの書物を読み解き，その成果の一部をニューズレターを通して紹介しながら，これと並行して，利便性・拙速性・広範性のみに腐心する我が国の人文書出版の現実を読者・著訳者・編集者，さらにできれば書店・印刷所の方々とともに考え，変革しようという会です。

H.オヴェット／大久保昭男訳
評伝ボッカッチョ 1313〜1375
四六　528頁　5040円　〔94〕
ISBN4-7948-0222-6
【中世と近代の葛藤】『デカメロン』を生んだ近代的短編小説の鼻祖ボッカッチョの実像に迫る最高傑作。中世と近代の狭間を生きた文人の人間像と文学的評価の集大成。

スタンダール／山辺雅彦訳
ある旅行者の手記 1・2
A5 Ⅰ 440頁　Ⅱ 456頁　各5040円　〔83, 85〕
1. ISBN4-7948-2221-9（在庫僅少）
2. ISBN4-7948-2222-7
文学のみならず政治，経済，美術，教会建築，音楽等，あらゆる分野に目をくばりながら，19世紀ヨーロッパ“近代”そのものを辛辣に，そして痛快に諷刺した出色の文化批評。本邦初訳！

スタンダール／山辺雅彦訳
南仏旅日記
A5　304頁　3864円　〔89〕
ISBN4-7948-0035-5
1838年，ボルドー，トゥールーズ，スペイン国境，マルセイユと，南仏各地を巡る著者最後の旅行記。文豪の〈生の声〉を残す未発表草稿を可能な限り判読・再現。本邦初訳。

スタンダール／臼田　紘訳
イタリア旅日記 Ⅰ・Ⅱ
A5 Ⅰ 264頁　Ⅱ 308頁　各3780円　〔91,92〕
Ⅰ ISBN4-7948-0089-4
Ⅱ ISBN4-7948-0128-9
【ローマ，ナポリ，フィレンツェ（1826）】生涯の殆どを旅に過ごしたスタンダールが，特に好んだイタリア。その当時の社会，文化，風俗が鮮やかに浮かびあがる。全二巻

スタンダール／臼田　紘訳　A5 Ⅰ 436頁／Ⅱ 530頁
ローマ散歩 Ⅰ・Ⅱ
Ⅰ 5040円　Ⅱ 6825円　〔96, 00〕
Ⅰ ISBN4-7948-0324-9
Ⅱ ISBN4-7948-0483-0
文豪スタンダールの最後の未邦訳作品，全2巻。1829年の初版本を底本に訳出。作家スタンダールを案内人にローマ人の人・歴史・芸術を訪ねる刺激的な旅。

B.チェッリーニ／大空幸子訳
わが生涯
A5　480頁　6090円　〔83〕
16世紀という波乱に満ちた時代を闘った最後のルネサンス人が魅惑的な生の躍動を綴る，自伝文学の先駆的名著完訳！ゲーテ，スタンダール初め多くの天才たちを魅了。

ヴェルコール／森　乾訳
沈黙のたたかい
四六　344頁　3360円　〔92〕
ISBN4-7948-0126-2
【フランス・レジスタンスの記録】ナチスドイツ占領下，秘密出版社『深夜出版』を創設し，最後まで雄弁に闘った抗独レジスタンス作家による地下出版活動の記録。

辻　由美
世界の翻訳家たち
四六　288頁　2940円　〔95〕
ISBN4-7948-0270-6
【異文化接触の最前線を語る】翻訳家像を歴史的に探ってきた著者が，欧米各国の翻訳文化の担い手たち30名にインタビュー。日本エッセイストクラブ賞，日本翻訳文化賞受賞作！

価格税込